九三文学创作文库

不落二边集

朱霄华

学苑出版社

图书在版编目（CIP）数据

不落二边集 / 朱霄华著 . —北京：学苑出版社，2017.4

（九三文学创作文库）

ISBN 978-7-5077-5185-7

Ⅰ.①不… Ⅱ.①朱… Ⅲ.①随笔—作品集—中国—当代 Ⅳ.① I267.1

中国版本图书馆 CIP 数据核字（2017）第 042271 号

出 版 人：	孟　白
责任编辑：	徐志琴
出版发行：	学苑出版社
社　　址：	北京市丰台区南方庄2号院1号楼
邮政编码：	100079
网　　址：	www.book001.com
电子信箱：	xueyuanpress@163.com
联系电话：	010-67601101（营销部）、010-67603091（总编室）
经　　销：	全国新华书店
印 刷 厂：	北京信彩瑞禾印刷厂
开本尺寸：	880×1230　1/32
印　　张：	14.125
字　　数：	300千字
版　　次：	2017年5月第1版
印　　次：	2017年5月第1次印刷
定　　价：	48.00元

总 序

"九三文学创作文库"第一辑图书即将由学苑出版社出版，这个最初由社中央文化工作委员会提出的构想，在大家努力下，终于有了成果，可喜可贺。

黑龙江省有一位九三学社基层组织的负责同志，是文学爱好者，多次把他的作品通过电子邮件传给我，有散文，有诗歌，描述他在林场当知青的生活，对当今社会巨大进步的感受，还有他特殊的家世，深深打动了我。至今还记得其中的一篇散文，是写囿于深山老林的孤寂的生活，他收养了一条狗，终日为伴，后来他回城了，那条狗天天到路口等他，日夜守护着他留下的物品，终于抑郁而死。生命之间的情感流淌笔端，让我感动不已。当时我想，我们九三学社成员中应该还有不少像他那样的业余文学爱好者，如果能组织起来，相互交流，岂不乐乎？也能以此增强九三学社组织的凝聚力。在我的建议下，2013年9月一批社内作家和业余文学爱好者聚集江西南昌，举办了"家园记忆"主题文学笔会，共商如何活跃与繁荣九三学社文学创作，笔会还邀请了著名作家王安忆和梁晓声做了有关文学创作的讲座。2015年10月社中央文化工作委员会又与九三学社云南省委和四川省委共同举办了"一带一路南方丝绸之路云南行文学笔会"，邀请了著名作家方方到会，除座谈交流外，还一起赴南方丝绸之路的"五尺道"采风。这样的活动,增强了全社范围内的文学氛围,活跃了社员的文学创作,最后促成了"九三文学创作文库"的出版。文库第一辑首先选择9位九三学社作家的作品,体裁多样,包括小说、散文、诗歌、随笔等。这9位作家,或为中国作协成员,或为全国性文学大奖的获得者,有长期从事文学创作的经历,具有较为丰富的写作经验和较强的创作实力,旨在为文库开一个好头,今后还将出版更多九三学社文学爱好者的优秀作品。

文学是人类文明殿堂里的瑰宝。好的文学作品能反映社会现实,映照人的灵魂,揭示真善美。经常阅读好的文学作品,能够丰富精神生活,滋润心田,陶冶情操,深化对人生、对生命、对社会的理解,所以我一直倡导我们九三学社的同志多读优秀文学作品。我曾经在社中央全会上以及多个场合,建议大家阅读陈忠实写的《白鹿原》。记得毛主席曾经说过,要了解中国封建社会,就去读《红楼梦》,我演绎了一下:要了解中国晚清到民国的社会,要了解中国近代农村,就去读《白鹿原》。近年来我读莫言的《蛙》、王蒙的《活动变人形》、王安忆的《长恨歌》与《启蒙时代》、贾平凹的《古炉》等,读每一期《新华文摘》转载的小说,都让我对人性与对中国社会有更深入的理解。我读刘慈欣的科幻小说《三体》,对天体物理有了从来没有过的了解和兴趣。总之,我体会到经常阅读好的文学作品,能开阔自己的视野,提升自己的境界,使自己深刻、高贵和优雅,面对纷乱浮躁的社会不至于迷失方向或放弃操守。

九三学社是以科技界为主体的参政党,但历史上也不乏在人文领域卓有建树的大家，比如红学家俞平伯，语言学家黎锦熙，国学大师刘文典、程千帆、游国恩，还有杨振声、李长之、魏建功、肖涤非、冯沅君、启功等，包括我们九三学社的创始人许德珩先生。此外，像梁希、潘菽、涂长望、茅以升、周培源、吴阶平、王选等许许多多出色的科学家，都具有深厚的文学功底和艺术修养，人文精神的滋养与他们的成才以及在科学技术方面取得重大成就有着密不可分的联系。

记得在"家园记忆"文学笔会上有一位同志提出"九三人要有一颗文学的心"，我深以为然。希望全社更加关注文学，大家读更多的优秀文学著作，也特别希望我们九三学社的文学爱好者能写出更多有思想、有筋骨、有温度、有想象力和创造力的优秀作品。祝愿"九三文学创作文库"办得越来越好，成长为九三学社家园里枝叶茂盛的美丽奇葩。

韩启德

2016 年 11 月 19 日

笔记作家朱霄华（代序）

专写笔记的作家不多，就云南讲，想来想去，朱霄华外恐无第二。我这印象是读了他的《丹霞斋笔记六种》后才有的。

朱霄华的东西好久前就断断续续在报纸副刊上读过一些，主要是文学批评文字，读得不多，但能记住，大印象是能将批评做成杂感和随笔，短小精粹，文字洒脱不模式化，路数不从俗，想说就说，懒得讲就不讲，很有些自由撰稿人的样子。后来得机会向人问过他的来历，与印象大致吻合，觉得不容易。我是说现如今文章往短写不容易。写得短以前叫惜墨如金，可一惜墨，金也少了，少了日子怎么过。二十多年前我编杂志每期都算稿费，记得多数稿件都按千字20元计。那时的钞票还是比较值钱的，20元至少相当于现在的200元吧，可如今，千字80元就不错了。像朱霄华那种写法，不愁减肥。

后来慢慢有了接触，读他的文字也渐多，但直到前几年读他那套笔记，才晓得以前读过的其实只是极少的一部分。这套书共六本，计评论、电影各一，阅读、随笔、小品、日记四种。电影书刊自己年轻时也喜欢过，如今陌生了，所以朱霄华评论电影的那本《最远远不过西伯利亚》，书名别致诱人却也只看了看篇目，对不起得很。其他五本差不多都看了，当然也未做到一篇不落。倒也不是有耐心，读朱霄华的书用不着耐心，他的东西好读，不消耐着心硬读。

　　读那五本，首先惊讶的是他书读得那么多，笼统讲就是古今中外都有涉猎，但不限于文学，当然也不是漫无边际，大范围是人文。书里说外国作家他读过的少说也有千把个。信不信？反正我是信了。何以，他那套笔记就是证明。除名为"阅读"的那一本外，叫"随笔""小品"的那两本差别不是太大，多少都脱不了淘书、读书、品书，连那本"日记"也在内。这种读书笔记，阅读积累不足是做不出来的。笔记要有货，并非只讲一个短字，短而空，故作深沉那种不算。当然也不能密实，要透气，看着流动，跳动。书呆子写不了笔记，掉书袋，一臃肿驳杂就不像。朱霄华这种是饱读瘦写。当然少不了引经据典，不引不据何所依。但朱霄华做得不像引经据典，大多信手拈来，点到为止，很惜墨的。如今的论文大多面目难看，甚或可疑，谁知道里面有多少自己的东西。有的写一个芝麻题，两三千字却赘上一长串参考文献和注释，让人莞尔。这种人做不好论文，与笔记隔得更远。

　　朱霄华不来这个。他热衷笔记。笔记本身是一种文体，并非写读书心得才叫笔记。此文体讲个自由，笔墨空间大却行止有度，特具个性和原创性。朱的笔记和随笔非常好看。其日记写法颇得吴宓日记神韵，不像鲁迅日记那般干枯。但鲁迅非常人，鲁迅日记有相当多的现代文学编年纪事，史料价值极高。朱霄华那两本日记、随笔记了不少书事，也写了许多人事，主要是昆明中青年作家的。我于文事隔膜，读着开眼，也觉有趣。与朱年岁相仿的如姚霏、雷平阳、何松、艾泥、韩旭，长些的有于坚,少些的如鲁布革、雷杰龙、张翔武,还有女士钱映紫、半夏、王宁,都是滇中文坛一、二线作家和实力文化人,他们是朱笔下的常客,在不同场合闪来闪去的,个个生猛鲜活,有形有神。有一则日记讲20世纪80年代以来的诗人都在玩,说写诗本质上就是玩,就看谁玩的长久了。"于坚好像从来没有停止过,因为他是我知道的唯一一个像上班一样按时写作的诗人。当别的人都在以其他方式玩的时候,就只有他一个人在写。"有篇《诗人何老》讲何松,说"松博闻,性狂狷。诗奇,人亦奇。年三十,人即称何老"。又言,"余友中好赌者稀,好色者所在皆有,然赌色兼具、均擅胜场者,独松一人尔"。我与松君在腾冲开会相识,留有玉树临风印象。松君熟茶典,精茶事,又文笔清雅,读他谈茶的专栏文章甚是喜爱,如今读到他的轶闻,平面一下子就立体了。此类文字不光读着有兴味,却也是若干年后难得的文坛史料。

叫《我为什么读不懂唐诗》的那本随笔我翻开较早,因书名吸引人就先读。开头几篇都是"五官科",怪怪的。其实是说文,好读。有一篇讲自己阅读兴趣的变化,说自己先前言必称外国,后来特喜欢中国老祖宗的东西。有天与马艳玲做关于书的交流,说自己从前外国小说囫囵吞枣读了不少,今则不复再读,"见之如见瘟疫",觉得还是古文有嚼头。"马女士闻之一笑"。那本名叫《这个有时是博尔赫斯的家伙》的阅读笔记讲的全是外国作家,我想既是"瘟疫"且先放一放。后来看了,知朱其实佩服得很,读得认真,可见"瘟疫"的话恐本人也觉未必尽然。那本书的多篇确实写得较早,能见出更年轻时如饥似渴的阅读激情。自然，情一激难免把话说大了，如说中国当代文学基本上是一堆垃圾，显得自己说话锐气有余，定力不足，何况好几位滇中诗人自己还击节叹赏呢。不过也有些大话还是可以的，如说自己在大学课堂上所受的有关20世纪苏联文学的教育全部是一堆狗屎，话很难听，细想却深。他不是说苏联文学是狗屎，是说以前编的苏联文学教材是狗屎，不讲索尔仁尼琴，不讲茨维塔耶娃和阿赫玛托娃，不讲巴别尔，不讲的多了去了。

六本中的那本评论《本土 个人经验及写作》我自然要格外留意，毕竟他的主要文化身份是批评家。此集共收文29篇，每篇的篇幅一般都比那几本长。那本小品里的《陀螺》才两行五十几个字。男生写女生怕是短不了的，可朱的《女同学》只写了八行。评论那么短怕不行，除非做成古人的诗话、词话，但那毕竟偏于细部欣赏，大视角较为少见。诺奖的授奖辞也是评论，短得不能再短，视角却不小，但那毕竟是概括式和结论式的，分析省掉了。如今评奖流行，诺奖式授奖辞流行，但评论文章不能做成那样，分析是不能省掉的。朱霄华的评论是讲义理的，有分析的。比如评议雷平阳诗文的几篇，分析精细、到位。雷平阳有首诗叫《山中迷路记》，"……我在哪儿迷路了／搭救我的人，在另一座山上／不停地喊着我的名字，像喊一个／我从来就不认识的人"。朱霄华说每一行写的都是迷路时所看到和感受到的意象与幻觉，惊恐与不安。这么看无可无不可，但总隔着一点。妙在朱接着说，迷路这一主题在古代并不鲜见，意境一般都表现淡泊悠远，给读者留下的是一种放松、恬然的心理感受。"适与野情惬，千山高复低。好峰随处改，幽径独行迷。霜落熊升树,林空鹿饮溪。人家在何许?云外一声鸡。"(《鲁山山行》,宋／梅尧臣)再引:"遥爱云木秀,初疑路不同。安知清流转,忽与前山通。"(《蓝田山石门精舍》,唐／王维)来了个"比较",妙而巧,有机趣。

这本新出的《不落二边集》,好多文章在《丹霞斋笔记六种》里都有过,但篇幅内容增减的也不少。如收入丙集里的文章,有十几篇我还是头一次见到,它们大都是对近年来较为可读的一些作家作品的评论。丁集里的两篇长文,也是先前没有见过的,理论思辨的色彩较强,是将一种批评观应用于具体的文本批评,我看是朱霄华对自己多年来从事文学批评做的一个不乏理趣的总结。这几年,朱霄华的批评视野不时逾出文学的边界,他似乎对作为身体现象学意义上的黄老、瑜伽、禅宗、书法、绘画、建筑也都有些兴趣,不过这方面的文章在这本书里面所占的比例还不是太多。

朱霄华的笔记确实好读。自己边读边记也得笔记一篇,如上。

余斌

丙申年夏,于昆明地台寺

目 录
Contents

甲集　蠹鱼故纸

公安三袁里最小的那一位 …………………………………… 3
这个世界会好吗
　　——我读梁漱溟晚年口述 ……………………………… 8
无能子的小书 ………………………………………………… 12
许葭村《秋水轩尺牍》 ……………………………………… 14
我们自己的大师孙犁 ………………………………………… 19
无事不妨读读郑逸梅 ………………………………………… 23
观任渭长画 …………………………………………………… 26
画青山而隐 …………………………………………………… 28
张岱与陈老莲 ………………………………………………… 30
闵汶水茶事 …………………………………………………… 33
晚明文人的酒与茶 …………………………………………… 36
元朝的三个文人 ……………………………………………… 40
陈寅恪的脾气 ………………………………………………… 44
胡适之的"胡说" …………………………………………… 47

关于废名	49
大家子唐鲁孙	52
古之学者为己还是为人	55
亘古一诗《击壤歌》	57
一本书	59
另一本书	61
一盏油灯	63
一扇木窗子	66
坛子、侏儒和孔雀	68
一天有多长	70
天下第一家的小家气	75
破书	76
贝克特的照片	77
十斤半书	78
石雕	79
陀螺	80
白莲花的云朵	81
篆刻大师	82
观国康先生用刀	83
老顾的风景	88
一棵树与一个土豆	91
有性情者必近酒	94
绿衣火腿拟古一首并序	95
文章字来处	96

王国维词	97
篱笆诗	99
不知有笔	101
奇人俞宁锴	102
直八	104
曾国藩日记	106
书香、蠹虫及《饮水词笺》	109

乙集　文学工场 1

小说与蝴蝶	115
身体的存在与颠覆	121
米格尔大街上的奈保尔和我	126
词语，或词语的运动	129
文学大萧条时期的小说巨兽	135
迟来的大作家巴别尔	140
胡安·鲁尔弗短暂的文学生涯及奇迹	145
谁喜欢《你在圣·弗兰西斯科做什么？》的作者雷蒙德·卡佛	151
这个有时是博尔赫斯的家伙	154
站在阴暗角落里打量世界的奇怪小说家	159
疯子、圣徒还是通灵者	164
当性爱作为现代小说的主题	170
没有一点正经的米兰·昆德拉	177

老索尔仁尼琴一瞥……………………………… 181
记苏珊·桑塔格……………………………… 184
老狮子萨缪尔·贝克特……………………… 185
重读《华莱士·斯蒂文森诗集》…………… 187
未读完的《追忆似水年华》………………… 197
英雄、疾病与隐喻…………………………… 199
独特的巴特…………………………………… 204
这些来自小国家的大作家们………………… 207
猴子样的翻译家……………………………… 214

丙集　文学工场 2

向下：汉语书写的一个方向………………… 221
读于坚《诗歌·便条集》札记……………… 228
穿行在影像与文字之间……………………… 236
大地上生长出来的史诗……………………… 239
历史话语的诗性转述与考据癖……………… 245
本土、个人经验及写作……………………… 259
云南经验的现代性书写……………………… 263
现代诗书写的复杂性及其宿命……………… 274
作为"出土文物"的诗人艾泥……………… 288
物与肉身，一种指向当下与看见的写作…… 294
对疾病隐喻的现代性书写…………………… 300
消失在视线尽头的河流……………………… 309

后工业语境之下的中国古典诗意 …………………… 315
时代、肉身与凌迟 ………………………………… 324
留下来的不仅仅是记忆 …………………………… 331
被遗忘的历史 ……………………………………… 337
从驿路梨花到杏花如雪 …………………………… 340
以河流的方式走进大地 …………………………… 343
零时代的身体叙事与身份书写 …………………… 349
基于常识的写作 …………………………………… 356
朝向故乡的写作 …………………………………… 360
文化寻根、求证与考据癖 ………………………… 365

丁集　身体的诗学

身体、写作与在场 ………………………………… 375
现场与见证：1980 年以来的云南现代诗 ………… 402

后记 ………………………………………………… 429

甲集　蠹鱼故纸

公安三袁里最小的那一位

有几年,我对晚明三袁的小品文字神往不已,到处去搜罗有关他们的片言只语。每次去"新知",我都要走到一排书架前,看看那本袁小修新出的《游居柿录》卖完了没有。这样子差不多有半年了吧,结果呢,我每次去,那本书都还在原来的位置,并不曾移动过。我心里不免有点失落。我原来以为,这么好的书,是打着灯笼都寻不着的,一定有好多读者在到处找它。我错了。

这几年,李渔、张岱,喜欢的人都多,他们的书在书店里也经常见得着,但很少听人说起过喜欢袁家三兄弟的。在中国晚明文坛上,这三兄弟是一个异类,时人李卓吾写文章称赞他们说:"伯也稳实,仲也英特,皆天下名士也。"主张独抒性灵的公安派,即为三兄弟所发起。长兄伯修,长于文论;老二中郎,才华最显,诗文不分先后;最小的这一位,就是小修了,小修的诗一般,但换了一种文体放开写,就不得了,他的小品文字是属于有汁浆的那一种,写景状物,言情叙事,活计干得非常漂亮。小修写作《游居柿录》二十卷,历时十年,篇幅是很长的,照今天的看法,再怎么说也应该弄成一个大作品吧,但小修偏偏把一个本来可以很大的东西弄得很小,兴之所至,随心所欲,太小品了。但就是这样的小品,我以为刚好是最难弄的。难弄的地方在于,小修把自己亲历的那些山水化成了世间最美丽的文字。

写小文章,没有性情和才气是不行的。性情第一,才气第二,少了一样都不成。没有这两样东西,你写到死都等于零,因为你的文字不是站在纸上跳舞,是躺在纸上睡觉。小修是有性情又有才气的,他的性情,又可置入一"闲"字。小修的《游居柿录》,处处可见一闲字。他在卷首开篇,写自己望着刚刚购置的三十亩茂林修竹,便大兴栖隐之志,后来驾着他舅舅送给他的那艘小船遍游江南溪岸,更是无事一身轻,所到之处,无不以吟风弄月会友饮酒为乐。

生活在那个时代,场屋之苦是大多数运气稍差的文人士子都要经受一番的尘俗炼狱。小修天资亮拔,十六岁考取秀才,以豪杰自居,但以后的运气总是欠佳,久战场屋三十载方才考取进士,已经四十六岁了,心性自是沉潜萧索,对科场功名早已失望。他在写给朋友的信中,有"叨得一第,聊了世法"(《与愚庵》)的感慨。不过,也算是失之东隅,收之桑榆吧,既然世法已了,索性泛舟溪游。"予于世有何所希?止以此一扁舟,作山水缘,图一芦花蓼岸,看夕阳朝霞之乐而已矣。幸而已至,为之欢呼久之"。

夜雪大作。时欲登舟至沙市，竟为雨雪所阻。然万竹中雪子敲戛，铮铮有声，暗窗红火，任意看数卷书，亦复有少趣。自叹每有欲往，辄复不遂。然流行坎止，任之而已。鲁直所谓"无处不可寄一梦"也。

　　斜风细雨不止，泊舟德山对岸。西来冲雨归。予乃卷篷窗看雨清坐。自至鼎州一月矣。终日醺醉，觉神思甚倦。今日始得闲寂，又一乐也。

　　小修的性灵文字，写得真是好，若仕途一路顺风，怕是就没有这样好看的文字了。

　　小修和中郎都曾一度沉迷于禅修之境。功名事远不如性命事重要，"若看山听水数十年，将胜过二十四考中书千倍万倍。"这是小修和二哥中郎生前所达成的一致看法。小修在《游居柿录》卷五日记中君子自道："自念年四十余矣，进取之事，自有定数，不如置身净地，随僧粥饭，修香光之业为乐也。"这话也不是随便说说而已，而是大有来头，《珂雪斋集》中有一封写给宝方的信，说自己在溪游途中，于玉泉寺偶然发现了佛学大乘秘典《师地论》，竟至于彻夜研读，不忍释手：

　　近日看《师地论》，闻所未闻，方征慈氏之苦心，一字一滴血。诸论中，警策密绵未有过之者。若非在山中，安得遇此秘密法藏，令不肖使得道念日切，世情日骤矣。山中虽乏伴侣，亦颇不觉苓寂。乃至"得饱伊蒲，而诵贝叶，人生已足，又何必飞而食肉？"

小修偶然发现的这部佛学大乘秘典《师地论》，即我们今天所说的《瑜伽师地论》，乃是当年玄奘从印度取回来的一部最重要的佛学经典，在所有的佛经里，确乎算得上是"警策密绵未有过之者"，其所罗列修佛门径，当真是繁复之极，包罗万象，无不备焉，举凡修道学佛之人，不实修这部经典等于是未得门径而入，打了擦边球，更谈不上是修道成佛了。小修得此秘典，兴奋之情溢于言表并不难理解。我相信，在此后的岁月中，小修肯定不止一遍地研读过这部经典，因为于他而言，自此之后，世间再也没有什么事情比修道成佛更重要的了。遗憾的是，小修死得太早了一点，从他发现这部经典到他五十三岁谢世，中间也不过十来年的时间，这个时间，对于不具利根的大多数佛修者来说是远远不够的。从小修留下的文字心迹来看，他于此道之发心不可谓不烈，用功不可谓不勤，但是我很怀疑他在临死前是否已经证悟。毕竟，缘起性空不是一件简单的事情，其中的玄机奥妙，实在是很难究竟参透的。

知道有一个袁小修，是在发现这本《游居柿录》以后。记得是半年前，有一天在新知古籍书店找书，眼前一亮，突然就在许多书里面看见了这一本，拿起来一翻，果然正是我满世界乱找的那个小修。而在两年前的某个时候，有一天我在潘家湾的旧书摊上闲逛，也是眼前一亮，就看见一本世界书局版的《袁中郎全集》躺在一排旧书中间。《袁中郎全集》，20世纪30年代左右的老版本，竖行繁体，把书凑近了鼻孔闻闻，立即就决定买下。

去年和前年，上海古籍出版社连着出了袁家兄弟的蓝布面精装本文集，都是钱伯城老先生的笺注，伯修一册，中郎和小修各三。我一见，当真是喜出望外，抱回家彻夜手不释卷，颇有些相见恨晚的意兴。

2009 年

这个世界会好吗

——我读梁漱溟晚年口述

20世纪上半叶,文化中国的先锋派们都在干些什么?在进口西方的现代思想并快速地消化它。那是一个拿来主义盛行的年代,内忧外患,所谓的"师夷长技以制夷"。印象最深的是鲁迅开列的那个书单,当年鲁迅要青年只读外国书,不读中国书。当时就有小人站出来检举揭发,说鲁迅的这个单子怕是要误了青年,说,他自己家里,放着那么多的古籍书,却要煽动青年去读外国书。今天看来,起码在我看来,鲁迅是没有藏私的,而且很是让我佩服他的远见。鲁迅的远见有多远?我说是百来年,至少他说的那个话,他开的那个单子,对于他的那个时代乃至20世纪80年代以来的现代化,还是管用的。今天,我个人的看法是,鲁迅的精神我们还是要,但他的想法可以抛弃,因为鲁迅的时代已经终结,拯国救民于水火之中的大使命似乎已经完成。我们现在要的,是重新召回传统中国的魂魄,或者说,是把一两百年以来被西方弄得千疮百孔的人心重新补起来,这个意思,用梁漱溟先生的话来说,是建设我们的人心与人生，先把自己心里面的病治好，把心安置妥当了，就什么事情都好办。

中国百年来的事情，说起来比较有趣。大的方面讲，是传统儒家文化与西方技术主义的此消彼长乃至轮回，这场旷日持久的对决，看来暂时是西方得了大优势，赢了。但是长远地看就不一定了。比如这个梁漱溟，他就说，西方人的智慧尽管可以搞定世界，但却万难在人类的生命上面有什么建树，因为西方人的智慧是向外的，一开始就弄错了方向。中国人自己的一套不同，中国的智慧是向着人自己的，是回到人本身上面来的，解决的是人生与性命的问题，而且也很有办法。所以梁先生说，西方的智慧是短视的、解决现实问题的智慧，中国的智慧则是聪明的智慧。西方是小道，中国是大道。梁先生的这个话，几十年前就说了，只是听见的人，或者说听得进去的人，不多。毕竟在那样一个年代，话语权不在梁先生他们这边。梁先生的声音，终归只是代表了少数派。但是梁先生的这个声音，当时人们听不见，以后，就听见了。他是把这个话说在前头，先放着。今天许多人都意识到，搞中国特色的现代化，离开了梁漱溟先生他们提倡的那一套新儒家的做法，还是不行的，现代化终归还是要回到人生上面来，为人生服务，否则，你搞了干什么？今天对于国学复兴的呼声很高，这说明，有很多人是听见了梁先生他们这些前贤大儒的声音。当然，听见了还远远不够，关键是要做个像梁先生那样的明白人，最起码，也要明白梁先生为什么要那样子说话。

梁漱溟先生活了95岁，他的最后一次集中说话，都收在这本叫作《这个世界会好吗》的书里面了。说出这些话的时候，是1980年，梁先生87岁。梁先生在书里面说，他自己活到了将近90岁，但还是没有做到王阳明的那个程度。王阳明做到圣人了，他自己没有做到，但是比一般的人要高明许多。另一处，梁先生预言了苏联的解体，他说苏联问题很大，他们自己解决不了，看来是很难撑下去了。他说这个话是在1980年。我记得从波兰逃到美国的流亡诗人米沃什在回忆录里说，世界上当时大概有两个人预言了苏联的解体，只是都没有想到会这么快。米沃什提到的两个人，是西方人里面很聪明的那种，但在智慧上、眼界上，似乎都远不及梁漱溟。

梁先生新儒学的归结点是追求世界的日新日日新又日新，以便实现世界大同的美好理想，这个是对的。梁先生的出发点是孔、孟、朱、王所一路护持的内向的人生哲学，这个也是千真万确的。如果按照这个学问的路径一路追问下去，那么天下最高的学问最终当然还是得回到一己之身上来，所谓的人不为己天诛地灭，实在是再自然不过的。弃除人欲乃是为了存正天理自然。假如连天理自然都被灭掉了，人的欲望的实现也就成了一纸空谈。读到梁先生的这个主张，再与当今世界的可怖现实联系起来，确实让我们感到后怕。想想吧，百年来西方实用主义的中国信徒们，果然已经把大地建设得满目疮痍千疮百孔了，一种恐怖的美学已经诞生，其结果就是皮之不存毛将焉附。

这个世界会好吗？该书的最末一页上面有一段意味深长的文字，似乎可以回答这个问题：

1918年11月7日，梁漱溟的父亲梁济正准备出门，遇到走进来的梁漱溟,二人谈起关于欧战的一则新闻。"这个世界会好吗?"梁济问道。梁漱溟回答:"我相信世界是一天一天往好里去的。""能好就好啊!"梁济说罢就离开了家。

三天后,梁济投净业湖自杀。

2006 年

无能子的小书

《无能子》是晚唐一个不具姓名的神秘人"无能子"留下的一本小册子。这个神秘人在以往那些清心寡欲的家伙里究竟算哪一号人物,以我目前的视野所及,尚不清楚;不过,他留下来的小册子,我以猎奇的态度随便翻了翻,倒是十二分地有趣。

比如,在《无能子》卷上"圣过第一"里,他就明确地把天地分开以后世间所有的活物归为五类。他说:"天地既位,阴阳气交,于是裸虫、鳞虫、毛虫、羽虫、甲虫生焉。"这个神秘人所说的裸虫,指的就是人。

人也只不过是虫的一种,他的这个说法有点意思。通常的说法是,人乃天地万物之灵,天地间,就数人最聪明。但无能子不买这个账,人,在他眼里不过就是虫而已。他说:"人者,裸虫也;与夫鳞毛羽甲虫俱焉,同生天地,交气而已,无所异也。"

我们知道,人所以异于禽兽鸟虫,是在有了人类社会以后。

在有人类社会以前，人类的智商大概跟松鼠差不多。无能子认为，人以为自己很了不起。人能用智虑，会思想，富巧辩，还弄出了一整套繁复的礼仪规章来规范人的行为，这些，都是多余的。

世界已经很完美了，不必再建设，这是神秘人的意见。无能子的意见是：如果世界上没有人这种裸虫，其他的虫类照样活得很好；但因为人的自以为是和霸道，人类就非但自己的日子过不好，就连其他的动物也没有好日子过了。站在今天这个角度看，我以为他是最彻底的环保主义者，跟老子是一脉相承的。老子认为，世界的数目不必增加，而是应该减少。老子用的是减法。在西方，20世纪的哲学家维特根斯坦使用的方法也是减法。他说：对不可说的，我们要尽量保持缄默，当哑巴。阿根廷国立图书馆前馆长博尔赫斯也持同样看法。这个人最害怕的两样事物，一个是镜子，一个是交媾，因为两者都使世界的数目增加。

我们知道，唐代，中国汉语诗歌已经发育得相当成熟了，那个时代的知识分子，在忙着干什么？在忙着写诗。无能子却很奇怪，他拒绝诗歌，甚至就连名字都不想让人知道；他写下的小册子，20篇，非常短小，全部字数加起来，也不过就万把字的篇幅。读《无能子》，我的一个感慨是，真正的智者在民间，而不是那些把世界涂抹得黑一块白一块的到处露脸的家伙。

2005 年

许葭村《秋水轩尺牍》

《秋水轩尺牍》是我在昆明马街淘得的民国老书之一种,因书品完好,故一见而收入囊中。今日取出细看,始发现该书作者葭村先生乃天下第一等幽默人。

如《复冯璞山先生纳妾》为一信,《再答冯璞山先生无钱纳妾》又为一信。前信述纳妾事宜慎重,言所谓"选姬如选将,娘子一军,实难其任",后又检讨自己的"简拔多疏"及此前遭遇挫折,说纳妾一事,已经接连有过三次失败,"如曹大夫将兵,三战三北"。最后说如果自己再不亲自出马去找,恐怕香火就续不上了,怕是要从此无后。末了,乃信誓旦旦发愿,说"君其迟诸三日之后",告诉写信催他纳妾的璞山先生(为其姻亲),三日之后便有结果,只耐心等他好消息。

结果又是如何呢?这位可爱的葭村先生在第二封信里开始大诉其苦,最后回说是无钱纳妾。

读到这"台上黄金,猝难应手"一句,我当真是愕然不知所措,以为是自己眼睛花了,没有看清书上的字。再看,仍然是

"台上黄金，猝难应手"，"殆天之不欲有后于予矣"。

纳妾本是韵事，奇的是，无钱纳妾也就算了，还绕来绕去半晌，搬来许多典故，说什么"相马者必于冀北，满拟执策而来，与伯乐为空群之顾"，云云。末了还不忘来上一句"临池作答，不胜唏嘘"。

读完这最后一句，我终于忍不住在书房里俯仰笑倒。葭村先生之酸腐可爱，莫过于此。他的文字功夫好，但力气使过了。以这么优雅的文辞来表达此等事，情何以堪？然以葭村先生之风趣，或者其意正是要让人笑倒，也未可知。

《秋水轩尺牍》里也有内容文字融洽，均属难得的。如写给一个朋友的贺信，同样是因纳妾而起，就写得隽永可喜，充满调侃之趣：

> 金台之游，久不赴约。昨晤令弟，谓足下已赋小星（即纳妾，作者注），想见豆蔻初开，春风得意，第恐河东君未必我见犹怜，则龙邱居士，难免贻笔髯翁耳。

自己身穷，无力纳妾，以常理计，看到别人纳妾，心里多少都不免泛起一点酸意，然葭村先生却显得如此从容大度，实属难得。这样的措辞与态度，读到信的人自然是会合不拢嘴的。

有趣的是另一封同是写给朋友的道贺信，《戏陈笠山娶妻书》。这一次，朋友所纳非妾，而是老实正经娶妻，而且娶的竟然是一麻肥丑陋之妻。

> 前书以弟夫人麻而且肥，若有不足于心者。殊不知麻姑为天上之仙，健妇乃女中之隽。然则，麻与肥不足为病，且足为喜，何以此咎蹇修（媒人）哉？吾恐闻内者，正以足下为不如城北徐公耳！

这封信写得很幽默，歪理正说，恐怕收信人看了也要笑出声来。尤其是最后一句，颇具杀伤力，令人解颐。而等到后来陈笠山纳得美妾，葭村先生的去信，戏弄的语气仍然不变，却只是把言辞换成了"莲幕藏娇，其人如玉。倚香偎翠，乐何如之"之类的美言。许葭村不愧是许葭村。人说绍兴师爷刀笔如何厉害，但也仅限于诉讼索命之类的无情公文，在葭村，则是连人情世故也表达得这般入木三分，早把荆棘地视为花间坊了。"娶妻娶德，纳妾纳色"，这个道理他比谁都谙熟得深。

幽默风趣是许葭村尺牍往来的一大特色，然要识葭村真本事，倒还不能一味地往这方面去找。《秋水轩尺牍》洋洋二百二十九篇，可以说因用途不同，篇篇都是极高明的小品文字。《秋》书首篇，《与王沧亭》一信，文辞雅丽，情意殷切，读来不由人不心生感动：

> 弟向获缔交于季方，因得闻元方之贤，思一见为快。昨于会城邂逅遇之，觉大兄之才华器宇，更有胜于所闻者，正恨相见之晚。不期越宿分襟，又恨相违之速矣。
>
> 别后初四日抵津门，初十日诣平舒，月未一圆。地经两易，风尘仆仆。无非芸人之田，自怜亦堪自笑。

比值同人归里，馆中惟我独居，加以清磬红鱼，直是修行古刹。而西风黄叶，回溯时殷，双鲤之颁，定不我弃。尊体复元否？嫁务纷劳，诸宜珍摄。因风寄意，不尽所怀。

再读置于《秋》书第二页的《与陈凝之》：

别后驹光如驶，鱼雁鲜通。三晋云山，徒劳瞻企。孟冬既望，从沈孟养处寄奉手书，不啻五年前风雨对床之快。第以吾兄之才之品，早拟颖脱遂囊，何尚郁郁居此。芙蓉出匣，会当有时，祈耐心处之。

弟自壬子夏五，由辽西而之析津，今春赋闲四月，旋以旧友沈聿新招赴平舒，相助为理。频年浪迹，到处因人。正不知上林多少树，何缘独借一枝耳。

好一个"正不知上林多少树，何缘独借一枝耳"！看到这样的文字，我说不出话来。古语表达之美，尽在言中，有此美文，夫复何求！

《秋水轩尺牍》历来被认为是清代三大尺牍经典之一，与袁子才的《小仓山房尺牍》、龚未斋的《雪鸿轩尺牍》并列，尤为民国雅士所推崇，以为"文辞简洁雅丽，雍容有致，尽显文言书信特质"云云。

许葭村，清代江阴人，生卒年不详。他在幕府给人当了一辈子师爷，收入差可，因之常感囊中羞涩，尴尬事频出。尺牍里，有许多是他写给朋友借银或是索酒要鱼的信。遇到这一类极难开口而又毫无诗意的事，许葭村的信就更是极尽款曲，文辞优美得不得了，直让人看了都不好意思不借钱给他。

2009 年

我们自己的大师孙犁

在意识形态主导的中国现当代文学史里面，不用翻书都晓得，孙犁大概是排在乡土文学那一章的某个小节，他被安排在为那些庞然大物的阴影所占据的某个角落里，是一个连脸长什么样子都看不清楚的人物。

记得大学的文学史教材，沈从文也是这个位置。他似乎立在孙犁的后面。

其实，站在这部垃圾文学史的什么位置并不重要。重要的是读者，是从成千上万的读者中成千上万次地挑选出来的那少量的读者眼里射出来的那一缕贼亮的光。一代代的作家死去，湮灭于尘土，但总有一两个、两三个会慢慢地从凌乱而荒凉的乱坟岗走出来，被这缕贼亮的光照亮。

我把这种阅读的还魂术称之为文学考古的返祖现象。所谓的不朽与永久失踪，其最终的表决权到底还是又重新回到了万能的读者的手中，翻手为云，覆手为雨，那些站在时间铁幕背后的无名的读者，往往会做出使我们诧异的决定，文学气候的阴晴变化，跟他们脸色的明暗程度有关。

突然，一瞬间，几乎就是一瞬间，我听到来自黑暗的图书馆里的一声咳嗽，简直就是以掩耳不及盗铃之势，孙犁这个老古董被发现了。在网上，孙犁的文学小册子动辄就冲到数百元、上千元的拍卖价位，1951年初版的《风云初记》280元，1959年初版的精装插图本《铁木前传》200元，1963年版的作者签名本《风云初记》888元，1959年版的《铁木前传》签名本360元，1982年版的彩色连环画《荷花淀》320元，1947年海洋书屋版的《荷花淀》820元，1947年东北书店版的《荷花淀》480元，1950年读者书店出版的《农村速写》280元。就连1992年版的《孙犁文集》正、续编8册也卖到了680元，而原来的定价却只是280元。最贵的一套书，1992年百花版、有作者印章的《孙犁文集》珍藏版2000元，无加盖印章的，1000元。

当代中国文学界，长期浸淫在西方现代语境中写作的新一代小说家们，似乎是最近几年才突然醒悟过来，要想写出纯正中国味道而同时又可以抵达不朽的小说，希望并不寄托在西方的某个大师身上，原来我们身边也有过大师，比如，孙犁。2004年，11卷本的《孙犁全集》由人民文学出版社以精装本的形式出版，以便在满足那些品味纯正的汉语读者的同时补充作家们日益枯竭的语言资源。

孙犁的作品究竟存在着何种魅力，乃至于让那些隐身的版本收藏家、潜在的读者、动机可疑的出版社在一个已经全盘西化了的时代如此眷恋不已？是表层的欲望已经退潮，还是我们所置身的这个浮躁的社会正面临着新一轮的心理转型？不知道，总之是孙犁那些清心寡欲的、几乎被遗忘的作品再度回来了，人们在趣味坎普的客厅，在貌似高雅的文化沙龙，对孙犁如此津津乐道，就像在谈论着某位当年被主流意识形态开除的、具有不俗品味的、只阅读线装书的祖父一样。

确实，孙犁作为一位寄身于红色阵营灰色地带的乡土作家，对总是把自己推到时代鼓手位置上的新势力，对仅仅是来自于"左"边的意识形态领域的遵命文学，常常有着一种消极的，有时是一种经过伪装的反抗和免疫力。他没有被说成像沈从文那样的粉红色作家，乃是因为从他的笔端冒出的许许多多普通的小人物，乃是来自于乡土的民间，而这些小人物又通常都被认为是一个民族处在危难时刻的民族的脊梁，更何况这些小人物组成的群体是有组织有纪律的，有革命觉悟的，是在某种政治正确的方向的引导下的沉默的大多数。孙犁最好的作品，是他描写解放区男男女女的那些极为出色的小说和散文，是《铁木前传》《风云初记》《荷花淀》和《山地笔记》。这些作品的主题不单具有罕见的所谓革命现实主义与革命浪漫主义的完美性，它们同时也是自然主义的、人性的、温和的，对具体的某一个来到笔下的人物总是采取一种既客观又克制的态度——说到底，身为作家，孙犁采取的是一种对人对己、对那个时代及其那个时代的文学都极端负责的态度，他并非是一个有野心的作家，并非是一个清醒地意识到自己在为所谓的经典写作的作家。孙犁的文学道路并不具有任何的传奇性，他只是把他见到的、打过交道的平凡众生照实写下来，如此而已。然而，他又是一个文体意识极为强烈的作家，严格遵守着为传统的语言炼金术所发明的那一整套律法：任何形式的文学语言，都必然建立在其本身自成一体的生命系统之上，因为语言自己本身会呼吸。

在一篇并不引人注目的、题为《光复唐官屯之战》的通讯体报道里，孙犁描写了一座城池的解放，解放军是怎样从国军手里把这座城收回来的。在我看来，这篇通讯堪称报道体文学的一个罕见的典范，孙犁在处理这个头绪纷繁的题材时发明了一种结构主义的诗学，既惜墨如金又不放过任何细节，短短1200字的篇幅，分成八个片段，叙事与描写交叉进行，语言客观，简练，不动声色，攻打一座城的前后过程，呼之欲出，如在眼前。这篇通讯报道让我看到了一位土生土长的作家是怎样成为功力深厚的语言大师的。

与孙犁同时代和处在同一语境之下的作家，湮灭者十之八九，作品不能流传是总体的命运。究其原因，恐怕还是跟革命、乌托邦、集体主义的流行话语有关。孙犁是低调的，他只描写那些为他所亲历和感兴趣的小事件和小人物，但这些小事件和小人物一旦来到他的笔下，就会变得栩栩如生，散发出鲜活、朴素的魅力。阅读孙犁的作品是一种享受，他是一个超越时代的永恒的作家。

2008 年

无事不妨读读郑逸梅

云南师大对面的那家碟店打电话来，说《暴雨将至》的 D 版到了。拿了碟，就跑到对面的清华书屋去看书。发现中华书局版的郑逸梅作品系列就只差了一册，几乎都到齐了，于是尽数买下。一共六册，就连刚刚出来的这册《南社丛谈》都有了。缺的一册，《清末民初文坛轶事》，是去年出的书，当时在书店里也看见了，还翻了翻，但没有买，心里想着等这套书出齐了再说，只是没有想到人家出书可是一本一本地出的，等到新的来了，旧的却又不见了。

郑逸梅的书，民国前后新旧两个时期累计恐怕不下数十种。有人说是 68 种。据他自己说，单是 1981 年以后就出了 23 种单行本。这话是他去世前一年说的。只不知道中华书局的这套出齐了是多少本。

郑逸梅 1895 年生，历经光绪康梁变法、宣统登基、辛亥革命、洪宪称帝、张勋复辟、军阀混战、八年抗战、三年内战、新中国成立、知识分子改造、"文革"、八十年代新时期，直到

1992年去世，活了将近一个世纪，可谓历尽沧桑，见闻博厚。难得的是老人家从来不在虚构文本上浪费笔墨，他所记录的，全都是自己耳闻目见的轶闻掌故，有许多还是他自己亲身经历的。所以，有人把他称作是20世纪的文史掌故大家。

郑逸梅擅长掌故小品，20世纪二三十年代就被称为"补白大王"，有多种作品刊行问世。他的小品文用语简捷，时而文言，时而白话，时而半文半白，娓娓道来，如数家珍。像这样的文字，着实不多。去年我在书店买到一套唐鲁孙谈吃的小品文集，也是在白话文里不时夹杂着一些古语，我读着甚是喜欢。这两人，我喜欢的是他们作品中散发出来的前朝遗老气息。这种气息好闻极了，像旧书的味道。

郑逸梅笔下的文史人物，几乎全都来自于他自己的个人记忆，经过他的叙述，这些人物个个都很鲜活，言谈举止，音容笑貌，仿佛跟活着时一样。他们的性格、脾气、嗜好、生平事迹，都是完全按照个人化的方式进入文本的。比如《南社丛谈》黄摩西条："一代奇人黄摩西，原名振元，字慕韩，生于江苏常熟县。不修边幅，掌教苏州东吴大学，教室中，前三排学生都不愿坐，因为他不沐不浴，发出一种很难闻的怪气息。可是他上课时，滔滔汩汩，妙趣横生，却颇有吸引力，于是学生们纷纷带了香料来解秽……"

想起从前所读到的有关20世纪上半叶的书籍，里面的人物似乎都是身体缺席的革命者、烈士，即使牺牲了，也跟身体无关，仅是某种意义、符号的代表。他们生前不是作为一个人而存在，死后也不是作为一个人被记住。

多亏了郑逸梅,是他让我了解到,在 20 世纪上半叶的中国,除了集体主义、革命和革命者,还有着另一种完全不同的私人生活及生活方式。

中华书局版的郑逸梅作品,去年七月开始出第一册,目前已出了七册:《艺术散叶》《艺术散叶续编》《书报话旧》《文苑花絮》《清末民初文坛轶事》《近代名人丛话》《南社丛谈》。

2006 年

观任渭长画

我从书店买回三册明代的版画集，一册陈老莲，一册任渭长，一册萧尺木。三人里面，我最喜欢的是任渭长。

渭长早年师法老莲。两人相隔了两百年，可以说渭长是老莲的隔代弟子。从两人的作品看得出来，老莲大雅大俗，拿得起放得下，相较之下，渭长则显得高古促狭，他的性格里面藏着刀子。

任渭长只活了三十五岁。算是早夭。不过在死之前，他还是留下了四部惊世骇俗的作品：《列仙酒牌》《於越先贤像传赞》、《剑侠传》《高士传》。他似乎只喜欢描绘那些天赋异禀、独立特行的来自古代或是天上的人物。他的人物画被认为是中国传统版画里的最后一座孤峰，在某些方面甚至超过了他的老师陈老莲。他当然是一个天才的画家。大约天才都很遭天妒，都要早死。天地不仁，视天才为眼中钉，所以就只好让他早早死掉。相比之下，他的老师陈老莲比他活得要长久些，陈老莲活了五十五岁。

让我迷惑的是，任渭长为什么只画古人或仙人，而对于与他同时代的人和日常生活很少发生兴趣？是描绘活着的人比较困难吗？当然不是。以他那样高超的技艺，可以说他想要画什么就完全能够做到画出来的就是什么。把人物画得酷肖逼真，或是忠实地记录形而下的日常人生，那只是匠人的小打小闹，任渭长想要抵达的显然是属于一个完全不同的世界，那个世界以前存在过，而要表现那一世界所指向的精神向度，唯一的办法就是回到过去。他从历代先贤留下的典籍里发现了他所需要的人物。他找到的那些人物，标帜着他所崇尚的那一理想世界的精神高度。任渭长不是一个能够跟现实世界发生关系的画家，他甚至不屑于在他的笔端下看到时人那些猥琐的脸——这个人只是一意孤行地后退，经由后退，他把他的时代整个地抛弃了，遗忘了。

任渭长的作品是一个奇迹。在他的时代，几乎所有的知识分子都埋首于故纸堆皓首穷经，要不就是热衷于徜徉在已经世俗化了的山水里把玩内心的一点点可怜的诗意，以至于离原道精神越来越远。任渭长走上的是一条孤绝的道路，他让那些古代的、已经消逝在历史烟云里的面孔又再次鲜活起来，他笔下的人物才是他真正的兄弟、亲人、朋友，他们是他心灵生活的全部来源，他往回走，前去与他们相认。

任渭长，浙江萧山人，生于1823年，死于1857年。《高士传》是他的最后一部作品，未完成。

2009 年

画青山而隐

> 人处乱世,上不得击节纡奇,次不得弹琴高蹈,而优游尘土,画青山而隐,则吾与芸子解衣磅礴,相附于长康、探微之流,亦足矣,他复何愿。
>
> ——萧尺木

得萧云从版画一册,内录《离骚图》《太平山水图》。

我原来对明清之际的绘画完全没有了解。见到之后,是长久的沉迷。先是陈老莲,任熊,后来是萧云从。萧的《太平山水图》,是一个大的惊叹,太浩荡了,繁茂而磅礴的线条,回环,起伏,直把中国南方的青绿山水绕成了葱茏的墨色。

萧跟我所见到的古代画家不大一样。他很少使用减法,密集的、堆积在一起的涣漫的线条,缠绕、纠结在一起,有如草木直接从天地间长出来,而且似乎不受限制,有着一种自然繁殖的加速度。他把大山搬到了纸上。他是一个山水的搬运工。

山者,大物凸起于天地间也。萧画面上呈现的山,是原在的山，超越了女性气质的山，南方的山水在这个人的笔下被赋予了体积和重量，因而避免了一般文人画的阴柔、娟秀、轻飘。从天地间自己长出来的山水，从来都不是文人雅士透过格子窗看见，或是养在庭院里的刻板的自然宠物。天地人，原本就只有一个身体。

原本山川，极命草木。要命的就是这个原，这个本。原本、极命是无，山川草木是有。有无相生，是为天地。萧对此早已心领神会。画青山而隐，其实是要隐到天地的里面去，所谓"解衣磅礴，相附于长康、探微之流"。

萧的《离骚图》，也是这个意思。美人、香草、河流、湖海、生灵，全都来自于对混沌的感应。老莲画《离骚》，只画人物，萧不然，他把《离骚》画成了混沌的山水。

2009 年

张岱与陈老莲

有明一代，有点意思的人物大抵都集中在晚明。李贽、徐渭、张岱、袁宏道、袁小修、陈老莲、萧云从、钱谦益、柳如是、董小宛……由人而文而艺术，个个可圈可点，唇红齿白，当真是群星闪耀，男女交映生辉。而最让我感兴趣的是，一路追究下来，张岱与老莲二人生活在同一个时代不说，居然还是过往频仍的好朋友。都说自古文人相轻，其实此话未必当真。自然，同时代的文人堆里，相互龃龉、腹诽、开笔仗，甚或狭路相逢终于忍不住动起手来了，也是时常有的——但这些上不了台面的事，主要还是发生在那些像麻雀一样叽叽喳喳的不成气候的小文人身上。

张岱、老莲都是天才，一个是那个时代独步天下的散文作家和大玩家，一个是把传统人物画画得空前绝后的大艺术家。两人走得很近，彼此看到对方都觉得舒服、养眼，就像是看到另一个自己一样。他们大约是可以睡在一张床上共同打鼾，或是闻着彼此的脚臭也会欣然做深呼吸状的人物。他们的友谊之深、之厚,从老莲住在张岱家动辄狂饮大醉数月不去就可以略见一斑。如果把这两个人分开来,两人都是乱发脾气的大艺术家,但如果待在一起,他们就都安静下来了,在晚明艺术的天空下,彼此相安无事,有的只是互相奖掖,恨不得把天下最美好的言辞送给对方。张岱为老莲的《水浒牌》作一文,无吝溢美之词,"余友章侯,才足拣天,笔能泣鬼,昌谷道上,婢囊呕血之诗,兰渚寺中,僧秘开花之字……"云云。其实,到了晚年,两人亦师亦友的关系已经超乎寻常,艺术所达到的高度是一致的,只不过是分工不同、各有侧重而已。

张岱喜弹琴与品茗,老莲独爱女人与酒。张岱有一篇文章讲他和老莲在湖上饮酒遇到一位女郎,老莲先是招呼那女郎上船喝酒,喝完酒以后又上岸去跟踪女郎结果跟丢了的事。张岱是品鉴大师,也是风月场老手,老莲的好色则是出了名的,是那种为了女人连身家性命都可以不要的角色。我在想,当这样的两个人坐在一条船上和一个神秘的女郎耳鬓厮磨地喝酒,而两人又都对这个女郎很感兴趣,他们三人之间会发生什么?两人在女郎面前各自的表现如何?这一定是一件十分有意思的事情。

张岱比老莲早出生两年,五六岁的时候都被称为神童,年轻时都是在红浪翻滚中过来的,可说是声色犬马,放浪形骸,可到了晚年,境遇就惨了,一个被迫披发入山,一个被迫出家去做了和尚。他们都想死,但都没有死成。他们都想活,但是,都活成了前朝遗老,活得窝囊。一个可怕的时代正电闪雷鸣般到来。1652年,老莲走了,活着并将继续活着的是张岱,这个身上起了包浆的人又独自活了二十七年，在山里写一部怀念前朝的大书，差不多饿死，直到 1679 年才在一个与他格格不入的朝代里真正地死去。

2009 年

闵汶水茶事

有一个人很少被注意到,他在晚明的文本中只是惊鸿一现的人物,如果不是张岱偶然逮到了他并把他写到回忆文章里去,他恐怕就真的要湮没无闻了。这个人就是张岱文章里专门写到的闵汶水。

闵汶水是个什么人?张岱的文章里只说他是一个品茗大师,而且似乎精于制茶。

张岱好茶,是有名的茶痴。1638年9月的一天,张岱兴冲冲地走了老远的路前去寻访闵汶水。闵汶水住的地方在南京桃叶渡一带。这个地方我去过,位于南京秦淮河与古青溪水道合流处附近,即现在南京夫子庙淮青桥东。这里以前是一个古渡口,六朝时期已经是金陵的一处交通要道,相传东晋书法家王献之常在此迎送他的爱妾桃叶,桃叶渡因此得名并从此声名大噪。到了明代,这个地方已经是一个热闹去处,位列"金陵四十八景",以"桃渡临流"命名。

这一天张岱到达桃叶渡后,从下午一直等到天黑,好不容易等到闵汶水回来了,正待开口说话,人家却突然站起来,借口"杖忘某所",扔下四个字走了。等到闵汶水慢吞吞地回来,已经是更定上床睡觉的时间。闵汶水回来后见张岱还在,非常吃惊,在得知张岱远道而来找他只是为了讨一壶茶喝之后,闵汶水赶紧站起来起炉煨茶。喝茶的过程自然十分有趣,当世两大品茗高手,一问一答,你来我往,当真是惊心动魄,其效果不亚于两大武林高手在华山绝顶上对招。这天晚上,闵汶水一共煮了两壶茶,张岱一边喝,一边把这两壶茶的用水、茶叶产地说了个八九不离十,直让闵汶水啧啧称奇,以至于喝到后来,两人惺惺相惜,当场就成了忘年交。这一年张岱四十一,闵汶水七十。

有关闵汶水的资料甚少,不过我总以为他应该是一个执当时茶坛牛耳的人物,我猜想他家一定时常举办茶会,而且在茶会上出现的大约都是一些当时风雅得紧的人物。果然,我在张岱的另一则文字里又看见了闵老子的身影。有一个叫王月生的秦淮名妓,经常到闵老子家喝茶,张岱文章里说她"好茶,善闵老子,虽大风雨、大宴会,必至老子家啜茶数壶始去"。关于王月生,张岱说她"面色如建兰初开","寒淡如孤梅冷月,含冰傲霜,不喜与俗子交接","曲中上下三十年,决无其比也",是一个"南京勋戚大老力致之,亦不能竟一席"的人物。可就是这样一个任你为何方人物,亦须看我心情的绝代佳人,却是闵汶水家的座上客。

闵汶水身世、下落如何,不得而知。他家里藏了些什么茶,喝茶的境界究竟高到何种程度,除了张岱的文章,一律不见记载。从张岱记述的情形来看,闵汶水应该是那个时代最顶尖的品茶大师。他家里辟有专门的茶室,煮茶用的水是从惠泉长途运来的,使用的茶具也都不是凡品,尽是荆溪壶、成宣窑磁瓯一类连张岱见了也认为"精绝"的稀罕之物。此外,他请张岱喝的茶,都是他自己亲手制作的,所谓的罗岕原料,阆苑制法,即便是张岱这样见多识广的人物,也忍不住要啧啧称奇。"灯下视茶色,与磁瓯无别,而香气逼人,余叫绝。"

闵汶水的制茶法,大约已经失传。像他这样喝茶讲究的人,今天大约也不会再有了。

2009 年

晚明文人的酒与茶

近读明人小品,读到会心处,每每莞尔。陈眉公的朋友夏茂卿撰有《酒颠》《茶董》,请他作序,眉公两不排斥,认为"热肠如沸,茶不胜酒;幽韵如云,酒不胜茶。酒类侠,茶类隐。酒道固广,茶亦德素"。酒茶各擅名场。谈到饮酒,他说:"大约太醉近昏,太醒近散,非醉非醒,如憨婴儿。"他把饮酒和生死联系起来,说酒不外乎是一种使人暂时沉醉的"半颠"之物,喝与不喝,都脱不了生死的干系。他举例说,即便是如毕卓、刘伶那样的酒徒,所谓"毕忘盗,未忘瓮;刘忘埋,未忘锸",也不过是以酒排遣生死而已,生死二字,是无论如何也消融不在酒里面的。那么既然生死无法回避,怎么办?"然则将若何?乐天不云乎:吾尝终日不食、终夜不寝以思,无益,不如且饮。"

白乐天的这个"且"字用得真好!且,姑且,暂且,且喝他一两杯再说。既然思无益,想不明白,那就任其自然吧。

陈眉公自己不喜欢饮酒,对酒的态度是听之任之,对茶却是有一副热心肠的。他的《茶董小序》一下笔就把范仲淹的诗抬出来为茶张目:"万象森罗中,安知无茶星?"说:"余以茶星名馆,每与客茗战,自谓独饮得茶神,两三人得茶趣,七八人乃施茶耳。"这明显地是在自炫饮茶心得了。在《酒颠小序》里,眉公是以酒论酒,只字不提一个"茶"字,对酒的态度还比较客观,到了写《茶董小序》,他就忍不住要说酒的坏话了。在把饮茶的种种好处罗列了一番之后,他说:"觞政不纲,曲蘖分诉,诋呵监史,倒置章程,击斗覆觚,几于腐肋,何如隐囊纱帽,悠然林涧之间,摘露芽,煮云腴,一洗百年尘土胃耶?"真是好一个"一洗百年尘胃"!把这段话看完了,才知道原来眉公把酒打进十八层地狱,是为了抬高茶的身价。但他又觉得这样很扫夏茂卿的饮酒豪兴,所以紧接着又有"酒道固广,茶亦德素"这样的话。酒使人狂,茶使人静,这倒是真的。酒茶不相容,这也是没有办法的事。不过,用不着因为自己喜欢茶而不喜欢酒就毁酒无度。再说,茶有茶道,酒有酒途,完全就是各人的事情,跟所谓的生死、政纲实在扯不上多少关系,喝酒就是喝酒,饮茶就是饮茶,只要能够识得其中的滋味就够了。晚明小品文作家里面,我总是不很喜欢陈眉公,他的文章写得不错,但就是喜欢讲大道理,未免迂腐。有时,还显得相当暧昧。他二十九岁那年一把火把自己的儒生服烧了,以便摈弃仕途归隐山林,但最终还是做不到完全出世,时与缙绅往来,文章中也多经世之论。所以当时有人就讥讽他为"山中宰相":"翩然一只云中鹤,飞来飞去宰相衙。"

喝酒也好,饮茶也好,如果不是身体力行,沉溺其中,是很难体会个中三昧的。晚明一代,我比较喜欢的是袁中郎和张宗子,一个喜欢饮酒,一个喜欢品茶,他们的饮酒和品茶,不讲什么道理,只在"趣味"两个字上见出分明;文章一路写来,其格调亦远非眉公辈可比。中郎写饮酒的文章,有《觞政》十六款和一篇《酒评》。《酒评》在我看来称得上是晚明小品文里面的一篇奇文,文字很短:

> 丁未夏日,与方子公诸友饮月张园,以饮户相角,论久不定,余为评曰:刘元定如雨后鸣泉,一往可观,苦其易竟。陶孝若如俊鹰猎兔,击搏有时。方子公如游鱼狎浪,喁喁终日。丘长儒如吴牛啮草,不大利快,容受颇多。胡仲修如徐娘风情,追念其盛时。刘元质如蜀后主思乡,非其本情。袁平子如五陵少年说剑,未识战场。龙君超如德山未遇龙潭时,自著胜地。袁小修如狄青破昆仑关,以奇服众。

把喝酒写得这么好玩,真是奇了!看来这一帮文人个个都是酒徒,不过在袁宏道眼里,他们都是仙,酒仙。

张岱嗜茶如命,他写过《雪兰茶》《茶史序》《闵老子茶》等多篇记述茶的文章。最有名的是《闵老子茶》,把品饮闵老子茶的整个过程写得有声有色,活色生香,令人神往不已。我是在读了这篇文章以后,才知道沏茶、喝茶原来是有那么多学问的。这篇文章结尾的一句话很短,只有三个字:遂定交。这三个字,把张岱和闵老子两人从不认识到相识,从相识到相互试探,再到相互激赏、茶意相通乃至以茶定交的整个情势,都凝固在里面了，砰的一下，这三个字当真如飞来之物，有金石之声。张岱年轻时是纨绔子弟，见多识广，老来国破家亡披发入山，形同野人，有时候靠采集野菜果腹，但他对茶的兴趣、品位始终不减，对茶叶的鉴赏水平是很高的，怪不得闵老子先是煨秋茶给他，看他善于品茶，最后才把春茶拿出来。他在自己给自己写的墓志铭的开头说："蜀人张岱，陶庵其号也。少为纨绔子弟，极爱繁华，好精舍，好美婢，好娈童，好鲜衣，好美食，好骏马，好华灯，好烟火，好梨园，好鼓吹，好古董，好花鸟，兼以茶淫橘虐，书蠹诗魔。劳碌半生，皆成梦幻。"像他这样一个有茶癖的人，看来不精于茶道都是不可能的。茶道是什么？在浮生一梦的张岱看来，大约只在可解与不可解之间吧。

2006 年

元朝的三个文人

近读元史,比较关注的是汉族知识分子在有元一代的命运,发现有几个人还是有的一说的。

元朝的几大文人,我比较同情赵孟頫和黄公望,比较不喜欢文天祥。

先说文天祥。此人因一首《正气歌》而名垂青史,但也因一首《正气歌》使自己变成了胆小鬼和一个不负责任的人。文天祥是南宋的最后一任宰相,忽必烈请他去当新朝廷的宰相,他不去,上山下海打了游击;等到打输了被人家抓起来,他还是宁死不做新朝廷的大官,甘愿做旧朝廷的小鬼。他这一死不要紧,苦的是天下的汉人百姓从此就没有好日子过了,尤其是跟他一样的汉族知识分子。他死后,忽必烈非常生气,一是把江南汉人列为五等中的第三等;二是废除科举,让天下的知识分子从此断了仕途,不得不另谋生计。假若文天祥不是如此任性,以他的实力,恐怕元朝汉人的命运遭遇就要缓和得多,最起码,他可以把科举考试延续下去。但他太傲慢了,他的这种在文化道统上的傲慢和自私的想法一方面葬送了汉文化的前途，另一方面使汉人在长达一百多年的时间里饱受其他民族的欺压。庆幸的是，元朝是个短命王朝。汉人的日子虽然难过，但熬上三五代人也就过去了。当然，如果站在忽必烈的角度想问题，忽必烈也很冤，他是吃了没文化的亏。既然以文天祥为首的一干知识分子不买他的账，他也就只有干瞪眼的份了。忽必烈堪称中国历史上最大的悲情皇帝，他有雄才大略，也知道汉族知识分子参与管理国家的重要性，但热脸换回来一个冷屁股也是没有办法的事。比他晚几百年的满族人就比他幸运多了，也许是从他身上吸取了教训，就比较乖巧，努力学习汉族文化，拼命拉拢有文化的汉人，终于避免了王朝的短命。

相较而言，赵孟頫的选择就要比文天祥明智和更具勇气。继文天祥之后，赵孟頫成为忽必烈邀请到元朝做官的第一个宋朝知识分子。接到邀请后，赵孟頫的心情很复杂，去还是不去，很难做出决定。经过长时期的犹豫，赵孟頫还是接受了忽必烈的邀请。他内心是怎么想的，我们不知道，但有一点可以肯定，赵孟頫一定认为文天祥做烈士的想法不可取。赵做了元朝的官后，屈尊去给忽必烈写公文，不惜改变自己的画风去迎合野蛮人，在没有文化的文武百官中冒着被驱逐的风险为汉人争取权利和地位，这些都是需要勇气和智慧的。在新朝廷里，赵的日子不好过，有时甚至活得很窝囊，但人家硬是忍受下来了。死，没什么不得了的，难的是备受屈辱而又不得不忍气吞声地活着。这一点，赵孟頫做到了，文天祥没有做到。而最为荒诞的是，历史上的赞美之词竟然全都落在了文天祥一个人的身上，留给赵孟頫的则不过是一堆阴阳怪气的骂名而已。在这一点上，我想赵孟頫一定不会不知道，在中国历史上，每当遭逢改朝换代的大变故，好名声一般都是留给那些只顾成全自己名节而不管他人死活的烈士。但赵孟頫不会知道的是，数百年后，一个叫钱谦益的汉族知识分子又重复走了一遍他的老路，也是跟他一样背上了历史的骂名。中国之历史，竟乖谬如此。

再说黄公望。黄老先生活了八十多岁，算是长寿。中国古代有一句骂人的话，叫"老而不死是为贼"，骂的大概就是黄老先生这样的人了。黄公望一生都不得意，好不容易弄了一个小官来做，结果反倒招来了牢狱之灾，以至于最后心灰意冷，靠写点歌词和给人算命糊口。五十岁以后，他开始学画，终于大器晚成。按理说，像他这样才华盖住了整整一个朝代的大画家，成名后日子应该好过一点才对，但是没有。终其一生，他就没有过过一天好日子，他的晚年，也没人舍得花重金买他的画。黄公望显然错误地生在了一个文化生态根本就不靠谱的三流朝代。在这样一个盲目崇尚武功的文化真空时期，再好的艺术天分与文化教养，恐怕也只能束之高阁，留待后世的人们来欣赏了。但是黄公望的不幸还不仅止于此，在他死后，就连最后的一点寄托也终于落空，他的传世名作《富春山居图》，几百年后竟差一点被一把火烧掉，被火烧一下也就罢了，抢救出来后竟然又遭到身首异处的下场，这就不得不让人感慨万千了。冤哪，黄先生公望。赵孟頫虽然也很冤，但也没有惨烈到他这样的下场。

（补记：2015年云南省博物馆新馆开馆，馆里面某展厅墙上就赫然悬挂着一幅黄公望先生的山水立轴。我所知道的是,在中西方绘画界,百多年来有很多很多有才华有理想的画家,做梦都在想着一辈子只要能够画出一幅接近黄公望这种境界的画作,也就死而瞑目了。)

2009 年

陈寅恪的脾气

陈寅恪的固执，是出了名的。这里有两件事大可放手一说。其一，是1953年他拒绝接受中古史研究所所长职务的一番话。据《陈寅恪的最后二十年》一书记载，当时中国科学院于北京成立中古史研究所，聘陈寅恪为所长，特派陈的弟子汪篯带聘书南下广州接陈北上。时陈双目已盲，乃口述覆信，由汪笔录，他说："我的思想，我的主张完全见于我所写的王国维纪念碑中。……我认为研究学术，最主要的是要具有自由的意志和独立的精神。……所以我说'唯此独立之精神、自由之思想，历千万祀与天壤而日久，共三光而永光'。……正如词文所示，'思想而不自由，毋宁死耳，斯古今仁圣同殉之精义，夫岂庸鄙之敢望。'……但我认为不能先存马列主义的见解，再研究学术。……因此我提出第一条：'允许中古史研究所不宗奉马列主义，并不学习政治'。……你要把我的意见不多也不少地带到科学院。"

以那个年代的政治空气，大凡知识分子，不接受思想改造、拒绝学习马列，几乎就是不可能的事情。当时许多有名的士人，就是因为"洗澡"不过关，没有把自己灵魂里的污垢洗干净，乃至于下不了楼，最终身败名裂。陈寅恪如此傲气，按说应该是首当其冲的大"右派"了，然而事情却又另有蹊跷。

去年，我在网上看到一则消息，说的是20世纪50年代初期毛泽东去苏联访问，其间斯大林问起毛泽东，说你们的大学问家陈寅恪，他现在如何？毛泽东颇感惊讶，说在国内从未听人说起过有这么个人。毛泽东回国后是否找过陈寅恪，与陈寅恪是否发生关系，消息里没有透露。不过我想，此事或许与后来陈并未被戴上"右派"帽子多少有些命运因果链上的因缘。

另一件可见证陈寅恪脾气大的事，是陈寅恪在西南联大的授课方式。陈第一堂课就说了一段令人匪夷所思的话："前人讲过的，我不讲；近人讲过的，我不讲；外国人讲过的，我不讲；我自己过去讲过的，也不讲。现在只讲未曾有人讲过的。"此事详细记于刘宜庆2009年出版的《绝代风流》一书。

如果说前一件事中陈寅恪所说的那些话，体现的是陈的学人人格和他那天王老子都不怕的个性，那么这后一件事，我们只能说，这一连"四个不讲"，实乃是陈以为自己确已达到睥睨天下、抵达学问至境的自负使然。没有把天下学问都装进口袋里的大充实，恐怕他就开不了这样的大口，说不了这样负气的大话。陈寅恪的这个脾气，已是从骨子里面发出。

陈寅恪在西南联大时的讲授风格，匪夷所思之处甚多。如他在中文系讲元白诗，第一堂课讲《长恨歌》，首先讲的一个问题竟然是杨玉环是否以处女之身入宫这样不登大雅堂奥的小事情。

《绝代风流》一书的作者刘宜庆写道:"其实,陈寅恪是以这个问题作为切入点,抽丝剥茧,回环深入,最终带出的,是唐代婚姻制度的严肃课题。"我读《唐代政治史述论稿》一书,看到篇首陈寅恪居然以引用《朱子语类》"唐源流出于夷狄,故闺门失礼之事不以为异"一句入手,亦深感意外。

对于自己的脾气,陈寅恪似乎深有觉察。抗战胜利,全国都在欢庆,只有他一个人高兴不起来,认为"抗战惨胜",并因此赋诗一首,诗中以"一生负气成今日,四海无人对夕阳"自况。

2009 年

胡适之的"胡说"

文章品评,人物高下,奇谈妙论不见经传者,不知其几许矣。言车载斗量,恐不为过。民间高士,原所在多有,散淡之人,往往发庙堂不听不闻之语。好像是从网络上看来的一句话:鲁迅有才气但无趣味,茅盾既无才气也无趣味,郁达夫既有才气又有趣味。此论高矣,然为现代文学史所不载。所谓的"鲁郭茅,巴老曹",此官方文学史之座次排名,至今无人撼动。

读《胡适日记》,发现胡适之虽高坐彼庙堂首座,亦有此庙堂所不闻之惊人语。1930年7月27日及28日一则日记,说的是他读沈雁冰的小说:"《虹》,前半殊不恶,后半似稍突兀,不能叫人满意。作者的见地似仍不甚高。《幻灭》,浅薄幼稚,令人大失望。《动摇》,结构稍好。《追求》甚劣。"

1937年2月10日的一则说:"读曹禺(万家宝的笔名)的《雷雨》《日出》。杨今甫赠此二书,今夜读了,觉得《日出》很好,《雷雨》实不成个东西。《雷雨》自序的态度很不好。《雷雨》显系受了 Ibsen(易卜生)、O'Neil(奥尼尔)诸人的影响,其中人物皆是外国人物，没有一个是真的中国人，其实亦不是中国事。"

胡适之对近代"学术皇帝"陈寅恪也稍有微词。1937年2月20日日记："读陈寅恪先生的论文若干篇。寅恪治史学，当然是今日最渊博、最有见识、最能用材料的人。但他的文章实在写的不高明，标点尤懒，不足为法。"

对于自己，老胡则在1939年8月8日的日记里君子自道："我写文字，无论中文、英文，都很迟钝。人家见我著作在三百万以上，总以为我的文思敏锐，下笔千言。其实我的长处正在于'文思迟钝'，我从不作一篇不用气力的文字。"

老胡适，真真人也。看到这几段颇为文人气的话，我就暗自在想，若是《胡适日记》早几十年公开整理出版，那时，他所品评到的人物大都尚在人世，不知道会闹出多少事情来。

2009 年

关于废名

把小说当散文来写，又把小说、散文都当诗来写，而且都是极高明的，这个人舍废名其谁？

下午坐在丹霞斋，突然起身，从故纸堆里把废名的作品找出来看，感觉当真有些花雨满天的意味。

我第一次接触废名的作品是在很多年以前，当时从旧书摊上捡到一本砖头厚的古色古香的书，一看作者，居然署了一个"废名"的名字，就想，这是一个什么样的人，居然连名字都可以废弃了不要？就赶紧翻开来看文字，立即就知道这是一个不得了的大作家。

我看到的最初几行文字，是《竹林的故事》里面的。一口气读过来，服了。中国白话文能够玩到这个份上的人，不多。后来听说连沈从文、汪曾祺师徒都在心里认他做老师，就更是对这位不见经传的白话散文大师恭敬有加。

作家要靠文字说话，这一点是天经地义的。读废名，我读出来一种古意，他把中国文言诗词中看不见摸不着的那个气通到白话里面来了。废名玩的是高蹈、出世、有无、阳春白雪那样的东西。有无相生,有是着相,无才是真相,废名把他要的那个现代汉语的真相——那个身体找出来了。做到这一点很不容易。"五四"以后的白话文,一般都要消化两个东西,一个是把西方的现代语体拿来用,一个是从自家的古语传统里面化出来,末了还要把两个东西弄成一个。这是一道功夫活,很不容易。你掌握了技术,还得有格物的功夫,把时代的物格出来。两个功夫到家,写出来的白话才不至于变成白开水一样的东西。

现在回头看"五四"一代作家弄出来的白话,大多都是夹生的,青涩的,有时是表达的方式太过于欧化(如李金发、曹禺),有时则是表达的内容太贫乏(如徐志摩、戴望舒)。但是一到废名,现代白话文就丰饶起来了,活起来了,很有些左右逢源的意思。这使他成为他那个时代的文体大家,如果照今天的说法,他完全就是一位所谓继往开来的人物。我以为,这是一个置身于现代的黎明却仍然安坐在油灯下写作的文体家。

废名行文的语调,像是自言自语,把话说给自己听,很软。我以为这才是写作的本质。一个好的作家,总是把东西写给自己看的,鲁迅、孙犁、沈从文、郁达夫、汪曾祺无不如此。声音一扬上去,龇牙咧嘴,像个站在云端里大喊大叫的女神一样,就不很文学了。

废名身上似乎还完整地保留着为旧时代所视为圭臬而又为新时代所抛弃的那种传统。他的语言总是自然的,本色的,一方面显得根深叶茂,源远流长,另一方面又真气鼓荡,禅意十足。他是他那个时代的另类。

单就语言而论,我以为废名不在鲁迅、孙犁、沈从文之下。在他的那个时代,鲁迅的战场,张爱玲的市井,孙犁、沈从文的乡土,郁达夫的书斋,都得益于传统汉语诗性的汁液,但都比不上废名根深叶茂。废名身上有古意,就像是一个汉魏时期的人,突然跑到现代来定居、写作一样,把古汉语用毛笔写成了白话文。我记得废名的某个集子里有一幅他的照片,阔脸,眼睛睁得很大,耳朵往两边伸展得很开地立起,但是很安静,似乎是什么也没有看到和听到。他看到了什么?听到了什么?不知道。不过我想他一定是看到和听到了什么我们所从未了解的东西。

废名在以前官方编撰的现代文学史里面,一般都是略过不提。略过不提好,这样一来,他的名节就保住了,再说,真要去说他,恐怕也是一件吃力不讨好的事。

2009 年

大家子唐鲁孙

此前,我只从天津诗人徐江处听说过唐鲁孙。徐言鲁孙文,眉飞色舞,激赏有加,有近年来海内文章不作第二人想之意。在我,则是到了鲁孙书出,有幸见识了其人大作,才深信徐君所言不虚。鲁孙散文,确乎品格兼得,文质并胜,其大家之风范,可谓俨然有致矣!

书上说:唐鲁孙,本名葆森,鲁孙为其字。满族镶红旗后裔,瑾妃、珍妃之侄孙,清末名臣李鹤年之外孙也。1908年9月10日生于北京,1946年去台湾,1973年退休后方始大规模写作。他的这个出身和经历,是很有些意思的。

鲁孙既为皇室子弟,清朝遗少、民国遗老,加之年轻时即只身外出谋生,行迹遍及东西南北中,见识便远非一般人所能及。奇的是,唐鲁孙年轻时并无意为文之一途,他的集子里的这些散文,都是在他六十五岁退休,因感"何以遣有生之涯"后才开始动笔的。他自己大概没有想到,他的这些厚积薄发、率意而作的小品文字,在我辈心目中竟使他成了一代散文大家。

鲁孙的文字，殊可爱。举凡饮食游乐、民俗掌故、耳之所闻、目之所见，无不信手拈来，娓娓动听，且大多为我等后生晚辈闻所未闻，见所未见。他宏富的经历，经由他的笔底，最终汇流成一道独特的风景。鲁孙是性情中人，且传统的文脉在他身上尚未断绝，所以我们在他的文字里又不时可见出一些今人的古意来。自"五四"以降，汉语文言与白话势同水火，我就没有见过哪一个散文作家把两者的气质天然地交接在一起的，在这点上，我以为鲁孙是第一人。这大抵因为：一、鲁孙乃为世家子；二、鲁孙1946年后便即定居台湾；三、晚年才正式写作，是为了打发岁月才再续文缘的。其一，毋庸多言；其二，乃因台湾完好地延续了传统文脉之故；其三，文坛外宿老为文，自娱自乐，可以无所顾忌，随心所欲，不讲规矩。就文章性情一面而言，有心的读者或许已经注意到的一个现象是，唐鲁孙的文章段落尾句不时以"啦""了""呢""的"字作结，如："生老病死是人人难免的，到了七老八十，红份子虽然未见减少，可是白份子则日渐增多，自然每月跑殡仪馆的次数，就更勤快啦。""再有人想当太监的话，只有明年再说啦。""碰巧在下是一个抽雪茄的老枪，所以我们在一起一聊天，就聊到雪茄上来了。""确实不简单呢。""喜欢喝啤酒的朋友，做梦都想不到，当年台湾啤酒曾经用槐花、菊花作为啤酒花的代用品吧？""穿着礼服应当是柔香清雅，过分浓郁，就有失华贵雍容啦。""至于求神签灵不灵，那要问求签的本人啦！"等等。真是好一个"啦了呢"了得，在现代文学史上，除了沈从文、废名等少数几个散文家，大概很少有人能够把汉语侍弄得如此服帖柔软了。

唐鲁孙在文集自序里说："寡人有疾，自命好啖，别人也称我馋人。所以，把以往吃过的旨海名馔，写点出来，也就足够自娱娱人的了。"自娱娱人，大抵是时下为文的正途。在唐鲁孙，则是非常幸运地把自己玩成了大家子，这又是始料未及的了。

2007 年

古之学者为己还是为人

孔子在《论语》里面说，古之学者为己，今之学者为人。他的这句话是什么意思？

孔子是一个言少意多的人。他几乎说得不多。所谓要言不烦，意在言外；羚羊挂角，无迹可求。不是孔子故意要隐藏什么，是感觉到的意思本身真的是不可说的。西哲维特根斯坦是少数了解这一点的人之一，所以他说：对不可说的东西，要尽量不说。缄默。

当然，不说也不是办法。那就尽量少说，以尽量少的说出来的话来接近尚未说出的。

在《论语》中，子贡突然冒出来的一句话可帮助我们明白孔子的这句话。子贡说："夫子之文章，可得而闻也。夫子之言性与天道，不可得而闻也。"

孔子是意在言外。他自己也是没有办法做到意在言中。不过孔子感觉到了那个意思，他实际上已经逮住它了，只是不好说而已。

"古之学者为己，今之学者为人"这句话，是我在翻阅有关《论语》的言论时偶然看见的。现在，书已经合上，但是这句话被我记住了。先不管别人是怎么理解的，我只按自己的理解来说。它什么意思呢？

还是那句老话：人不为己，天诛地灭。这句话不好听，但它是对的。话丑理正。

又说：推己及人。先把自己搞清楚了，才能弄得懂别的。在自己身上下工夫，是正确的道路。

还是程子理解得透彻。他说：为己，想从自己身上得到；为人，是从别人身上获取。他说：古之学者为己，其终至于成物；今之学者为人，其终至于丧己。

这样一来，就再明白不过了。朱熹评论说："圣贤论学者用心得失之际，其说多矣！然未有如此言之切而要者。于此明辨而日省之，则庶乎其不昧于所从矣！"

儒家的办法，是先把自己弄好了，才去弄别的。做人这件事，千万不能把方向搞错了。内外有别，这一点是首先要明白的。

2008 年

亘古一诗《击壤歌》

> 日出而作，日入而息。
> 凿井而饮，耕田而食。
> 帝力于我何有哉？

天地玄黄，大块假我以文章。《击壤歌》在我心目中大概算是那种"大块假我"的大文章了，咏之吟之，空前绝后，我惊为天人之作。清人沈德潜甚得我心，他编《古诗源》，开篇第一首即为《击壤歌》。

据《帝王世纪》记载："帝尧之世，天下大和，百姓无事。有八九十老人，击壤而歌。"这位八九十岁的老人，让我心动。我每每独自吟哦这首来自上古时代的伟大歌谣，吟毕，心向往之，悲从中来，不能自已。读《击壤歌》，让我太息。悠悠苍天，此何人哉！

读《击壤歌》，我的一个感受是：一个人若是想要活得自在，不偏不倚，其实并不难，只消像这个老人一样就可以了。

如果做不到，那就干脆退而求其次：地三五亩，辟居所一处，井一口，粮食足够一年之用，除了满足生存必需之外，身外不遗一物。至于其他的如琴弦、诗画、车马、友朋之类，大可眼不见心不烦，每日劳作之余，只饮酒和酣睡，睡醒后揉揉眼睛，出门看天，看地，看山水，入夜看星星。

可是，这样的生活竟是十分的远了。简直就是遥不可及。别的暂且按下不表，先是，你的心坎已经坏了，它就像是浸泡在黏稠欲望液体中蠕动着的一团虫，会不时地从五官七窍里爬出来，从里到外一点点地把你吃掉。什么名啦利啦，风雅啦，鲜衣美食啦，玉树临风啦，窈窕淑女啦，什么语不惊人死不休啦，惊天地泣鬼神啦，什么格物致知啦，仙风道骨啦，骑鹤下扬州啦……所有这些杂碎，全都化成了熙熙攘攘的白骨精，令你眼花缭乱，末了，完全就是一副"春蚕到死丝方尽"的鸟样，气若游丝，活死人样。

丹霞斋主曰：活着，而不知其命之所在，命休矣！今欲击壤，而壤之既不存，人心复不古，何以击哉。今吟击壤，自慰而已。

2009 年

一本书

小时候，我家里是有着许多线装书的，它们被堆放在二楼松木地板上的隐秘角落里，因为无人看得懂上面的文字，它们就几乎永远不被翻动。我一度打开过它们一两回，终于因为完全读不懂而放弃。

它们现在当然不在了。我的书架上，有的是另外一些线装书，一本《大学》，一本《中庸》，一套上下册的《水浒》，都是在烛光下被无数次照亮，被无数只匿名的手在上面停留过的书。有一天我得到一本来自明代的《滇南诗略》，木刻本，已经被蛀虫吃得不成样子。里面的诗歌全都出自一个叫张含的诗人之手，相当平庸，但是他在空白处留下地盘，以便让蛀虫这一不朽的时间雕刻家来完成一首首伟大的抒情诗。因为这个缘故，我以为，该书的真正作者是被称为时间之子的无名蛀虫。

没有人见过这些成千上万的无名作者，人们所能看见的不过是它们留在身后的痕迹。这些无名作者完全放弃了通常的著作家们对于所指的热爱，它们只创造能指。无疑，它们的写作启发了无数的书法大师，我本人就一度写过许多完全抽象的文字，就像书法一样，没人能够模仿。通常，这种所指完全抽空的书写需要率性而为，需要来自于另一种美学的感受力，需要天真和胆量。张旭、徐渭，法国的那一批达达主义者，米罗、克利、波洛克、博尔赫斯，都是这个领域的先驱。遗憾的是，这种来自于生物本能冲动的书写在我们居住的这个星球上并不多见。

人类的书写并不像某些人所扬言的那样能够力透纸背，因为我们看见的毕竟只是留在正面的东西。人类做不到的，蠹鱼能，它们认为用来书写的媒介并非是一层薄薄的纸，也不认为它是一个平面。蠹鱼的书写空间要大得多，它们在书籍的隧道挖掘，通常，两条蠹鱼会在书籍的某处相遇，它们的道路没有方向，但却常常交汇在一起。它们在创造一本没有页码和边界的大书。

我手头的这本《滇南诗略》，其存在的本质是无，因为它正在一点点地消失，变得越来越少。蠹鱼们的书写方向，与老子的书写方向是一致的。

2009 年

另一本书

　　另一本书是列宁同志的文选。1950年外文书局版，两卷集，因此它实际上是两本书。书上没有标明定价，新的时候，读者似乎是可以免费阅读的。我在一处旧书摊上发现它们，嗨，好家伙，够旧的，厚得像两大块砖头。硬皮布面的书封上，有我喜爱的灰颜色。纸张的颜色我也是喜欢得不得了，是经过岁月缓慢上了色的那种，一种好看的灰色。用手摸一摸，很柔软。我几乎没有花费什么钱，就把这两本大书抱回来了。

　　我近来染上了喜爱旧书的毛病，觉得把一本旧书拿在手里，仿佛手上拿着的不仅仅是一本旧书。这是一种奇怪的感觉。不过，一本旧书跟一本新书倒实实在在是有区别的，别的不说，手感和书的味道就不一样，新书总是硬邦邦的，叫人很不舒服，且油墨味重，旧书则要温暖柔软得多，闻起来也好闻，很像粮仓的那种味道。另外，旧书里面的文字似乎更值得信赖，阅读时心气沉得下来，目光定得住。我读新书，每感烦躁，不耐烦，心神定不下来。是旧书把我的这个病医好了。

列宁同志的文章，现在读的人已经不多了，估计我也不会去读。但书着实漂亮。雅致的书封，泛黄的纸，认真谨严的工艺，一般是不容易见得着的。我不时地用手摸一摸，拿起来，放下，又拿起来放在手里，掂量掂量，看一看，鼻孔凑近了闻一闻，不用说，我已经获得了极大的满足。我以为，书并非仅仅是用来读的，也可以摸，也可以闻，也可以打量。摸了又摸，闻了又闻，看了又看。一本旧得恰到好处并且工艺漂亮的书籍，就跟婴儿一样，是会散发出香味来的，还养眼。如果这本书的文字恰好，合得上你的口味，那就再好没有了。

我买下这两本大书时，一个搞雕塑的朋友在场。他接过去看看，摸摸，最后歪着头笑了笑，说，这就是一件很好的软雕塑嘛！他说这两本书可以当枕头用，头枕在上面，一定可以睡得很舒服，还不会做噩梦。枕头？这是我所不知道的书籍的另一种用途。至于舒不舒服，以后不妨试一试。

2009 年

一盏油灯

青天白日的，它黑乎乎地待在一大堆旧物里，身边拥挤着木雕、旧书、砚台、毛笔、匾牌、碗、玻璃瓶、烟灰缸、收音机、毒药、植物标本、领袖像章、黑白照片、纽扣、刀、假发、笔筒、花砖、旧电脑、玉佩、马桶、电话机、蜡烛、老鼠屎……另一些，其用途与来源完全不可知，总之是一个杂乱的兵团。它在这个集体中的地位我以为相当于一个灰头土脸的将军。已经很老了，身上蒙着一层厚厚的、黑乎乎的什么。我用中指在它的黑铠甲上敲了一下，发现它坚硬如石。又弯下腰去用一只手把它提起来，很沉。高，二十五公分上下。重，三公斤左右。圆柱体，分三部分，位于顶端脖子以上的部分，又往外张开，蔓延，形成了一个直径十公分的圆面。圆面像一块盆地，不慌不忙地凹下去，中间凸起来一个三角形的小丘陵，丘陵顶部挖了一个洞——突然明白，这是一盏油灯。

从立意、造型到工艺成色，我确定它出自某个朴素的民间工艺大师之手。于是两眼就放出光来，问老板价钱。老板是一个四十岁左右的四川男人，秃顶。他望了我一眼，一百块。他显然看见了我眼睛里的光。

一百块，我的审美心理价位当然不止这些（某种恋物癖），但是……最终花了三十块钱抱回。三十块钱，如果按制作、打磨它需要一天的工时折算，中间还要供两顿饭，实际上是严重地剥削了古人。我想象一个三百年前的人，腰上系着围腰，起床后开工，他先是把一块石头搬来放在面前，蹲在地上把它打量了老半天，慢慢地，心里才有了一个油灯的形状（他之所以决定把它弄成一盏油灯，是有原因的）。左手铁錾右手锤开始作业。这天，他一直埋头干到天黑，叮叮当当，叮当当，叮当，中午他老婆喊他吃饭，他说等等。现在，作为一盏油灯的样子，它已经初具雏形。但还远远不够。现在它还只是一个圆柱体，不好看……突然，这个伟大的石匠灵机一动，他觉得这个油灯需要有一个底座，于是，他的手里慢慢出现了一个底座。一个还不够，于是就有了两个底座。两个底座，外加一个脖子。在弄脖子的时候，他又犯嘀咕了：这个脖子像谁的……他拿不定主意。总不能搞成自己女人的脖子那个样子吧？老婆子不是省油的灯。弄成自己的脖子？这个石匠抬头看了一会儿远处，最后他决定把它弄成油灯自己的脖子。脖子成，他歪着头看了看，十分满意。又接着挖空了用来盛放油的部分。他已经想到，油池中央就弄三角形，看起来要像是一个岛。吃过晚饭，天黑，他找来一样工具，在岛上挖了一个洞。他是怎么把这个洞挖出来的？始终是一个谜。

我把这块长得像油灯的石头抱回家，用卫生纸做了一条灯芯,注上菜油,点上。这天晚上,我把电灯灭了,在黄色的灯光里,手持一本线装的《论语》,感觉自己像个三百年前的读书人那样。

  我给这盏油灯起了一个名字:天湖一盏灯。注上油的时候,它看起来确实就像是一个天上的湖。湖心有岛,岛上有光。入夜,一个读书人在孤岛上读书,狐仙每天半夜来访。康熙三年,他考取进士。

2010 年

一扇木窗子

　　我从一家旧货市场上得到一扇木窗子，长方形，由无数的回字形图案构成，没有穷尽的样子。我尤其喜欢它的颜色，长年累月地烟雾升腾缠绕堆积成为一种黑色的固体。

　　当我发现它时，它几乎不引起任何人的注意。它隐藏在一大堆由花草象形图案构成的古老门窗的背后。遮蔽它的这一大堆象形符号，是对自然界到处存在的活物的模仿，是最具有中国意味的坎普（Camp）。在发现它之前，我先看到了两扇巨大的元宝梅花窗，涂满一层厚厚的桐油。我很喜欢梅花的笨拙造型，它们连接在一起成为一个由正方形限制的集体，极具视觉冲击力，并同时把人的想象力引向怪异。但随后我就被隐藏在其后面的回形窗吸引，那是一种几何的、将世界抽象出来的美，如果不是人把它想象并创造出来，我不可能从内心产生那种异常严酷的感受力。一扇回形格子窗，经由某个刻板的、一丝不苟的匠人之手，把世界简化为一种极端单一而又复杂的形式，它是一首来自古代的格律诗，因其不可终结性，所以它是无限的，永远没有结束的一天。

　　生命是有限的。唐朝诗人白居易一生大约写作了4800首诗，我盘算了一下，其数量刚好是全唐诗的十分之一。这些诗都在以后的岁月里延伸，以至于我们无法从他的那些浩如烟海的作品里挑出一首来单独欣赏。根本没有什么代表作，也没有最好的，每一首诗都是无限的诗，每一首诗都只是一次短暂的停留，更多的句子紧跟在后面出现，无法结束。回形格子窗是对已经被写出来的诗歌的生命赞歌，但是回形格子窗在屈从于某种严酷的形式律法的虔诚里成为某种被修剪过的舌头的悼词，一个口字套着一个口字，使我不禁联想到了诗歌和生殖的形而上学，一个有趣的隐喻符号。

　　那一对元宝梅花窗，后来我又去看过几回，它们仍然待在原来的地方。那是另一种受到局限（只是属于自然界的某物）的美，你可以经由它回到很多年前的一个冬天的夜晚，大雪纷飞，无数胡乱开放的梅花，大朵大朵地飞行在天地之间，突然就飞不动了，它们在一对木窗上凝固，完全静止地窥探着另一些族群的隐秘生活，我们把这些在房间里活动的活物，称作人类。

2007年

坛子、侏儒和孔雀

在马龙旧县镇，我得到一只坛子。它的模样看起来就像是一个蹲在地上的侏儒。有人责难我对于世间有意味的事物具有一种强烈的占有欲，对此我只能报以微笑。我把这只坛子随意放置于书房的地板上，每次经过的时候，都要格外小心，坛子是易碎之物，一如它本身所具有的美。

一只坛子不过是一只坛子一只坛子一只坛子，仅此而已。当我们发现它时，它陈列在旧县街道上的一家杂货店里，跟另一些土陶制品混在一处。就跟其他许多无言的事物一样，这只坛子突然就进入了我的视野，使其他的坛子显得像是斯蒂文森无情贬责的山峰。但是根本不存在所谓的臣服。其他的坛子也有着成为坛子的用途，比如，一只头顶帽子的米缸，和另一只用来煨药的有提手的陶罐。为我所注意到的这只坛子，并不显赫，一时之间甚至也无从把它跟某种用途联系起来，但它又是那样的醒目。表面上看来，它像是一只拒绝开屏的孔雀，又像是一个伤心的侏儒发育到某个时刻突然停止了一样——经由塑型、上釉、高温、出炉、冷却，这个可预知的过程总的来说对生命是有局限的。不用说，这是关于坛子的另一桩逸事。隐喻无处不在，我们总是习惯于通过语言在一些事物与另一些事物之间建立起某种秘密的联系。

从旧县镇回来后，于坚写了一首诗来赞美这只坛子。他在电话里念给我听。在这首刚刚生长出来的诗里，诗人经由孔雀找到了坛子的一个比喻。这使我感受到来自另一种命名的好心情，一只长得像孔雀的坛子，由此进入诗歌并获得了解除禁锢的赦令——侏儒，发育的禁令解除，现在可以继续自由生长；而孔雀，因受到诗歌之光的照亮，现在可以开屏。

2008 年

一天有多长

一个人的一生乃是由无数个"天"连接在一起的，有些人的"天"数少一点，有些人的"天"数多一点。活得最长久的人，不过三四万天左右。我自己打算活到一百一十五岁，也就是四万一千九百七十五天。天哪，这个数字是不是太长了一点？

一天就是一天，这个时间的度量衡是由上帝他老人家制定的，谁也改变不了。不过，我想许多人并不愿意同意这一点，他们不想屈从于天，"天"是个什么东西？为什么非得用"天"来限定时日？最典型的是始皇帝嬴政，他统一了中国，自以为很了不起，他大概认为自己是跟别人不同的，别的人活个四五十岁就可以了，但在他自己，却是万万不能的，四五十岁，太短了，他不干，他要想办法让自己不死，永远活着。他的这个愿望当然是实现不了的。或许有人会认为他的这个愿望很美好。很美好吗？我看也不见得。有些人就连一天都嫌太长，所谓的"度日如年"，就是把一天当一年来过。这个"一天"，是很长的，比上帝规定的一天长出了一大截。

甲集　蠹鱼故纸

一个嫌一万年都太短，一个却是度日如年，可见人们对"天"这个时间的度量单位是有意见的。西方谚语云：一日长于百年。为什么一天比一百年还长？我想了半天，不知道是什么意思。看来不但是中国人对"天"有意见，西方人的意见也很大。西方人后来发明了钟表，他们把一天划分为二十四小格，每个小格又划分为六十小格，六十小格又再划分为六十小格，这样层层划分下去，结果一天就被消灭了；原来的一天，是看得见摸得着的，太阳从东边起来，从西边下去，前面一点，后面一点，左边一点，右边一点，一天是有开始和结束的，完整的，晃动的，是有自己的身体的，那里亮一点，那里暗一点，那里出来一点，那里又进去一点，人待在里面，就像做爱一样，感觉十分舒适。但是钟表发明以后，一天就完蛋了，一天只是咔嚓的一声，白光一闪，时间这个外科医生就把"一天"这个大肿瘤割掉了。

说实话，我并不认为这个手术很成功。始皇帝嬴政后来满天下到处找不死药，还是死了，他只活了四十九岁。再怎么找，也还是在"天下"这个范围内，你在天下活着，就得遵守天下的规矩。这个规矩，黄帝时代就有了，叫"得时中"。得时中，像上古之人，是可以活个一千岁的，中古五百岁，现在的人，活一百岁，稀松平常。有些规矩是人定的，但有些不是，你鼓着劲硬要蛮干，天是不答应的。中国古代人，不管是皇帝老儿还是平民百姓，对"天"是尊敬的，向人敬酒，先要敬天，敬地，然后才轮得到人，以及"应天承运——皇帝诏曰——"，天在皇帝的前面，天说话了，皇帝老儿才敢"曰"。天，在古代是最基本的时间单位，一年是由365天构成的，一个月30天，一天又有12个时辰。他们不说一年有几个小时，一月有多少分钟，一个时辰又有多少秒。小时、分钟、秒，这些在古代人的心目中通通不存在，它们作为计时单位，太过于斤斤计较了，太小气了，古人看不见。再说，你能跑到时间的前面去吗？

中国的圣人孔子，从来不背时，但也是从来没有我们今天所说的这个时间观念的。他带着一大帮子人四处云游，走到哪里算哪里，根本就不存在赶路这回事。日程表，即使有，也只是大概的意思，胡乱的，松松垮垮的，软的，跟达利画布上的那个钟表差不多。他的时间，是心理上的，跟物理的、刻在一个小圆面上的那个一小格一小格的东西没有关系。时间在孔子的时代，很少有人能够注意到。没有引起注意，是因为它在那个时代不重要，看不见。孔子的弟子把孔老师的言论记录下来，并不写：某年某月某日，某地，孔子曰……说话的时间和地点不重要，只有说什么和怎么说才重要。孔子隐约看见时间的一次，是他站在河边。他看见绵延不绝的江河水，就想到了时间，于是说：逝者如斯夫！不舍昼夜。其实，孔子感叹的时候，也是没有看见时间的，他只是看见了时间的一个比喻。"时间"这个词，在孔子的词典里是没有的，他说的是"逝者"，"逝者如斯夫"。

中国人真正认识到时间的重要性，并把它们明确地书写在文本上，大概是从《春秋》才开始的。"元年，春，王正月""三月，公及邾仪父盟于蔑""夏，五月，郑伯克段于鄢""秋，七月……""夏，五月辛酉""五月庚申"等等。这个时候，中国人开始纪年、纪月、纪日,但也就到此为止了,一天,还是完整的。在古代中国人的时间观念里,时间是连绵不绝的,浑然一体的,像流水一样,如果有人要把时间分开,成为"秒"那样支离破碎的东西,其他的人就会不高兴,因为在"天"这个最基本的时间单位上施行切割手术,会引起恐慌,带来不安。许多古书上都记载,如果遇到太阳或月亮被天狗吃掉,那就必然有灾祸发生。日和月,都是人不能动的东西。年,也是不能动的,年比日和月都大,是庞然大物,我们现在所说的"过年",都以为是人过年,其实不是,是"等年过去"。"年"是一种动物,会吃人,非常巨大,有点像庄子所描述的鲲、鹏一类的东西,"鲲之大,不知其几千里也"。此外,年行走的速度非常缓慢,需要一个月的时间才能过完,有些乡下地方过年要过一个月,也就是这个意思。现在国家机关单位硬性规定只给"年"七天的时间,显然是远远不够的,再说,人也不能跑到"年"的前面去,跑到前面去,不尊重"年",就会被"年"吃掉。

时间是应该受到尊重的,一年如此,一月如此,一天也应该如此。现代人总觉得时间不够用,把一天当两天用,以为这样一来就可以多弄出些人生的意义和价值来了,其实不然。再说,时间也不是拿来用的,如果说用,也只是时间在用你,不是你在用它。恰当地对待时间的态度应该是"过日子"的态度,也就是把"天"看成最基本的时间单位,不使自己意识到、看到"分秒"的存在,只要看不到时间动,听不到咔嚓的一声,人的心脏跳动的节拍就会正常得多。心脏跳动的节拍正常了,其他的也会跟着正常。我甚至认为,现代人的许多精神困境，主要就是缺乏对天这个时间单位的认识引起的，现代人总是觉得一天太短，是因为把一天分割成无数的秒了，一弄成秒，咔嚓一声，时间当然就很快了，在秒面前，没有人能够战胜时间。

2004 年

天下第一家的小家气

张岱《陶庵梦忆》卷二,有一篇文章记述他在曲阜孔庙的见闻。其中讲到一个细节,说孔府的人认为家比国大,"庙中凡明朝封号,具置不用,总以见其大也。孔家人曰:'天下只三家人家:我家与江西张、凤阳朱而已。江西张,道士气;凤阳朱,暴发人家,小家气。'"

这个"家"的意思,应该放置在文化血脉的传承这个意义来理解,跟政治的一时风云起落没有太大的关系。中国历代王朝,都像是变戏法似的,一忽儿姓李,一忽儿姓朱,皇室之家,寿者二三百年,短命者数十年,最后都国破家亡,不家不国了。孔府却屹立了两千多年不倒。靠的是什么?我想,靠的是文化生态的绵延不绝啊。当然,孔家人这样说话,一方面我以为实在是很了不起,底气足,另一方面我又感叹儒家精神之不存,堂而皇之的天下第一家,竟也不免有时落入了村野人家的乡鄙之气。看来,孔儒教化之风也有力有不逮之处。

2009 年

破　书

　　我有一套四书的线装，到我手上时，已经破得不成样子了。

　　破书是好的。书不破，无以成书。观《孔府内宅轶事》，里面说，有位老先生教孔德成姐弟读书，所定规矩大多匪夷所思，其中的一条就是背书，说书要倒着背，做到能够倒背如流。我原来以为，倒背如流只是一个形容词。读到这个故事，我真的吃了一惊。倒着背书，有没有这个道理？大家不妨试一试。

2009 年

贝克特的照片

在一张旧的明信片上，我看见老诗人贝克特出现在一间昏暗的屋子里。他白发苍苍，双唇紧闭，脸上的皮肤已经干瘪，正在丧失掉最后的水分。

像水晶球一样透明的眼眸静静地望着前面。

他看见了什么？这个一生都在等待戈多的老人。据说，他年轻时写下的一出戏剧还在巴黎的一间老房子里每周按时上演。

2009 年

十斤半书

余自马街书市得《永昌府文徵》，凡四巨册，置扁秤称之，重十公斤五两，毫厘不爽。余以"十斤半书"名之。翌日，有客来访，余曰：昨日得"十斤半书"。客惑然曰：何谓"十斤半书"，可为一观乎？乃示之以客，重置扁秤称之。客曰：果然十斤半，汝不余欺矣。

2009 年

石　雕

我的房间里陈列着一尊来自古代的石雕财神。宽衣大袍，顶上戴着方形头巾。他的左手紧紧地贴在胸部。看得出来，他手里拿着的是一块模糊的黄金，尽管它更像是一坨刚从地底深处取出来的矿石。

坐南朝北，我把他安静地立在一只木质疏松的老凳子上。他的身上、脸上覆盖着一层黄色的青苔，看起来就像是从时间的深宫里长出来的一层干掉的锈。他的牙齿已经全部脱落，眼睛早就瞎了。

我没有见过比他更古老的财神。显然，他的力气早就用尽了。我每天从他的旁边走过，只感觉到来自岁月深处的有关财富和死亡的梦想怎样地从他的身体里一点点地逃走。

我让他来守护我的书房。那是另一个孪生隐遁、妥协、虚无与无条件退让的神话的源头。

2009 年

陀 螺

　　我从珠江源头带回来一个杜鹃木做的陀螺,我让它在客厅的地板上旋转。当它旋转的时候,它看起来只是一道灰色的影子。

2009 年

白莲花的云朵

　　有一天，我在怒江峡谷的上空看见了一朵白莲花似的云朵。天空是蔚蓝的，但不是通常在别处看见过的那种蓝。天空在峡谷的上空幽远而寂静。一朵云从看不见的某处轻轻地飘了出来。在天上，它只是唯一的一朵。大花开放，开过了，谢了——除了蔚蓝，我不再看见什么。

2009 年

篆刻大师

他已经五十二岁了，仍然在梦想着征服世界。从少年时代起，他就把世界上最坚硬的部分当作了自己的假想敌。他直接在石头上用铁笔写字，一度把自己关在房间里达十数年之久。嚓嚓，沙沙，他在汉字的丛林里厮杀，即使是最坚硬的顽石，也在他的铁笔下摧枯拉朽。

方寸间响起了惊雷。他是汉字王国里的王。

2008年，他给每个中国奥运冠军都刻了印，笔意纵横，如入无人之境。

他说他要活到一百三十岁。九十出家。

我领他去筇竹寺看五百罗汉。他对那些泥巴做出来的东西不感兴趣。筇竹寺的门口立着两棵千年古柏，枝叶繁茂，遮天蔽日。他走到大的那一棵下面，跟它合了一张影。

2009 年

观国康先生用刀

　　在见到钟国康之前，我本来以为，刀是不可以这样用的。要想在一枚印章的方寸之间释放出沧海落日的大境界，而且还要在顽石的汉字肉身里锻造出活生生的诗化线条来，是何其不容易做到的一件事情。

——题记

　　岁在己丑。是年五月初七，钟国康先生来昆明。国康先生在翠湖边的一家酒店安顿下来后，于当日上午就把自己的下榻处收拾成了一处工作间。用过午饭，中午略事休息，国康先生开始工作。

　　一盏台灯，一把刀，一方印石。坐定后，他先是拿起一支毛笔把印面用墨涂黑。墨汁干了，他拿起刀。我不知道他将从何处下刀，从什么地方开始给那枚完好如处子的印石破身。就我已知的篆刻的诸多制作程序而言，我认为现在他应该先在印面上写出反字，然后再顺着字迹下刀，直到把字迹照着笔画的走向全部清除掉，最后留下完整的刻痕。但是钟国康的出手使我吃了一惊，他把这个中间的过程省掉了，他直接拿起刀，想都不想就把刀锋对准了印面。

他直接用刀在石头上写字。

嚓嚓嚓，沙沙沙，坚硬的印面立即发出了好听的声音。一眨眼的工夫，国康先生已经在印面上开出了一道深壑。这一刀上天入地，从头至尾干净利落，当真是豁然开朗，鸿蒙顿开。

看到他如此飞快地走刀，我很是担心他的这一刀放出去了就无法收住，那刀会失去控制，会冲出印方的边框，最后落下一个难以收拾的硬伤。但我的担心显然是多余和不必要的，悬崖勒马，正是国康先生的拿手好戏。只见他在应该停止的地方把刀收了回来，中途仍然没有任何停顿，第二刀又已经落下，嚓嚓，沙沙，石头的粉末翻滚，他又在印面上开出了一道沟壑。等到他的铁笔犁出第三条线，我终于看清楚了，原来他是要在石头的印面上开挖出一条源远流长的大河。

河流开通，这个复杂的制印过程显然才开了一个头。国康先生没有停下来，他手里的刀又对准了河流一旁的空地。现在，他的刀不再行走如飞，而是迂回、曲折地跳跃着前进。他在平整的印面上跳一种奇怪的舞。那刀落下，又跳起来，再次落下，又再次跳起来，起落之间，一道白光暴起，锋利的刀刃仿佛在石头的内部遇到了一个极有弹性的东西。只见那刀光上下飞动，左右腾挪，一忽儿轻，一忽儿重，一忽儿深，一忽儿浅，忽焉在左，忽焉在右，只一眨眼工夫，方寸之间已然电闪雷鸣，金石之声大作，仿佛从平地上徒然升起了百万大军，又像是一铁将军误入牡丹花丛中。壮哉，大矣！观国康先生用刀，竟有如此神鬼之功，观者的眼睛只看得见刀光，看不见刀。

烽烟散尽，天青月白；清风袭来，水波不兴。现在，尘埃落定，国康先生手里的刀又变成了刀。

他停下来，把覆满了一层雾状物的印面凑近鼻孔，一口气吹掉了伏在上面的烟尘。烟尘散去，"沧浪"二字立现。这沧浪二字，尽显沧海纵横之势，沉鱼落雁之姿。沧浪之水，从天上来。

此时，印面上大约还余下一半的空地。这半壁江山，国康先生打算作何用途？留给何人？是刘备、曹操，抑或孙权，还是五胡十国？不知道。起码在国康先生下笔收刀之前，谁也不知道他的刀下会突然冒出一个什么样的字来。也许是一滴从石头的缝隙里渗出来的水，也许是一个遗世独立的剑客从天而降。

天下大乱，——风生水起处，国康先生再次起刀。

这一刀下去，正是：天地为之久低昂，梦里依稀日月光；莫说烽火连三月，人间正道是沧桑。如果说最先落在这枚顽石上的第一刀是为沧浪之水而起，为的是开天地鸿蒙以荡除混沌，那么这一刀则是国康先生的干者之刀。等到国康先生的第二刀、第三刀、第四刀落下来时，这半壁江山的疆域就算是定了。"这几刀可以管三百年"——国康先生一边在手底下忙着，一边谈笑风生。他意兴踌躇，显然已是志在必得。

国康先生嘴里说着，手上的功夫却一刻也没落下。逢山开道，哪里还顾得上松下问童，遇河搭桥，自有仙人指路。在一阵金石铿锵的杀伐声中，一个顶天立地的"客"字渐渐从石头的深处走来。

原来，国康先生要在这方石上落下的乃是"沧浪客"这三个字。

这三个字，显是用尽了国康先生的一生功力。真气灌注刀锋，虽说这三个字的完成不到一刻钟的工夫，实不亚于一次漫长的时光之旅。骆驼终于穿过了针眼。善哉，国康先生！

要在小小的一枚印石上释放出沧海落日的大境界，绝不是一件轻而易举的事情。不消说逼窄的空间已十分有限，就是下刀时，因为无处借力，也不得不手下留情——因为只要稍微不慎，力道拿捏得不够精准，那容不得有丝毫瑕疵的印面就破相了。但是，这在一个篆刻高手眼里，却又算不得什么了。钟国康即是此中高人。他对刀的掌控显然已达到了像使用自己的手指那样灵活的程度。而更为令人叹为观止的是，为了获得某种效果，他能够轻而易举——而且常常是有效地突破印面这一微小的疆域，从而使受到严格限制的空间从一维变成三维。钟国康用的是减法，少，即是多，一加一等于二，一加二等于三，但三最后还得回到一，因为一乃是最大的变数。钟国康突围的一个办法是"挥刀自宫"——宫门打开，让那些正在遭受囚禁之苦的线条获得解放。只见他把印章放倒，同时翻转它，开始了一场大破坏。这场心狠手辣的砍杀让旁观的人提心吊胆，但在钟国康却是一种享受，这个锐角被削掉了，那个直边变成了一条曲线，或是只留下一个微小的缺口，一切都取决于钟国康此刻的态度。他的大张旗鼓的砍伐甚至伤害到了事先雕刻出来的那些神采飞扬的笔画印迹，这些印迹在此之前曾经作为一个整体被精心地布置过。但是现在，它们的走向，它们的长宽、方圆、起始，都成为一个必需的过程受到了改写，某些地段的围墙被全部推倒了，而另一些围墙，则变成了残垣断壁，或是只在某个部位开一个很小的缺口。

现在，经过一番大肆杀戮之后，国康先生放下了手中的屠刀。他拿起这枚已经被砍削得遍体鳞伤的印石凑近了仔细观看。看见他露出笑容，旁观的人都以为他已经完工，正准备把这件艺术杰作拿过来细细地欣赏，他的笑容却突然从脸上敛走。他再次拿起刀，一刀下去，这枚饱受凌迟之苦的印石这次又少掉了一片耳朵。

再一次，他拿起印石来打量。很快地，笑容重新回到他的脸上。这一次，他终于抬起头，只听见他飞快地说"可以啦"，然后印石被掷往一边，仿佛这枚被他砍伐得残缺不全的石头与他再无关系。

现在，我终于看清楚了"沧浪客"三个字。不知何时，此三字竟已突出宫门之外，早已立于天地之间。观其意态，似欲乘风飞去。我惊奇于那些烙印在纸上的字迹何以会在方寸之间飞动起来，它们显然在石头的秘密宫殿完成了一次神奇的蝶变，刚刚才从石头的缝隙里飞出来落在纸上。直到此刻，我才意识到这次是确实遇上了高人，一位罕有的来自当代中国的用刀高手。

妙哉，国康先生！

2009 年

老顾的风景

老顾的风景画是很早就答应了要给我的。当初说好,待新作出来后,就让我去挑一幅喜欢的。但他的新作总也不见出来。

他家客厅的墙面上悬着两幅。

一幅画的是水塘和菜园,背景取材于他老家滇东北的一处村落。夏天的景,苍绿可爱。画面静谧,气氛营造得飞虫不扰,惟妙惟肖,似可听得见画中水塘里虫鱼生息的声音。菜园尤好,黄黄白白绿绿,很是写意地落满了一个有篱笆的菜园子,浓浓的乡土气息迎面而来。老顾见我盯着看,赶紧说,这幅已送人了。

另外的一幅,前几天去他家里玩,我又盯着看。这是老顾的代表作之一。画的是元谋的一处山村景象,视野很开阔,老顾在离村很远的地方取景。画面给人的感觉依然安静,只是色彩更为丰富多变,较水塘菜园子的那幅,笔触气韵也生动了许多。绿色、黄色、红色、蓝色、灰色,都到齐了。单是泥土的红和黄就有好几种,近处泥土的赤红,屋舍土墙的锗红,远山的褐红、淡红、绯红、蛋黄、鹅黄、褐黄相间而生,在日光里熠熠生辉。在位于村子边的两棵树上,我看见了金黄,这棵树沐浴在日光里,通身散发出金灿灿的光辉,煞是醒目动人。这棵树已经不再是原来的树了,它是老顾在瞬间捕获到的一个生命的发光体,一次色彩的艳遇。

自然,画面上的山也已不再是山,它比真实存在于元谋某处的那座山拥有了更为广大的空间。古人云:大凡看山,先前看到的是山,看到后来,山就不是山了。老顾画笔下的山显然已有了其他的来处。本来,山还是老顾原先看到的那座山,但经了老顾的画笔来到画布上,山的形体还在,山的意味、色彩、重量却改变了。观看老顾的这幅风景油画,我看到的是一个完整的云南,仿佛他把红土高原上所有的山都移植到一面长宽不足一米的画布上来了。就像是老僧入定一样,老顾笔触下的这座山已然进入一个另外的时空。

老顾的这幅画,我每次看了都有新的发现。我越是盯着看,眼睛就越是移不开。我知道这幅画是老顾给自己留下的,已经挂一个地方好几年了。几次开展览会拍卖,他都舍不得拿出去,怕被人买走。但是,"我把它送给你了,"老顾突然很快地说,"既然你这么喜欢。"

于是,老顾的这幅画就归我所有了。我把它挂在客厅里沙发正对面的那面墙上。在家里,我每天看得最多的就是这幅画。

老顾的风景,安静而内敛,隐隐透出一股中和之气。他总是有意识地尽量弱化色彩,把画面对视觉感官的冲击减少到最低的限度,因此,他的画一方面显得细节生动,另一方面又避免了学院派的沉闷与巾箱味。他是在用油画的肌理营造古代中国画的意境。他的画意，已超越了视觉感官的局限，常常使我在观赏之余获得超出画面的感受。

老顾者，云南画家顾泽旭也。

2009 年

一棵树与一个土豆

高黎贡文学节选中了雕塑家李坚的两件作品作为奖杯：一件是一棵正在自然成长的树，饱含着水分与力量，从泥土元素构成的基座上伸出来，生机勃勃的样子；另一件是一个仿真洋芋，如果把它藏在一堆洋芋里面，很难被发现。都翻做成青铜。颁奖现场，我从获奖者手中把它们拿过来放在手上掂量，很是有些分量。

这是李坚最具代表性的作品之一。我去过他的工作室，类似的原作到处都是，洋芋、梨，正在发芽的蒜头，各种形状的木本植物，满满的一屋子，几乎都还保留着泥巴的模样，还没有被翻制成青铜，灰头土脸的，仿佛它们是自己从泥土里钻出来的，并非出自艺术家之手。这些泥巴颜色的造型我看到后非常吃惊，很显然，它们的作者直接师法自然，对从大地上长出来的事物怀有强烈的感情。

李坚的雕塑为什么要从各种自然之物里寻找母本？为什么它们总是使人在观看之后都下意识地退回到原在的状态，在造物的秩序里寻找对应之物的坐标？我以为，这不是短短的几句话就说得清楚的。回答这些问题可能需要耗尽那些最为本色的批评家的全部积蓄，他们的识见、立场、态度，乃至对事物构成的原理及其相关艺术品的洞察力。在此，我并没有高估李坚艺术品的价值，他的这些充满了泥土气息的再造之物既来自泥土本身，同时也是通向大地原在状态的一次漫长的潜行与靠近——这些浓缩了大地形象的质介是多么饱满、生动而又富于内涵，以至于在完成后，最为合理的存放之地就是把它们又重新放回到泥土里面去，一旦翻制成了青铜、铸铁，剩下的事情就交还给时间来完成：陈列于旷野的某个角落，任其风吹雨打，生锈、腐烂，身上长满青苔和草，就像人类艺术史上留下来的所有的陈迹一样。

　　必须指出的是，尽管李坚所师法的是万能的大自然，以及我们所置身于其中的、由一整套繁复的文化符码所组成的传统，但李坚仍然尽可能地做到使自己的雕塑语言化繁为简。也许，开始的时候，为了获得某种体积，是无穷的量的增加，是造型的千变万化，但随后，为了最终能够把大地的形象抽象出来，反方向上的减法开始了。这里凹下去一点，那里凸起来一点，尽管在某个局部又有所增加，但那个逐渐显露出来的形象却在不断地舍弃多余的部分，在朝着它本来所是的样子后退。一生天地，天地生万物，万物最后又回到一。一才是万物的本源，蕴涵于艺术精神里面的道，发于自然，但最终的归结点还是一。李坚的雕塑绝不是轻而易举就可以做出来的东西，哪怕它的形状貌似一个普通的洋芋，一只外表光滑的梨，它们成型的过程也往往是异常复杂的。重量，体积，形体的起伏，力的分布，都要遵循原始模特基本的内部结构反复调整。选取洋芋和梨为雕塑摹本，并不是要把雕塑做成洋芋和梨，而是借它们的形来完成大地的某个形象，来传达道的精神。

  对于一位有理想的雕塑家来说，借造型之物以悟道，表达最初的原道精神，这个路径与方向大抵是不错的。不过，在全球工业化的大背景之下，自然之神远遁，原在的大地形象正在以惊人的速度改头换面，所谓皮之不存毛将焉附，在此语境之下，我担心的是李坚雕塑的合法性如何才得以建构？诚然，艺术家不一定非得与现实发生关系，但在现实的语境中做出相应的反应还是必要的。李坚的雕塑走得太远，他似乎属于那种有意跟现实保持相当距离的艺术家。

2009 年

有性情者必近酒

夜读汪曾祺小说《鉴赏家》,看到季匋民一边饮酒、一边画画一段,遂记起日前探望彭荆风老时彭老说过的汪曾祺在他家画画的事。彭老说汪作画时,置酒一碗于旁,一边画画一边喝酒。原来汪曾祺把自己的习性植到小说人物季匋民的身上去了。

"季匋民有一个脾气,一边画画,一边喝酒。喝酒不就菜,就水果。画两笔,凑着壶嘴喝一大口酒,左手拈一片水果,右手执笔接着画。画一张画要喝二斤花雕,吃半斤水果。"

二斤酒,半斤水果,这个季匋民的酒量、食量都够大的。据彭老说,汪曾祺的酒量也不赖,一次能喝掉一瓶老白干。

那日,说到酒,我说我喜欢夜读时喝光酒一碗(不就菜),彭老说他年轻时也有这个习惯,一次要喝掉二三两。女作家钱映紫也不止一次地说起她一个人在家喝光酒的事。看来饮酒之法,尤有习性相通之处。

酒者,破孤解闷以发散性情也。有性情者必近酒。大抵如是。

2009 年

绿衣火腿拟古一首并序

  立秋日,艳阳高照,老家人至。携来老火腿一只,望之若有苔痕。意甚喜悦,遂赋诗。

  老家来人兮,赠我以火腿。
  历经春夏兮,身上着绿衣。
  肉肥青苔厚,入眼尽苍茫。
  远山秀色兮,余为之垂涎。
  明日解此味,当与朋共飧。

2009 年

文章字来处

文章字不在头脑中求来，亦不从看得见处拾起。总在飞鸟流云之间，胸次盈满之时。昔王国维言独上高楼不得，憔悴又不得，于灯火阑珊处方得之，是偶然得矣。此所谓"与蝴蝶，遽然觉"，人生一梦，文章亦一梦耳。

2009 年

王国维词

王国维词,我以为不让温李。今日字录两首,甚觉有味。犹记"侧身望,天地窄""绝顶无云,昨宵有雨,我来此地闻天语",及"七尺微躯百年里,那能消、今古闲哀乐。与蝴蝶,遽然觉""朝朝含笑复含颦,人间相媚争如许"数句。谨录全文如下:

月落飞乌鹊。更声声、暗催残岁,城头寒柝。曾记年时游冶处,偏反一栏红药。和士女、盈盈欢谑。眼底春光何处也?只极度天野,烧明山郭,侧身望,天地窄。遣愁何计频商略。恨今宵、书城空拥,愁城难落。陋室风多青灯灺,中有千秋魂魄。似诉尽、人间纷浊。七尺微躯百年里,那能消、今古闲哀乐。与蝴蝶,遽然觉。

——《贺新郎》

绝顶无云，昨宵有雨，我来此地闻天语。疏钟暝直乱峰回，孤僧晓度寒溪去。是处青山，前生俦侣，招邀尽入闲庭户。朝朝含笑复含颦，人间相媚争如许。

——《踏莎行》

2009 年

篱笆诗

诗歌分行排列，余望之如篱笆墙。

诗经短句，乃上古篱笆，望之浑朴天成，道貌岸然，苍壁自成。

五言七言，以至于长短句，始有人工痕迹。然五言七言仍不乏古意，工整俨然，以为高低墙耶？长短句参差，极尽回环往复之妙，此消彼长，上下高低，如植于丘陵，倚地势起伏而立，望之不能尽其态矣。

然篱笆墙性状，又各自不同。读陶渊明《饮酒》诗，知其所植篱笆，疏放旷达，几可侧身而入。

> 结庐在人境，而无车马喧。
> 问君何能尔，心远地自偏。
> 采菊东篱下，悠然见南山。
> 山气日夕佳，飞鸟相与还。
> 此中有真意，欲辩已忘言。

又，王国维《鹊桥仙》：

一

沉沉戍鼓，萧萧厩马，起视霜华满地。
猛然记得别伊时，正今日、邮亭天气。
北征车辙，南征归梦，知是调停无计。
人间事事不堪凭，但除却、无凭两字。

二

绣衾初展，银釭旋剔，不尽灯前欢语。
人间岁岁似今宵，便胜却、貂蝉无数。
霎时送远，经年怨别，镜里朱颜难驻。
封侯觅得也寻常，何况是、封侯无据。

王国维词经此排列，恍若一少妇误入重重篱笆墙中，空自幽怨，庶几不得与征夫相见矣。便即得见，大约也不知是何年何月的事了。

2009 年

不知有笔

庄子和苏东坡联手写下的一副对联,直到 2005 年才遇见:木鸡养到,不知有笔。

2005 年

奇人俞宁锴

本来想写写陈寅恪,结果却先写了俞宁锴。嘉兴书人范笑我在《笑我贩书》《笑我贩书续编》里有好几则是专门讲俞宁锴的:

嘉善中学生俞宁锴1月27日在秀州书局买《知堂回想录》(周作人)、《我是风,我是花,我是大太阳》(王明皓)、《中国游侠史》(王涌豪)、《郁达夫的女性情感世界》(韦凌)等书时说:"韩寒比我大1岁。他已经成为炒作的人物。《三重门》(韩寒)被改成电影,证明这部小说的不足,小说和电影是不同的艺术,他们无法替代,如果可以替代则表示不成功。《零下一度》(韩寒)缺乏学术功底。所以,韩寒只会在中学生中流行。《冰与火》(余杰)看过。余杰的写作已跌入了自己的模式。我最崇拜李敖,我一直梦想买一套《李敖文集》,可是买不起。"

3月8日,俞宁锴从嘉善来秀州书局买书,他在买了《十三经注疏》(简体、横排、标点本)、《陀思妥耶夫斯基论作为文化机制的俄国自杀问题》(〔美〕依琳娜·帕佩尔诺)、《陀思妥耶夫斯基与女性问题》(〔美〕尼娜·珀利堪·斯特劳斯)等书时说:"本来我在学校排一百名以后,最近一次考试已跃到第二十三名。我对六月份的高考很有信心。我想在读完二十四史后,重点攻读唐史,在五十岁左右写一部开山之作《大唐三百年》。我认为最能体现中国的是唐朝。钱穆、陈寅恪会学术,不写小说;贾平凹、余华会写小说,没有学问;钱钟书两者兼有,但他内心看不起小说。小说能进入学术无法到达之境。我认为世界上一流小说家只有陀思妥耶夫斯基一个人,他有宗教的悲悯情怀。托尔斯泰也好,但他只是二流,其他号称大师的,都是我心目中的第三档次。前几天,梦见一个白须老头儿,我问他钱穆与陈寅恪两人谁的学问好。老者说,两人都好,陈寅恪更博大。"

俞宁锴3月16日来秀州书局买《中国制度史》(吕思勉)等书时说:"我是从初二开始大量阅读。《李敖回忆录》使我思维有所突破。他对我有影响,不过他已被我抛弃。现在逼近我的是陈寅恪,我吸干他的学术后,大约三十岁可以将他抛弃。这次来之后,大概要参加高考之后再来了。"

这个名叫俞宁锴的中学生口气不小。他使用了"抛弃""逼近""吸干"等词,真是英气逼人、志在少年。只不知道这个叫俞宁锴的少年后来考取了大学没有?若是落选,其实北大、清华这样的大学,是不妨放下体制的臭架子,免试招他进去的。

2009年

直 八

传说孔子师徒出行,路遇一赤裸驼背老者汲井水浇地,年不知几何,唱《击壤歌》。遂遣一弟子前往求饮。

弟子以周礼,而老者不受。知为孔门中人,遂握锄写一认真之真字卧于天地间,曰:"尔此认何字?认对了与尔水喝,不然,虽滴水性命,亦天地之设,吾不敢与矣!"弟子见而哂曰:"此有何难哉,此有何难哉。吾认真之真字也,此天下之共舌。无咎。水予吾,水予吾。"老者拄锄而长太息曰:"大谬不然也。大谬不然也。吾闻孔子,圣人也,天下归学,门徒塞道,座下七十二弟子,称七十二贤久矣。吾不与水,尔等可自去。勿回返扰我,勿回返扰我。"言毕,复唱《击壤歌》,旁若无人,以水浇地如初。

弟子怅然无功而返,告之以孔子。子怫然不悦。久之,乃大笑曰:"汝不知变通。即返,那老圣人以不认真示我,我岂能以认真待之?汝回,但以直八二字应之。"及再见,复以孔子之言告之。老者乃开颜抚掌笑曰:"善哉!天下有人知我意矣。"遂与水。复唱《击壤歌》,俄而,人歌俱渺,竟无人与井矣。

  这则故事是从什么书上看来的?不记得了。也或许是丹霞斋主所原创,亦未可知。只是觉得,举凡认真之人,十有八九,五窍不入,七窍不出,所谓混沌不凿,过七日而死。不认真之人,即便老道,亦只是家常。

2009 年

曾国藩日记

人皆以为曾国藩很牛，从清朝一直牛到当代。谓之曰，我国最后一个大儒。然近日展读曾国藩日记，从头至尾，以为亦不过一事功之徒而已，面目殊可憎。

曾国藩的日记，有许多是记录他不用功而后又后悔的，如道光二十年六月初七日记：

> 留馆后，本要用功，而日日玩忽，不觉过了四十馀天。前写信去家，议接家眷。又发南中请信。比作季仙九师寿文一首。馀皆忽忽，因循过日，故日日无可记录。忆自辛卯年，改号涤生。涤者，取涤其旧染之污也；生者，取明袁了凡之言："从前种种，譬如昨日死；从后种种，譬如今日生也。"改号至今九年，而不学如故，岂不可叹！

道光二十年，曾国藩三十岁。此时的曾国藩并非懒，他是找不着北。在内心深处，他本来也想在通往圣贤之道的路上修得正果，或是仿效时人在经史考据上下工夫以求了此一生，无奈他的功利心过于旺盛，以至于无法安静下来。

在同一天的日记里，他写道：

　　余今年已三十，资禀顽钝，精神亏损，此后岂复能有所成？但求勤俭有恒，无纵逸欲，以丧先人元气。因知勉行，期有寸得，以无失词臣体面。日日自苦，不至佚而生淫。如种树然，斤纵寻之后，牛羊无从而牧之；如熟灯然，膏油欲尽之时，无使微风乘之。庶几稍稍培养精神，不至自速死。但能日日用功有常，则可以保身体，可以自立，可以仰事储蓄，可以借福，不使祖宗积累自我一人享受而尽，可以无愧词臣，尚能以文章报国。谨记于此。六月初七夜记。

他这一夜所记日记，反省的力度很大，尤其是"改号至今九年，而不学如故，岂不可叹"一句，悔意翻滚，直击九年之痛痒，可谓翻江倒海，深刻见性。

悔悟反省，本是儒家修身之一重要法门，所谓"日省其身"，以期抵达"日新，日日新，又日新"的至高境界。但青壮年时期的曾国藩，大抵只是一个悔多改少的主儿。他的悔悟之辞，多是做给自己看的花样文章，徒赖以自我安慰而已。在他往后的日记里，类似的自省文章亦所在多有。由于玩劳过度，以至于他的大部分日记都只留下了一片空白。此外，他的以文章报国的思想出发点也有问题。

曾国藩的发迹，应该感谢清王朝的无能和洪杨的势大。太平军起,他的机会就来了,文章报国是假,武功立业才是真。一旦机会来临,曾国藩词臣的身份立即就变了,这个老成持重、趣味殊寡,在书斋里永远坐不住的词坛小混混,瞬即成了一匹脱缰的野马,成了"曾屠户"。

在这个时期的日记里,曾国藩甚感以前读书太少,处理起时务来处处吃力,于是每天晚上都要用功,但是用功的原动力,不外是"求事功",遵循的仍然是儒家的那一套学以致用的成功学。如此小打小闹,在儒家经典里求杂碎,自然离儒家的原道精神甚远。

2009 年

书香、蠹虫及《饮水词笺》

我喜欢把一册旧书拿来放在鼻子下面闻,闻它的香。这种香味有时像是从文字的丛林里面发出来的。

如果是繁体,竖行,文字被制版工人的大手摸过,其香味就更是沁入心脾。

某日,得民国老版《四书》一套,已经残破不堪,纸叶发黄,书籍的一边,老鼠啃过,留下来一个缺口。闻不闻?闻。凑近了鼻尖,一股温暖的粮食的香味。书是老鼠的粮食。

收拾书房,突然间就跑出来一条蠹虫。银灰色,头大,有须眉,尾巴长得像恐龙。我把它捉住,放在手上玩。它先是糊涂了一会儿,不知道去哪里了,沉思的样子。人肉跟书籍,在它看来肯定不大一样。人肉不香,甚而至于是臭的也未可知。

我没有把它杀掉。我们都以书为命,是兄弟,服食的是同样的东西。我阴险地把它放进一本我不喜欢的书里,希望它把这本书吃掉。

放生之前,我给它拍照。见到照相机的镜头,它先是愣住,继而兴高采烈的样子，头上的触须动了一下，尾巴动了一下，接着，它朝着照相机游过来。它似乎是很喜欢照相的。遗憾的是，我没有微焦镜头，没有拍到它的表情。

这是我迄今为止见过的唯一一条蠹虫。肥，但因为吃过许多字，显得风度翩翩，气质高雅，我估计嵇康也就是这个样子了。《晋书·嵇康传》里面说："康早孤，有奇才，远迈不群。身长七尺八寸，美词气，有风仪，而土木形骸，不自藻饰，人以为龙章凤姿，天质自然。"

不过，这条蠹虫，现在想起来，早就成了一条灰色的影子。有一天我把那本书找出来，仔细地把所有的书页查看了一遍，并没有发现它。很显然，它也不喜欢这本书。

另一本书，来自民国二十六年，草纸印刷，作者是纳兰性德。书名《饮水词笺》。

这本书六十二岁了，年长我若干。我把它放到鼻子下面，不香。但是一个雕塑家经由抚摸，发现了它罕见的品质：字从纸面上凸起，手指摸在上面，会发出一种沙沙沙的声音。雕塑家说：这是一件伟大的作品，纸上有汉字浮雕。我不信，也伸手去摸，果然，摸到了一个一个的蝇头汉字。

摸到后我就读出声来，"紫玉拨寒灰，心字全非。竦廉犹自隔年垂。半卷夕阳红雨入，燕子来时。回首碧云西，多少心期。短长亭外短长堤。百尺游丝千里梦，无限凄迷。"

整个下午，我们都在用手研读这本汉字建筑的盲书。我发现，雕塑家比我更能够辨识这些汉字，比如说，我有时会在没有字的空白处读出一首诗来，而雕塑家则不会发生类似的错误。

但是，他的手也会读出其他的东西，他闭上眼睛说：我摸到一个字，它动起来了。我问他是什么字，他回答说："无。"使我大为惊恐。他又摸到了几个会动的字，这些字他一一告诉我，分别是日、月、风、金、木、水、火、土。当他说火在动的时候，突然尖叫了一声，原来是他的无名指被灼伤了，我赶紧站起来去找疗伤的药。

阿根廷国立图书馆的前任馆长豪尔赫·路易斯·博尔赫斯也是一个善于摸书的人。他晚年眼睛看不见了，但仍然喜欢阅读。一个中国人送给他一根中国手杖，手柄上刻着一行神秘的汉字。

2010 年

乙集　文学工场1

小说与蝴蝶

> 文学是创造,小说是虚构。说某一篇小说是真人真事,这简直是侮辱了艺术,也侮辱了真实。其实,大作家无不具有高超的骗术,不过骗术最高的应首推大自然。大自然总是蒙骗人们。从简单的因物借力进行撒种繁殖的伎俩,到蝴蝶、鸟儿的各种巧妙复杂的保护色,都可以窥见大自然无穷无尽的神机妙算。小说家只是效法大自然罢了。
>
> ——纳博科夫

小说与蝴蝶本来是风马牛不相及的,但因为纳博科夫,它们之间就获得了某种联系。联系之一是纳博科夫本人同时扮演了小说家和专门研究蝴蝶的昆虫学家两种角色;其次,我试图在纳博科夫的小说与蝴蝶——确切地说是纳氏小说的语言特色与蝴蝶的翅膀之间——找到一种可令人信服的关系。关于这后一层关系,其实我在初次阅读纳氏的《洛丽塔》时就已经直觉到了。另外,我对此深信不疑:纳氏对蝴蝶的迷恋直接影响了他的小说创作，这种影响包括在小说的结构和语言两方面。这决非耸人听闻。

　　据我所知，纳博科夫早在流亡国外时就已经是一个蝴蝶迷，到美国定居后就更是如此。当别的作家只在书房里阅读别的作家的作品时，纳博科夫却在野外阅读另一本书，这本书就是五彩斑斓的蝴蝶。蝴蝶这种昆虫很奇怪，其品种的数量根本无人知晓，这一点很像植物里面的兰花。对于这两种自然界最隐秘又最奇妙的事物，纳氏喜爱其中的一种是一点也不足为奇的。我们知道，博尔赫斯喜爱老虎身上的条纹，里尔克喜爱玫瑰，梅尔维尔喜爱白鲸，劳伦斯则用他一双好色的眼睛盯住了女人的胴体。这几个都是顶尖的文学大师，他们喜欢的东西又都是大自然奉献给人类的所有事物中最美的；而在我看来，恰恰不是别的因素在起作用，是这些自然界最美丽的生物帮助了他们的文学事业，使他们达到了其他大多数作家都无法达到的写作水准。至于纳博科夫，他的写作活动与蝴蝶更是关系重大。

　　纳博科夫这个人很傲慢，死掉的作家中他看得起的仅寥寥数人，活着的就不用说了，许多受到世界公认的大作家，如弗吉尼亚·伍尔夫、伯尔、莫里亚克，都是他一贯打击挖苦的对象；至于陀斯妥耶夫斯基就更惨了，纳氏认为此人对小说艺术根本就一窍不通，他的那些小说全部都是内分泌一样的东西，无需看重。此外，他对影响了许多作家写作的弗洛伊德也颇为不满，认为他是文学写作的祸首。纳氏不仅对他的同行十分挑剔，对读者也提出十三条标准，说符合他的这些标准中的五条就算得上优秀读者，否则就不是。

纳博科夫的狂妄有无道理，不知道。使我吃惊的是，我居然完全赞同他对他所提到的那些作家的看法，他们的作品确实很不好读，或者说大多数读者很难通过阅读他们的作品获得足够的愉悦。当然我推崇纳博科夫，倒不是因为他花样翻新的偏激，事实上，纳博科夫的小说确实很神奇，能写出类似水准的作家并不多。

纳博科夫的文学成就主要体现在两本书中，一本当然是他的《洛丽塔》，另一本是他的传记性短篇小说集《说吧，记忆》。《洛丽塔》不用多说，它现在已经是外国小说在中国的大众读本，不说别的，单是版本就不下四种；而且，我还相信能完整地背诵这部伟大小说开头一段的人不在少数。我要重点说到的是《说吧，记忆》。我要说，它可能是世界上最好最有分量的文学回忆录。把回忆录当作品来写的人不多，能写好的人更是凤毛麟角。1985年获诺贝尔文学奖的克洛德·西蒙、奥地利的那个卡内蒂，都是把回忆录当作品来写的人，但不管是《植物园》也好，《获救之舌》也好，都很难在完美的意义上达到《说吧，记忆》的高度。我个人的看法是，如果勉强把普鲁斯特的《追忆逝水年华》跟回忆录这种文体沾一点边的话，那么将两部作品放在一起，它们完全可以互相辉映。

《说吧，记忆》给予我的阅读享受从程度上讲并不亚于《洛丽塔》。当我们说某某是语言大师，并不是因为某某"深刻而别出心裁地表达了人类的理想"（像写诺贝尔奖授奖词的那些老朽们所认为的那样），主要是因为某某玩语言已经玩到了炉火纯青的地步，他使用的那种语言在词语的色彩、轻重、节奏，以及表述方式上的分寸把握都拿捏得恰到好处，在达到一定体积时所产生的那种在语言、结构等方面的完美性。纳博科夫，无论从哪方面来看都是这样的一个作家。《说吧，记忆》的语言，恐怕只有用"纸面上精打细算的伟大雕刻"才能形容，在同时代，纳氏对英语的贡献远远超过了任何一位英语是其母语的作家。如果把《洛丽塔》和《说吧，记忆》加以比较，那么《洛丽塔》斑斓的语言色彩就像是蝴蝶颤动的翅膀，词语的声响及其色彩的明丽，汪洋恣肆的语言，使我在初次读到它们时就立即自然地联想到一群在花丛中翩翩起舞的色彩缤纷的蝴蝶，纳博科夫出色地将蝴蝶身上的色彩嫁接到了小说中，他使这些色彩流动起来，而且让你看清每一种色彩之间的细微变化，他把英语带入了读者的视听感官，让《洛丽塔》成了一件巴赫手中的乐器、一幅夏加尔的后现代绘画。《说吧，记忆》继续了《洛丽塔》的语言特色和对细节的想象力，但由于前者的写作时间比后者晚了很多年，《说吧，记忆》又有着《洛丽塔》所没有的那种异常结实的质地、嗅觉和味觉，皮肤感受到的、眼睛看到的、耳朵听到的，在《说吧，记忆》里都有，但显然已经不再流动得像在《洛丽塔》中那般诡秘，只是同样的敏锐，轻舞飞扬的蝴蝶落在了花枝上，不，这次是落在枯黄的树叶的包围之中，而且很自然，在此时纳博科夫无论从哪方面来看都更老谋深算，他把年轻时候用身体能触到的词语像钉子一样敲进了他老年的书写中，于是我们在大珠小珠落玉盘之后看到了完全不同的质地。

20世纪在人类的艺术史上的地位非常重要，那是一个各种艺术在各自的轨道上精彩纷呈的时期：各个艺术领域都出现了集大成者。20世纪的文学大师，我认为可以开出这样一个名单：小说家纳博科夫、博尔赫斯、卡夫卡、乔伊斯、普鲁斯特、卡尔维诺，诗人弗洛斯特。纳博科夫排在第一位。

在现代作家中，被误读最多的应该是乔伊斯和卡夫卡，被误解最多的则是纳博科夫。1955年，法国奥林匹克出版社出版了一本英文小说，小说出版后立即就遭到了封杀，原因是他们认为《洛丽塔》是一部伟大的伤风败俗的小说，一部奇特的诲淫诲盗的小说。其实，《洛丽塔》只不过写了一个中年男人的恋女童情结。关于洛丽塔这个永远站在文学史和读者心中的十二岁小女孩，两个同名电影的导演显然都没有选对角色，他们根本不了解亨伯特·亨伯特，电影中的洛丽塔太老了，根本就不能引起亨伯特的性趣。不过，这是题外话。我要说的是，纳博科夫的小说虽然在情节展示方面无懈可击，但最引人注目的还是语言，以及通过语言提供给阅读的巨大财富。这是一种快乐写作才能达到的效果。阅读纳氏的这两部书，我个人获得的最多的感受即是快乐，一种词语进入心灵和感官的快乐。如果说表达人类的所谓痛苦，达到高峰的20世纪作家比比皆是，但是将文本的写作指向快乐并将这种快乐推向喧嚣的程度，纳博科夫是第一人，他即使不是发明者也是集大成者。在这方面，《洛丽塔》是回肠荡气的，令人眼花缭乱的，像一部以散文体写就的长篇抒情叙事诗；《说吧，记忆》则显得深沉，是一个老年人的受到抑制的那种快乐，更像是一部抒情的史诗。

纳博科夫死于1977年。在他死时，他的小说的价值尚未被完全认识到，即使是在今天，大多数人也仍然在误读他的《洛丽塔》，被两次粗暴地改编成电影即是明证。至于当代活着的作家，似乎也很少有人能够从他那儿学到东西。20 世纪 90 年代，跟纳博科夫一样长期流亡美国的苏联作家索尔仁尼琴在谈到前者时说，纳博科夫是一个逃避道义的作家，他不明白为什么今天有那么多的青年作家在模仿纳博科夫。在索尔仁尼琴看来，文学不是身体的修辞学，而是思想的容器。

2003 年

身体的存在与颠覆

如果把帕·聚斯金德的《香水》拍成电影，我相信在全世界，包括中国，都会有很高的上座率。跟 J. K. 罗琳夫人的《哈利·波特》一样，该书是一本奇书，在很多国家的读者中拥有相当广泛的阅读基础。在中国，《香水》已出了好几个版本，都卖空了。最近，上海译文出版社推出了新版本，副标题《一个杀人犯的故事》被删除，封面设计亦不再沿袭之前的俗艳、老套，算是做了一件"以正视听"的工作。

不过，以严肃文学面目出现的《香水》我却抽不出时间重读了，只能抚摸。以前，我拒绝《香水》有好长一段时间，原因是"一个杀人犯的故事"这个醒目的副标题，现在是纯正的《香水》，没有副标题。

18世纪，在法国曾出现过一个人，那时代人才辈出，也不乏天才和残暴的人物。此人便是最有天才的最残暴的人物之一。这儿要讲的就是这个人的故事。他名叫让·巴蒂斯特·格雷诺耶……

这便是《香水》一书的开头部分。这个开头吸引我读下去。我一口气读完,该书的作者没有故弄玄虚。

对我来说,帕特里克·聚斯金德(Datrick Suskind)是一位陌生的作家。我不大喜欢德语文学,德国作家中理智健全者甚少,要不就是过分健全,大搞折磨读者神经之能事。但是,聚斯金德显然是一个例外。

在我们所说的那个时代,各个城市里始终弥漫着我们现代人难以想象的臭气。街道散发着粪便的臭气,屋子后院散发着尿臭,楼梯间散发出腐朽的木材和老鼠的臭气,厨房弥漫着烂菜和羊油的臭味;不通风的房间散发着霉臭的尘土气味,卧室发出沾满油脂的床单、潮湿的羽绒被的臭味和夜壶的刺鼻的甜滋滋的似臭非臭的气味……农民臭味像教士,手工作坊伙计臭味像师傅的老婆,整个贵族阶级都臭,甚至国王也散发出臭气,他臭得像猛兽,而王后臭得像一只老母山羊,夏天和冬天都是如此。

该书的主人公让·巴蒂斯特·格雷诺耶就是在这种臭气熏天的环境中出生的。他 1738 年 7 月 17 日生在巴黎最臭的一条街上,一生下来就被他妈——一个卖鱼的女人——扔在了宰鱼台下的一堆鱼内脏里。直到奄奄一息,才被清扫菜市场的一个清洁工发现。

奇怪的是,小说写道,这个一出生即被抛弃的人身上却没有任何味道。他被人抱走,进了育婴院,久病不死。由于他是一个怀着某种使命的身赋异秉的天才,他一生的命运是远离人类和制造奇异的香水,而这种香水只能取自美貌少女的体香。为了制造奇异的香水,他相继谋杀了 28 个少女,将她们身上的气味保留在油脂中,然后再蒸馏制成香水。在他被捕获后即将行刑的时刻,他偷偷地取出了藏在身上的香水,于是奇迹发生了——

一万名男女老幼,他们变得像被情人的魅力征服的小姑娘那么柔弱。一种强烈爱慕的、温存的、完全幼稚可笑的爱恋感突然向他们袭来,的确,众所周知,这是一种喜欢这个小个儿杀人犯的感觉。他们无力抗拒,也不想抗拒。这像一种人们无法抑制的哭泣,像一种长久克制的哭泣从腹部产生,奇迹般地把一切阻力分化,把一切变成液体并冲刷干净。人们无非是液体,内心化作精神和灵魂,只是具有不定形的液体状态,他们觉得自己的心是不定的团块,在他们体内晃动,无论是男人和女人,他们都是把自己的心放到身穿黄色外衣的小个儿男儿手中,无论如何,他们喜欢他。

《香水》告诉我们的像是一个传奇故事,事实上它也是。不过远不止于此。如果仅仅是一个传奇故事,那么读完也就完了,用不着提起它。聚斯金德的意图显然不是这样,他写这部小说是针对整个人类的,人类的软弱与人性的不可预料性、人类的香与臭,在小说中都作为矛盾的对立面被提出,于是,他虚构了一个异类，他用格雷诺耶这个经常被忽略的小人物来与人类相对抗，并且取得了胜利。本来，作为香水制造业的一个器官，格雷诺耶的嗅觉只不过异于常人而已，没什么了不起的，他顶多通过他的异秉天赋来使自己变成一个富翁而已。但是，一定是哪儿出了问题，香水构成了杀人的全部动机和令人类迷狂的神奇事物，这种奇妙的、登峰造极的文明产物因为一个天才的偶然出现走向了它的反面，智慧发展成了一种毁灭性的武器，芳香，柔软，然而却是致命的，无法抗拒。这不由得使我们想起两个历史上颇具破坏力的人物，希特勒和萨德，前者以庞大的组织机构和坚硬的枪炮，后者则以反道德的书写和行为方式来实践其残暴的性行为，试图摧毁铁板一块的人类文明，最终都给人类带来了严重的负面影响。在小说的开头一段，作者就将这些人物提出来了，并将该书的主人公格雷诺耶与他们相提并论，可见，这已不仅仅是一个普通的传奇故事，而是寓言了。

　　小说除了讲述格雷诺耶的出生史、香水发明史、杀人史，还用很大的篇幅来讲述他怎样逃离人类的气味，实际上写的是他的逃亡史。这部分在小说中占有极为重要的地位。

> 格雷诺耶于1756年8月的一天抵达这座山。破晓时分，他站立在山头上。他还不知道，他的旅行到此结束了。他想，这仅仅是他进入越来越纯净的空气的途中的一个阶段……太阳升起，他依然站着，原地不动，鼻子在呼吸空气。他拼命想嗅出危险的人味从何而来，想嗅出他必须继续奔逃的相反方向。

隐居在山上的十年是格雷诺耶一生中最为安宁的时期，因为他再也嗅不到人类的气味了。小说以大量的篇幅对格雷诺耶的身体感受及其远离人类后的心理变化作了不厌其烦的描写。这或许会使读者感到不快，但必须承认，这是小说中极为精彩的段落之一。

在当代作家中，我们很难找到对人类的文明史作如此深刻反思的作家，似乎所有的人都在忙着对腐烂的文明唱赞歌，现在有了一个聚斯金德，他皱起了眉头。

《香水》一书所隐含的寓意无疑是意味深长的。跟另外一个德语作家卡夫卡的小说一样，《香水》一书的寓言的性质具有不可逆转的普遍性，它在全世界的畅销并非仅仅因为它是一部精彩的小说，更多的，也许跟我们的日常生活有关，跟某种潜藏在我们内心的不安有关。

2002 年

米格尔大街上的奈保尔和我

　　大约在 1995 年前后,维·苏·奈保尔的《米格尔大街》是我向身边一群时常感到迷茫的青年作家推荐的一本书,我敦促他们向米格尔学习,把目光投向窗外魔幻的云南小城镇的街道。1998 年夏天,我又重读了《米格尔大街》。《米格尔大街》和《骑兵军》是我最喜欢的两本短篇小说集,今年(实际上是 10 月 11 日上午 11 点 20 分),我在网上获悉《米格尔大街》的作者奈保尔获得了诺贝尔文学奖,心中不禁暗喜。

　　因为奈保尔笔下的米格尔大街,我开始回忆我曾经生活过三四年的云南六库的街道。1993 年前后我在六库的街上混日子,其情形跟米格尔大街上的奈保尔笔下的人物相似。我甚至会陷入谵妄,怀疑奈保尔其人是我在六库街上遇到过的某一个人,他去了伦敦,然后写了一本书,而这本书又恰好被我读到,如此而已。

　　言归正传,现在回过头来说说奈保尔的这本小册子。《米格尔大街》被翻译成汉语出版是在 1992 年 10 月,在书店翻开这本书只读了一两页我就记住了奈保尔的名字。在中国，奈保尔是一个被文学读者普遍认为不怎么样的作家，原因就是他的作品从来不被归入流行的任何一个流派，事实上他是一个默默无闻的作家，一个文学个体户。奈保尔的小说也不时髦，创作观念、技巧都很朴实。但奈保尔是一位罕见的使人感到亲切的大作家，他只需寥寥数笔，便能将一个人物、一个房间、一条街道、一座城市的整体氛围和生活情境和盘托出，使你震惊于他在观察事物和对人性的洞察力的同时，感佩此人的写作天赋。确实，奈保尔应该算是一个一百年只出一个的语言天才，我不说他是大师而只说他是天才，是因为他二十二岁就已写出了《米格尔大街》这样的杰作。收入《米格尔大街》的短篇小说，如果让海明威来写，最起码也要花上十年的时间训练，或者换句话说，海明威的那些杰出的短篇小说是通过长时间的严酷训练才达到的，但你看看奈保尔，他一出道（《米格尔大街》是他的第一本小说）就已经是一个训练有素的大作家了。这个人即便以后再也没有写出任何东西，我们也一定能够记住他的名字。

《米格尔大街》讲述的是奈保尔青少年时代的生活故事和所见所闻。在书中，年轻的奈保尔有意虚构了一个中年人来讲述米格尔大街上发生的事，小说客观的叙事语调很难让人相信这个短篇小说故事集的作者居然是一个年仅二十二岁的人。小说叙事人既是旁观者又是主人公之一，两者是交叉进行的，风格很像巴别尔的《骑兵军》。就结构而言，《米格尔大街》由一系列的短篇小说组成，但都不离开米格尔大街，这种结构方式已经具有很浓厚的后现代结构特征。可以做如下设想，如果让费里尼把《米格尔大街》拍成电影，那么，它肯定是又一部了不起的《说吧，记忆》。

在我看来，瑞典文学院直到今年才把诺贝尔文学奖颁给奈保尔，已经是反应迟钝了，但好在奈保尔今年才六十九岁，没有等到人家七老八十快死了才把这个奖颁给他，评委会的那些老朽也算是给自己挣得了一点面子。

奈保尔的作品目前已达 26 部，但翻译成汉语的仅《米格尔大街》，按照中国文学界历年来的跟风习惯，估计最晚到明年初会有《奈保尔文集》在大陆发行——当然，这对中国翻译家们来说是一件很丢脸的事。

2001 年

词语，或词语的运动

说起来，20世纪的西方文学革命，跟一个长期住在巴黎的美国女人有关，这个人就是格特鲁德·斯坦因。在中国文学圈内，了解斯坦因的人只限于极少数观念激进的青年作家，文学圈外的人则是完全地不知道。我最早知道斯坦因是通过80年代翻译过来的一些文论，但也只是雾里看花终隔一层，斯坦因文学实验的真面目终究没有见到。真正读到她的东西是在90年代外文研究所编辑出版的某期《外国文艺》上。我一口气读完她的长篇散文纪实作品《艾丽丝·托克拉斯自传》，立即为之倾倒，她的文风，她所发明的那种重复句式我喜欢得不得了，还逢人就推荐。那时我的身体已经空掉，最痛恨苦大仇深的东西，总想搞点快乐文本来过过瘾，但说实话，这样的东西不多。以前读《西游记》，读厄普代克的《兔子三部曲》，读《麦田里的守望者》，读《洛丽塔》，也就这么多。

在我的印象中，什么苦闷的象征啦，什么原罪啦、痛苦啦，担当啦、人类的良知啦、使命啦，在现代文学的谱系里从来都是一个庞大的部落,其总部从来都是设在但丁的地狱里,就好像那是一座闪闪发光的金矿似的,作家中的主力部队都集中在这个区域,历届的诺奖获得者,也多属此阵营中人,授奖辞则是竭力鼓励作家们讴歌、承担所谓的苦难、不幸、异化,但是突然间就有了一个斯坦因,是她把文学从黑暗的地狱里拯救了出来,并赋予文学以愉悦的使命。《艾丽丝·托克拉斯自传》就是一部力图经由书写获得身体性愉悦的实验作品,它排除了一切多余的、有毒的东西,而仅仅是让词语流动起来,文学的功能,除了游戏性,除了维护言语的独一无二的修辞学,不再与其他的任何事物相关。

不仅仅是《艾丽丝·托克拉斯自传》,还有《三个女人》和她其他的全部文学。尤其是《软纽扣》,使斯坦因的文学实验变成了一场持久的冒险,匪夷所思。在《软纽扣》中,斯坦因成了一个词语的搬运工。

一种闪光的黄色表示包含在当四杯酒全买来时颜色雷同得在人意料中。这就是使六七杯酒再无用场的希望而且注定会流入无用。流入无用。(《一点杯中物》)

在三卷文集中,斯坦因在几乎每一个地方都让语言的身体表演完全面向我们的眼睛和耳朵,她针对她自己的和读者的耳朵发明了"重复"这一伟大的技巧,这种技巧在《艾丽丝·托克拉斯自传》中被发挥得淋漓尽致。在写于1906年至1908年《美国人的成长》这部大部头的作品中,斯坦因公开了自己为

什么喜欢重复的秘密:

  我认识的人为数众多,我总是愈来愈知道这一点。他们全都在重复,这我听见了。他们全都在活着,这我知道。我愈来愈理解这一点,这愈来愈就其本身拥有一个人的完整的历史。

此外,斯坦因的文学一般都提供一个现场,一个特定的"斯坦因的场景",即使在表达抽象事物时也十分具体,如:"用糖果敲打的大象和小小的的爆破声与咀嚼声,所有的插销和不顾死活的老鼠,这就是……"这段话的标题是"一种声音"。

在描写具体的事物时,比如一段标题为《鞋》的文字:

  要成为一堵墙具有一个防潮层长河滚滚似的路和几乎足够的选择造成一个稳定的午夜。它是脓。
  一个浅洞玫瑰在红色上的,一个浅洞进呀进这酒剩了一丝。它显露出闪光。

斯坦因认为,"玫瑰"一词的指向是抽象的,也是空洞的,它,必须是"一朵玫瑰一朵玫瑰","一朵冷冷的红玫瑰和一种粉红切开的粉红,一次猛跌和一个卖掉的窟窿,不少一点热情"。她说:"魅力单一的魅力靠不住。如果红的是玫瑰又有一个门围着它,如果里面就是请进而且那里的位置变了,那当然有件东西就是笔挺的。它是热切的。"

在这里，斯坦因发明了一种"反语言"的语言，这种隐喻式的话语方式，其目的是为了巧妙地掩饰难以传达的某种身体性的快感。美国批评家凯瑟琳·R.斯蒂普森把斯坦因的这种"反语言"称之为"躯体语法"。

她的身体也活跃在她的写作中，使它们成为躯体语法或非躯体语法，成为抒情诗、冥想录或类似日记的注释。因为她的文本读起来就像有她的声音倾注其中，就像她边写作边说话和口授。与查尔斯·奥尔森（Charles Olson）不同，斯坦因对诗行与人的呼吸间的关系，缺乏一种见解。不过，她举例说明"谈话给予最好的写作以活力，而最好的谈话像波浪一样向前推进……在诗歌中，写作与谈话不一样，但却是通过谈话改造而成……"

……

斯坦因的躯体语法至少以两种相互纠结的方式，变得更为灵活自由，这两种方式也反过来又缠绕着心理学和修辞学。

对于这种奇怪的语言方式，斯坦因则如此加以表达——

技巧不是什么形式或风格一类的东西而形式和风格到来的方式和它怎样再次到来的方式也一样。冻结你的泉水你将总是有着冰冻之水射向空中落下它将在那里可以看到……哦，不要怀疑……但不会有更多到来……你不能进入子宫制造孩子；它在那儿制造它自己以后整个地出来……而它在那儿你已经创造了它并感觉到它，但它自己出来……

无需多加引文，有兴趣的读者可以直接去打开她的文集。阅读斯坦因的作品我获得如下印象：唯美但反唯美，出乎自然却反对自然。这话说得有点玄，不过我不想加以解释，这大概也是老庄的意思，所谓的道名之辩，其实是辩不来的，不适宜拿嘴巴、言语这类有形的东西来讲。

我的兴趣点在于斯坦因对文学进行彻底革命的基础，斯坦因的文学实验肯定是有原因的，她早年受教于美国实用主义哲学家威廉·詹姆斯门下。威廉有一个兄弟后来成了美国著名的小说家，不过跟斯坦因关系不大。影响斯坦因后来文学道路的甚至也不是哲学家本人。实用主义跟斯坦因的文学实验之间，如果非要找出一点亲缘关系来，恐怕也只能说是某种头脑的思维训练在方法论上的一致，别无其他。斯坦因始终将自己看成是一个形式主义者，她早年向威廉·詹姆斯学到的东西也主要是在心理学和思维的逻辑形式方面，而不是实用主义哲学的那些乌七八糟的东西。

以文学的写作方法论而言，无疑，斯坦因这个从身体到头脑都非同寻常的女人，我情愿相信她胆大妄为的文学冒险主要跟她本人的超凡悟性和同性恋的性取向有关，跟她对传统文学及其对文学的变革性要求的体察入微有关。这是一个对文学有着某种癖好的女人，她要将旧文学推倒重来，不但要自己单干，还一再劝导庞德、海明威和其他法国人也参与到造反派的行列里来。好像是这样的，海明威每次揣着新写出来的稿子走进斯坦因小姐的公寓，都诚惶诚恐，因为他即将面对的这个女人对文学是不合时宜地有着某种可怕的天赋，这个女人似乎是靠直觉就能预言百年内的世界文学发展方向，事实上她永远都是对的。有说服力的是，斯坦因自己通过大量的写作来实践她的预言，而且她写出来的东西跟她口头上说的一样好。20 世纪的文学史普遍认为，斯坦因由于其艰深的实验过于匪夷所思，乃至没有取得与她本人的巨大才能相当的成就。斯坦因的《软纽扣》，追求的就是一种立体主义的文学效果，在里面，读者看见的是一堆又一堆"普通的名词"。斯坦因说，名词实际上"具备了更多成为其他什么的可能性"。

2002 年

文学大萧条时期的小说巨兽

1999年我在北京,突然对这个大而无当的城市产生了厌倦,于是朝大海的方向走去。我的目的地是大连。在大连,我专门挑选那些偏僻的街道漫游,突然,我嗅到了让·艾什诺兹作品中的气味。

罗伯·格里耶之后,法国新小说阵营里,现在有了一个图森和一个让·艾什诺兹,前者是我最喜爱的,至于后者,他无疑是当今最重要的作家之一,五十刚出头,却发表了十多部长篇小说。每隔两年,让·艾什诺兹都要出版一部作品,而且每部作品都让人期待,活力、稳健、厚实,这些成为一个大作家所必须具备的标识,在让·艾什诺兹的身上和作品中都有。作为第二代新小说阵营里写作实力最为雄健的领军人物,让·艾什诺兹既是新小说写作精神的鼎力实践者,又是一个包罗万象、汲取其他流派创作经验的集大成者。在他的体积庞杂的作品中,我们可以清晰地看到在细节描写方面不厌其烦的普鲁斯特,看到总是充满激情的塞利纳和克洛德·西蒙,他甚至在小说的主题范围和结构方式上包容了前辈大师米歇尔·布托。实际上，让·艾什诺兹所面对的是文学写作中的几何学问题，这些为前辈作家们遗留下来的困难在艾什诺兹这儿被一种少有的雄心和巨大的写作热情克服了。通常，这一类出自文学写作危机、当初只作为被迫进行实验的冒险行为，很难达到鼓舞人的目的，但是艾什诺兹，他的《切诺基》《高大的金发女郎》《我走了》《出征马来亚》等小说，虽然写得呕心沥血，困难重重，但是水到渠成。这个人似乎天生就有着一个对法国文学消化功能极强的胃，如果把这个容器里的东西倾倒出来，我们甚至还可以看到为福楼拜和历史所谋杀的包法利夫人的尸体。

20世纪80年代以来，让·艾什诺兹几乎要相隔好多年才能写出一部他认为已经完稿的作品。他的步履太艰难了，这是因为他书写的性质使然。与别的任何作家不同，让·艾什诺兹完全放弃了文学写作中那种相对而言较为轻松的、出自本能的部分，我在此之前还没有看见过哪一个作家在前进的路途中作如此多的停留。詹姆斯·乔伊斯虽说也以精打细算的方式进行写作，但毕竟找到了身体的意识流这一助力的方式来加速写作的进程；罗伯-格里那也一样，他发明了一种完全是基于视觉的、观察入微的书写方式。但让·艾什诺兹让我们感到吃惊，他完全靠观察、严密的分析和超强度的官能感受来使用词语，他的词汇表要比乔伊斯庞大和复杂得多，优雅的法语，在他手中变得粗粝了，语言不再受文学的驱使，而是直接抵达事物；不是事物的表象，而是深入到里面去，他把事物存在的多样性像开采矿石一样从黑暗的地下一点点地挖出来以便重新组成另外的东西，这个东西在此前不为任何人所知，此后也难得有人敢于作这样的尝试。

将文学写作当作数学几何带来的问题不少，首要的当然是让·艾什诺兹为他自己设置的重重障碍，其次就是阅读。关于前一个问题，让·艾什诺兹的写作程序很能说明问题：庞杂的资料占有、大量的采访调查笔记（这一准备往往使他在成为作家之前首先变成了所涉及领域的考据学者），然后开始写第一稿；到写第二稿时，第一稿变成了腹稿，完全舍弃不用；之后是第三稿、第四稿、第五稿，直至完工。由于让·艾什诺兹以卖文为生，因此他常常是在出版商的催促下"匆忙"交稿的，虽说为了写出两百页的小说他要每天伏案并连续工作两年。也就是说，他写出一页的时间是三至四天，每天工作四至五个小时。我以为，如此缓慢的速度不仅仅是因为作家对于职业写作这一古老行当的近乎苛刻的态度，主要还在于让·艾什诺兹为自己设置的重重障碍。让·艾什诺兹的每一部小说都涉及不同的题材领域和不同的地理方位，诸如巴黎黑社会的地下活动、大公司的办公室、古老行业的交易内幕、印度的橡胶业、北极探险，以及许多不为我们所知的领域。而且他在涉足这些领域时都极尽细节、气氛渲染之能事，人物在特定环境中的行为、身体和心理的反应都要求最大限度的真实和恰如其分，他做到了，并使他的小说看起来像一座包罗万象的博物馆。因此，阅读他的小说一方面会让读者处在纷纭事物的包围之中，像是走入一座词语的迷宫，分不清事物和词语之间极度模糊的界线。缺乏耐心的读者不必去阅读这样的小说，审美观念过于保守的读者又会深感恐惧。世界上很难找出一个与之相似的、对琐屑的事物如此迷恋的作家。

本来，新小说发展到格里耶、布托那样对事物不厌其烦的程度已经使很多人感到厌倦了，但是到了让·艾什诺兹，这一倾向显然被推到了极端。与前两人不同的是，让·艾什诺兹的大多数作品的语言叙述角度十分善变，他同时描写几种不同的事物，几乎是通过文学修辞学的暴力将世界上的万事万物联系起来，这一点即使是在写实主义画家的作品中也十分少见。尤其可贵的是，小说中的每一样事物都没有因此而变形或是放错了位置。

让·艾什诺兹自己说，他的每一部小说都避免在题材、地理环境方面重复，每一文本表面看来彼此都是独立和封闭的。事实上也是如此，读者每读到他的新作都必然要经历一次新的历险，除了超大容量这一相同的特点之外，别的都不一样。

使我感兴趣的是，作为一名职业作家，让·艾什诺兹何以将这种职业性要求推到了常人难以忍受的程度，他的文学版图的边界在哪儿？他目前已发表了十部以上的作品，还在以每两年一部的速度推进，他的身体状况良好，精力旺盛，对写作似乎永不魇足，完全就是一头词语的巨兽，这在文学大萧条的今天尤其令人钦佩。

法国是一个热衷于文学实验与探险的国家，从艾什诺兹身上，我们可以看到新小说以来的文学日益艰深。在后现代，当别国的作家们都在大搞词语狂欢游戏，将自己变成了文学玩偶的时候，新小说派的第二代作家却几乎人人都拒绝轻松，他们是苦行僧，除了图森（比利时旅居法国的作家，加入新小说派成为后起之秀）有时显得不那么沉重外，其他人都争先恐后地热衷于繁复、琐碎的细节和词语的炼金术。有时，我会怀疑法国这个国家缺乏幽默感，我会暂时忘掉伏尔泰的传统，因为不仅仅是新小说，其他法国的当代作家的写作动力几乎都来自对文学实验的激情和对于精致的癖好，但无须责备，当代的让·艾什诺兹们毕竟撑起了世界文学的半壁江山，亚洲疲软，拉丁美洲式微，美国在当代只出小作家，看来，未来的文学方向还是紧跟在以法国为代表的欧洲作家的屁股后面。

2002 年

迟来的大作家巴别尔

1986年，意大利《欧洲人》杂志评选100位世界最佳小说家，巴别尔排在第一位。巴别尔何许人也？何以得到如此殊荣？对于中国的大多数读者来说，应该是陌生的。

巴别尔的《骑兵军》我读过好几遍。老实说，原来我是不大读苏联文学的，接触过的也仅限于茨维塔耶塔、帕斯捷尔纳克、叶塞林、阿赫玛托娃和爱伦堡，其他的苏联作家则一律被打入冷宫。但这是相当无知的。大约是90年代初期的某天下午，巴别尔的系列短篇小说《骑兵军》突然来到了我的手上，立即，一种建立在陌生经验之上的阅读生活开始了。这是一种足以让世故的读者感到震惊和谦卑的阅读体验，因为巴别尔是那样的独一无二，以至于很少有人会像他那样写作——他创造了一种结实而饱含诗意的小说文体，重新塑造了苏联的形象。

现在我要说，我在大学课堂所受的有关20世纪苏联文学的教育全部是一堆狗屎。当年大学课堂里，讲的都是清一色的革命文学，就连杰出的大作家高尔基，一般也都是把他改头换面了硬塞到无产阶级革命文学的这只口袋里，以至于苏联作家在我的阅读坐标上全都变成了三流文学爱好者的集中营，成了20世纪世界文学的一个怪胎。

现在想想，还得感谢那些大学里的苏联文学教授，多亏了他们，才使我在以后获得了一种发现的快乐。有一年，我读到高尔基写下的那篇著名的纪念列夫·托尔斯泰逝世的文章，也有类似的感受。

说到巴别尔，正如我后来所知道的，没有高尔基，巴别尔很可能不会取得如我们后来所见的那些成就。开始是这样的：外省青年巴别尔写了一个短篇小说去莫斯科找到文坛要人高尔基，后者在百忙中接见了前者并充分肯定了前者的写作才华，之后，这位大名鼎鼎的《在人间》的作者对后来《骑兵军》的作者说，生活是所有作家的老师，你要到人间去体验生活，然后再把你写的东西拿来我看。巴别尔自此以后就消失了。7年后，当他的杰作《骑兵军》陆续发表，人们才知道他去了哪儿。

巴别尔去了哪儿？布琼尼将军率领的苏联红军第一骑兵军。1920年，二十六岁的巴别尔以战地记者的身份，跟随布琼尼统帅的苏维埃红军第一骑兵军进攻波兰。战争历时三个月。巴别尔目击了欧洲历史上，也是人类历史上最后一次大规模的空前惨烈的骑兵会战。1923年至1924年，他根据这次征战，陆续创作了三十多篇短小精悍的文章，有战地速写，也有军旅故事，这就是后来的《骑兵军》。1923年6月，第一组骑兵军小说在当时的进步杂志《左》上发表。巴别尔开始出名，由于小说引起了轰动，他成为苏联当时最著名的作家。巴别尔自称："直到

1923年,我终于学会了怎样明了地表达我的思想,而又写得不太冗长。那时我重新开始写作。"

《骑兵军》出版后,早已当上红军大元帅的布琼尼勃然大怒,扬言要处死巴别尔,原因是布琼尼认为巴别尔没有在书中宣扬骑兵军的英勇事迹,巴别尔一直都待在营房的后院,并不真正了解骑兵军。布琼尼指责巴别尔没有到过前线,只是凭空杜撰,玷污了最优秀的共产党指挥员。《骑兵军》讲的故事从一个疯子犹太人的胡言乱语(指《基大利》),到对天主教堂的打砸抢(指《在圣瓦伦廷教堂》),到骑兵鞭打自己的步兵(指《阿弗尼卡·比达》),到一个有梅毒的红军战士的肖像(指《萨什卡·耶稣》),等等,这些人物都被这个有色情狂的作者的主观感觉扭曲了。而且,他的故事还弥漫着小资产阶级情调。

事实是,巴别尔跑到骑兵军去当一名记录者仅仅是为了写他的小说而已,他从来不是,也不可能是布琼尼的宣传员。为了保护巴别尔,高尔基在《真理报》上辟了一块地,专门与布琼尼论战。针对布琼尼的抗议,高尔基说:"这一点既无损于巴别尔本人,也无损于他的作品。为了煮汤,厨师不必自己坐到锅里去,《战争与和平》的作者并未亲身参加同拿破仑军队的厮杀,果戈理也不是查波罗什人。"并嘲笑布琼尼是个半瓶子醋的马克思主义者,像鸟学人言那样不知所云。

不过,虽说高尔基在报纸上打败了布琼尼,撇开布琼尼不懂文学不说,后者倒确实输得有些冤。《骑兵军》写的尽是骑兵军军营里和战场上发生的那些"烂事",比如说第一骑兵连连长赫列勃尼科夫的白马被师长萨维茨基夺去了,他整天想着的就是如何复仇,如何虐待师长换给他的那匹黑母马(《一匹马的故事》);又比如,当白军军官的父亲如何刺死了自己当红军的儿子,而他另外的儿子则把俘虏过来的父亲如法炮制……巴别尔感兴趣的是这些,他写小说当然不是为了给布琼尼记功。我妄自推测,当年高尔基甘冒风险为巴别尔担保,恐怕他已看出《骑兵军》必定会名留青史。高尔基的小说写得肯定没有巴别尔好,但他的眼光却是当时苏联作家中最厉害的。

就我个人的阅读经验而言,我以为《骑兵军》里的每一个短篇都写得棒极了。巴别尔出色的地方在于,这个天才的作家以饱含诗意的笔墨为我们描绘了一幅旨在表现战乱中人性复杂性的图景,这幅战争图景既准确又简练,在他之前没有人这样干过,在他之后也不会有人比他干得更好。在战争中,人会有什么样极端的心理和生理的反应,如果没有巴别尔,我们就会知道得很少。但巴别尔引起我注意还不止这些,更多的还是阅读他的小说时我内心产生的狂喜:《骑兵军》的语言十分有嚼头,常常在读过之后又迫使你回头去看,他的语言很讲究,既富于声音、色彩、画面的节奏感,又善于捕捉人物的心理活动,写景状物,刻画人物,功力十分老到,他的语言既有异常密绵坚实的质地,同时又不乏激情,这是一种只有在一个生活积累宏富而又有着语言天才的作家笔下才可能出现的东西。

巴别尔特别喜欢使用句号——这意味着,他的叙述是建立在某种细致入微的观察和描述性语言之上的,他全然摒弃了那种冗长的、缺乏表现力的,而且通常都是心理叙事的语言,这种语言由于缺少外在事物的那些可识别的特征,最终扼杀了小说艺术。

巴别尔在中国和西方都不是很出名,在大多数作家和批评家的视野里,巴别尔隐藏在远处的身影是灰不溜秋的,在作家地理中,人们不知道他属于哪一块大陆,哪一个谱系。在他生前,高尔基说他是苏联当代最卓越的作家。1975年他的《骑兵军》重新出版,并陆续译成二十多种文字,震惊了欧美文学界。1986年,《欧洲人》杂志选出100位世界最佳小说家,巴别尔名列第一。作为令人佩服的短篇小说大师,巴别尔受到众多名家交口称赞:海明威认为比自己更凝练;博尔赫斯认为如诗那样美;辛西娅·奥捷克认为他是和卡夫卡并列的优秀作家。

巴别尔的原名是伊萨克·埃玛努伊洛维奇·巴别尔,笔名巴布埃尔·基墨尔·柳托夫("柳托夫"的本意是凶猛、狂暴)。1894年生于奥德萨。1939年,巴别尔被苏联当局以法奥间谍罪逮捕。秘密警察抄走了巴别尔的11个笔记本、7本草稿、15袋装满文稿的文件夹。1940年1月15日,巴别尔在卢布扬诺夫(Lubyanka)监狱被枪决。在1990年公开的克格勃档案中记录的巴别尔最后的话是:"1916年,我写好第一篇故事拿给高尔基看。然后我参加到内战中。1921年我又开始写作。近来我一直忙于至1938年底已经完成第一稿的一个作品的写作。我完全无罪,从没做过间谍,也从没进行过任何反对苏维埃的活动。在审问时我做的证词是诽谤我自己。我只有一个请求,那就是允许我完成我最后的作品。"

2002年

胡安·鲁尔弗短暂的文学生涯及奇迹

在选定胡安·鲁尔弗作为我的"复述"对象前的很长一段时间，我感觉自己没有把握。原因是我以为像胡安·鲁尔弗这样的作家是用来阅读的，而不适宜被肆无忌惮地谈论。胡安·鲁尔弗的全部作品我读过好多遍，虽不像《百年孤独》的作者加西亚·马尔克斯那样能够对他唯一的一部中篇小说《佩德罗·帕拉莫》倒背如流，但我以为我还是世界上最了解和熟悉他作品的人之一。

胡安·鲁尔弗留给读者的文字不多，全部累加起来也不过就是寥寥二十几万字。这对于一个作家——一个以写小说为业的小说家来说是不是太少了一点？更何况，胡安·鲁尔弗在20世纪下半叶的名气是如此之大，以至于有人要把"作家的作家"这一桂冠从博尔赫斯的头上抢了来硬塞给他。事实上，就以上所提到的几个人而言，加西亚·马尔克斯获得诺贝尔奖是当之无愧的，博尔赫斯没有获得相同的奖是古怪的，而胡安·鲁尔弗，在我看来是最好什么奖都不要发给他，因为世界上还没有任何一个文学奖项配得上他。对这样一个写得很少但同时留下的东西又相反地呈几何级数增长的人，确实，什么奖都不合适，在世界文学的先贤祠里，胡安·鲁尔弗找不到自己的位置。

胡安·鲁尔弗的位置是在读者的心中。1980年，墨西哥举国上下搞了一次盛况空前的纪念活动，他们纪念的人不是历史上的哪一个英雄，而是写了二十几万字的尚在人世的作家胡安·鲁尔弗；总统、识字的农民、在各政府部门供职的职员、商人和士兵，所有的人都在1980年6月24日这一天说着胡安·鲁尔弗的名字；墨西哥所有的广播电台、电视台、报纸都在为胡安·鲁尔弗空出专门的位置；许多商店，提前几天出售印有胡安·鲁尔弗头像和作品的衣服、纪念品——据我所知，这种全国性的对于一个作家的纪念活动是十分罕见的，雨果去世时全巴黎的人都万人空巷地为他送行，但这仅仅是发生在一个"19世纪的首都"（本雅明语）的事，法国广大的农村和别的城市并未做出反应，人们也没有将"雨果"穿在身上。事实是，胡安·鲁尔弗在他的国家已远远超出了作为一名作家的存在，他是墨西哥广袤大地上唯一的一棵永远都在生长的玉米，一条永远都不会干涸的河流，一个为人们无限崇敬和感激的人。

鲁尔弗于1986年去世，墨西哥政府为他举行了国葬。他二十二岁开始写作，三十岁时已经是一个成名的作家，四十岁封笔——问题就出在这一点上，四十岁一般被认为是小说写作的黄金年龄，阅历、生活、经验、技巧都积累得差不多了，是出大作品的最佳时期——但是胡安·鲁尔弗不一样，在写出他最后，也是他一生中唯一一个电影脚本《金鸡》后，他再也没有写过一篇小说。胡安·鲁尔弗写得太少了,当时墨西哥的那些文学观察家们抱怨说,胡安·鲁尔弗也许是江郎才尽了,他再也写不出一个字了。据我所知,胡安·鲁尔弗,这个以沉默寡言著称的老实人曾为此感到压力,他构思过新的短篇小说,只是迟迟没有动笔,一直到他死去。我们知道,20世纪下半叶是拉丁美洲文学爆炸的时期,各个国家的年轻人为此趋之若鹜,那个时代大师辈出,每几年都要冒出一两个来,写小说成了一种风气和伟大的事业,在这种可怕的文学漩涡中,胡安·鲁尔弗的处境可想而知。胡安·鲁尔弗是否江郎才尽,不得而知,他甚至连回忆录也没有留下一本。这使我想起1949年以后就渐渐不再写作小说的沈从文,或许,胡安·鲁尔弗停下来自有其原因。

也许,胡安·鲁尔弗生前并没有意识到,他写下的二十多万字已经抵得上包围着他的那支百万文学大军了。他没有写过长篇,他只有十七部短篇小说和一部中篇,这一点跟死于非命的波兰作家布鲁诺·舒尔茨和苏联作家巴别尔极为相似。需要提到的是,已经写出五本书的加西亚·马尔克斯在后来一篇题为《回忆胡安·鲁尔弗》的文章中说,他本人当时正陷入迷茫的状态,"作为一个小说家,我的大问题是,在写了那五本书之后,我觉得自己钻进了一条死胡同,到处寻找钻出来的裂缝……"有时我们可以说,一个作家与另一个作家之间是有着某种神秘的联系的,尽管彼此并未见过一面。马尔克斯紧接着讲了一件事说:"就在这个节骨眼上,阿尔瓦罗·穆蒂斯提着一捆书大步地爬上六层楼,来到我家。他从那捆书中抽了一本又小又薄的书,大笑着对我说:'看看这本书吧,有的你学的!'那本书就是《佩德罗·帕拉莫》。"

在文学史上,我还没有见到哪个大作家对另一个作家如此坦诚地崇拜的,这种情况在别处很少发生,即使发生了,那也是互相挑剔的,嫉妒心很难避免;好一点的也有,那就是老谋深算地在缄默中抹掉对方,他使用的武器是装着不知道对方存在的真实价值,他从不对人说某某又写出了使他吃惊的东西,他害怕会失去地盘,失去读者——在这一点上,私心甚重的美国大诗人弗罗斯特在对待美国另一个诗人庞德的态度上就是如此。加西亚·马尔克斯没有这样做,他写道:"那天夜里,我读完了第二遍才躺下睡觉。"他说:"自从我在波哥大的一家悲凉的学生公寓读卡夫卡的《变形记》那个可怕的夜晚以来——差不多过去十多个年头了,《烈火平原》同样使我感到惊讶。"

其实,同样使我——一个无可救药的文学读者——感到惊讶的不是马尔克斯的坦率和他在阅读胡安·鲁尔弗的作品时的狂热,而是前者在这篇回忆文章的某处说他能背诵全文的《佩德罗·帕拉莫》,而且能够倒背如流,不出大错,还能说出每个故事在他读的那本书的哪一页上,没有一个人物的任何特点他不熟悉。这真是小说阅读史上的一个神话!胡安·鲁尔弗的《佩德罗·帕拉莫》总共有 8.7 万字。

现在该说几句胡安·鲁尔弗的小说了,尽管这样做——我前面说过,胡安·鲁尔弗的小说只宜阅读,而不适宜谈论——是不恰当的,只会让我感到惶恐,但是,一个阅读者身上是有着与生俱来的弱点的,不谈几句胡安·鲁尔弗的小说我总是觉得不过瘾，意犹未尽。对我来说，此人的小说具有某种魔法师一般的磁力。我好像跟人说起过，胡安·鲁尔弗的小说（我看的中文译本，屠孟超译）从表面看来是一种老实的写法，每一行文字都如同是写作者智力休克后的本能写作，他的语言句句都落在实处，朴素得有如一个墨西哥老农在说话，不缓不急，有如自言自语般道来，但是又让你在不知不觉中受到催眠。在1986年的时候，我还真以为《烈火平原》的作者是一个识字不多的墨西哥农民——他当然不是。他是一位先知，一位生活在墨西哥土地上却是来自古代的先知，一位被上帝选中的人，他写小说仅仅严格按照上帝的旨意，写一本墨西哥版的《旧约全书》。我之所以这么说，是因为胡安·鲁尔弗的全部小说给我的阅读经验使我立即进入了此前阅读《旧约》时所获得的相似的感受。加西亚·马尔克斯把它表达为一种"令人信服的、富有诗意的方法"，而在我，我则注意到胡安·鲁尔弗写作的方式其实就是《旧约》的作者的方式，当然，胡安·鲁尔弗是一个完全现代意义上的作家，他的语言方式是《旧约》的，结构却是现代的，这两者成就了胡安·鲁尔弗。如果说这个先知般的作家启发了如马尔克斯和与他同时代的作家，那么没有任何一个作家能够影响胡安·鲁尔弗，除了《旧约》的作者，也许还加上墨西哥大地神奇的历史和现实。

  以前我感到奇怪，我会想，为什么很少有人去评述胡安·鲁尔弗的作品，现在我明白了，他的作品，包括每一篇小说，都有着某种质朴天然的、排除一切智力活动的驱动力。而且显然，它们是天衣无缝的，即使是我们绞尽脑汁地想要接近它们，也只能像堂吉诃德战风车那样徒劳和手足无措，只不过把自己变成一个喜剧英雄而已。每一次重读胡安·鲁尔弗，我都深信我不可能完全懂得他，这个独自走到人类文学史外面去的人，他的写作活动通过作品显示了种种史前的迹象，其他人不可能像他那样去感受和理解事物的。要走进胡安·鲁尔弗，唯一的道路就是永远不去打开他的书。

2002 年

谁喜欢《你在圣·弗兰西斯科做什么？》的作者雷蒙德·卡佛

世界上有少数作家的作品，你只要读到其中的一小部分甚至是某个段落，你就会永远记住他们的名字。雷蒙德·卡佛无疑就属于这样的作家。

我经常阅读并谈论雷蒙德·卡佛的短篇小说。

我想，再也没有比谈论雷蒙德·卡佛更愉快的事了。《小东西》只是他小说中的一个小品。小说讲的是一对离婚的夫妇争夺孩子（小东西）的故事，孩子很小，丈夫和妻子在小孩的身体上朝两个方向用力以致弄得孩子大哭，孩子突然不哭了，小说结束了，"于是，事情就有了结果"。《小东西》篇幅短小，不等一支香烟吸完你就读完了，但读完后你会再点上一支烟，你发现你的视线仍然停留在这篇小说的结尾处，你摆脱不了这篇小说。作为一个极简主义者，雷蒙德·卡佛往往会给予你极多的东西，不是在小说中以说教的方式硬塞给你，而是经由细节和对细节的处理——雷蒙德·卡佛身上具有罕见的叙事天赋。

《你在圣·弗兰西斯科做什么？》这个短篇集子提醒我：我们每个人都生活在一个特定的现场、特定的时间和地点，我们都是凡人，容易犯错，我们正遇上麻烦，我们的挫折来自于每时每刻——但是不要紧，事情总归会过去的，并且，时间总是能够帮助我们挺过来，没什么大不了的，厄运会过去，新的一天跟昨天没什么区别。卡佛是一个有能力让你自愿地对生活感恩的人，他在赋予日常生活真实可感的形象的同时，能通过他的叙事艺术让复杂的生活变得简单，他在小说中经常说的一句话是：就这么回事。

确实，我们都是凡人，面临着离婚、失业、还贷款、打电话时对方总是占线、某个亲人或朋友突然死了、发现门上的锁被撬这样一些寻常小事，但是没有什么值得抱怨的，你只要打开雷蒙德·卡佛的小说，这一切都会烟消云散，说不定当你合上书本时，你遇到了一个好天气。

卡佛的小说实在是再平淡无奇不过的了，他只是想象和虚构了一些日常生活的细节，这些细节是人人都已经经历过和正在经历的。要是换了别的人，过去的事情也就过去了，用不着再去纠缠，可是卡佛却用心地把它们记录了下来，而且常常赋予他笔下所写的事物以一种神奇的、饱满的诗意。卡佛是一个魔法师。

在冬天的夜晚阅读卡佛的小说最为适宜。下雪的夜晚更好，沙沙沙，雪落在杳无一人的、泥泞的大路上，落在你窗子外面那些矮小一些的房屋的屋顶上，并且有一个烟囱，正在冒烟，你斜靠在火炉边的一面墙上,把电灯灭了,就着火光阅读卡佛的小说《大教堂》,不时呷一小口白酒,这一小口白酒在嘴巴里是什么滋味,卡佛的小说给予你的就是什么滋味。

但很多人总是不屑于喝上这么一小口酒,他们不喜欢卡佛的小说。生活的速度太快了,闪电,风,夏天的那一场雨,从窗子外面走过的某一张脸,连同卡佛的短篇小说集都还来不及读完,人就已经老了。有时我们在酒桌上谈论着别的人,同时喝得大醉,就像卡佛小说里那些被生活弄得焦头烂额的人,但我们不知道其实卡佛在 20 世纪 60 年代的某天下午就已经观察过我们这一伙人,此情此景已经被完整地保存在发黄的小说中了。翻开卡佛的书,我们会看到,每个人的一生都是无所事事而又无可奈何的,因为生活就是如此。

"离家这么近,有那么多的水泊。"将卡佛的小说合上,才出门,我一脚就踏在了泥泞道路上积水的浅坑里,变成了卡佛小说中的一个人物。

2002 年

这个有时是博尔赫斯的家伙

1984年的时候,我还不知道世上有一个叫博尔赫斯的作家。那时我刚考进大学,并初次见到图书馆的模样。两年后,博尔赫斯死了。他是阿根廷人,但却选中了日内瓦的某一间屋子作为他死亡的地点。

我至今还记得,博尔赫斯死亡的准确时间是1986年6月14日,他得的是肝癌。1987年2月,为了纪念这位大师,两名云南师大中文系的学生复印了上海译文出版社1983年6月出版的《博尔赫斯短篇小说集》。一共复印了三套,我得到其中的一套。手工装订使原版的每一页都变成了两页,因此,复印本的《博尔赫斯短篇小说集》比原版厚了一倍,由原来的单行本变成了上下册。

我至今仍然保存着复印本,它们也是我私人书架上唯一一套手工装订的翻译书籍。1999年11月,浙江文艺出版社经过六年的时间翻译出版了五卷本的《博尔赫斯全集》,其中小说一卷、散文两卷、诗歌两卷。小说部分基本上是王永年翻译的,而

《博尔赫斯短篇小说集》的翻译者却是王央乐。由于我在1986年前后阅读的是王央乐翻译的版本,因此,我对博尔赫斯小说的阅读经验主要来自于王央乐,尽管近年来当我重读博尔赫斯时,读的是王永年的译本。

据《博尔赫斯全集》小说卷的编者注释,博尔赫斯的名字首次在中国大陆出现是在1961年第4期的《世界文学》上,当时刊载了一则动态:

> 阿根廷作家坎托认为不管作家主观上怎么想,他的作品总是社会现实的反映;社会现实什么样,在作品中就会得到什么样的反映。他举出以描写人物心理著称的博尔赫斯和玛丽亚为例,他们作品中反映的现实是畸形的、混乱的,那是因为那时候的社会是畸形的、混乱的,因此还是真实的。

这则文学报道是相当幽默的,因为它用"真实"一词来为博尔赫斯辩护。如果当时活着的博尔赫斯看到了这个报道,我相信他会睁大眼睛,然后是一幅奇怪夸张的表情。博尔赫斯晚年失明后用的是一支中国手杖,他还在日本抚摩过汉碑,并且多次表示不到中国摸摸长城就会死不瞑目。

博尔赫斯没有到过中国。他对中国的了解全部来自于他那浩繁的百科全书式的阅读,来自于《水浒传》《红楼梦》,以及老子、韩愈的著作和一些中国古代的笔记。报道中提到的坎托是什么人我不知道,但如果他真的那样看待博尔赫斯的小说,那是会使人吃惊的,这样一来,小说艺术也太像是照镜子了,博尔赫斯跟一个照相师也就没什么区别。

博尔赫斯在西方被称为"作家的作家",有人还把他跟但丁、托尔斯泰、莎士比亚相提并论,称他们为世界文学史上的四大作家。对于这种排列法,我认为无可无不可,因为这跟博尔赫斯的作品一样,也是某种文学游戏的一部分。我还记得,博尔赫斯去世时,当年的《世界文学》刊登了一篇有趣的文章,作者是美国的一位很活跃的评论家,一位也许是属于博尔赫斯的远房亲戚一类的人物。这位评论家在文章里痛骂了一通瑞典皇家学院,说评委会没有在博尔赫斯活着时授给他诺贝尔奖,根本就不是博尔赫斯的耻辱,而是评委会那些老朽因为头眼昏花给自己招来的不幸。还说博尔赫斯本人对此发表过看法,以他一贯的幽默说过:那是他们斯堪的那维亚半岛神话的一部分。

在《博尔赫斯全集》中文版出版以前,我一直误以为博尔赫斯是读得多而写得少的作家之一。当看到全集时,我发现事情并非是这个样子的,同时也略微感到失望。通过全集我了解到,博尔赫斯的诗歌和散文笔记在文字数量上远远超过了小说。他的诗歌我不太喜欢,我经常重读的是小说和散文。在博尔赫斯的笔下,小说和散文其实在文体上已没有什么明确的界线。这个情况与中国作家汪曾祺较为接近。博尔赫斯本人满意的小说《第三者》在我看来仅仅是一篇叙事散文;而他的一些散文,如《骑手的故事》《布宜诺斯艾利斯的巴勒莫》等,又更像是小说。博尔赫斯是一个不受文体限制的作家,他的每一篇小说都有着异常隐晦的诗意;严格说来,博尔赫斯留下的文字只有两种:韵文和散文。

有人说，博尔赫斯小说的主题是时间和空间。对此，当然毋庸置疑，不过我还是更愿意把他说成是一个神秘的虚无主义者，一个对时间和空间加以无情解构的大师。博尔赫斯的小说在语义的层面上是非常模糊的，有着一种精确的不确定性，语义的空间被无限放大了，以至于我们不再知道他具体某一篇小说的所指究竟为何物——实际上，游戏性才是博尔赫斯写作的本质，他只不过是以文学的形式在做着历史上那些不可知论者在哲学领域都在做着的事情。博尔赫斯作品中出现得最频繁的一些意象，不外乎是使事物得以无限地反映的镜子、复杂的迷宫、肉体的交媾及其繁殖、老虎身上神秘的不规则的条纹、书籍、沙漏、流水、火焰等等，这些都是变幻不定、缺乏常态的东西，既是他小说写作的题材也是他极力探索的对象，他走得太远了，以至有人称他为文学的宇宙主义者、极端主义者，否则就很难谈论他。使我感到不可思议的是，博尔赫斯的每一篇小说都很短，但其所指和能指的又是无限的，无论你是第一次还是第九十九次阅读他的同一篇小说都是如此。可以打一比方：博尔赫斯的每一篇小说都是一面镜子，任何事物都在这面镜子中得到反映——他是一个对虚构怀有强烈兴趣同时也是极富虚构天才的作家，他虚构的是一种关于无，而非有的秩序，比现实世界更真实，但却也更加不可捉摸。在这一点上，他有点像中国的老子，所谓的"道可道非常道，名可名非常名"，老子是一个面对"无"写作的作家，本来是不信赖写作的，也不相信任何意指符号，因为无本来就是自在之物，不必明说，道、名也没有必要经由常态的有来凸显，之所以还是留下了五千言的《道德经》，实是出于无有之间的转换、挪移具备了言说的游戏性。博尔赫斯的书写观一定跟老子极为相似。宇宙万物，呈现为一本书的模样，而书籍不过是赖以游戏的一个工具而已。

镜子就其本身的性质而言是无限空虚的，如果假定没有事物可以"进入"它，那它的里面就什么也没有。但是，没有人能够做到这一点，就像没有一支香烟可以永远燃烧一样。博尔赫斯对一切神秘的事物都充满了探究的兴趣，沙漏是他在文章里时常提到的另外一种东西，他甚至还虚构了用沙子做成的书（《沙之书》，全集小说卷第 463 页），他采用一切的文体形式来探寻时间和空间的关系，结果，在我们的时代堪称语言奇观的一种文学样式出现了。他创造了语言艺术的神话。

有人在布诺宜斯艾利斯的一条街上遇见博尔赫斯并询问他是不是博尔赫斯本人。这个叫豪尔赫·路易斯－博尔赫斯的人想了想然后回答说："有时候是。"这让我想起了佛经所说的"交臂无故"这个说法。事物每时每刻都处在变化之中，这也是博尔赫斯对世界的一个基本的看法。

2001 年

站在阴暗角落里打量世界的奇怪小说家

1992年,《外国文艺》第3期译介了波兰犹太作家布鲁诺·舒尔茨的五个短篇小说,译者为于默。在大陆翻译舒尔茨的作品,这是第一次。遗憾的是,这竟然成了唯一的一次,喜爱舒尔茨小说的中国读者,至今尚无法得到一册他的中文短篇小说集。

不过,话说回来,能够读到舒尔茨的五个短篇,也应该感到很知足了。舒尔茨留给世人的东西并不多,他所有的文字加起来也不过十几万字。舒尔茨快四十岁时才开始写作,五十岁不到就遭到枪杀;而更主要的原因是舒尔茨的大部分时间都花在绘画上,写作只是他与一个叫德博拉·福格尔的人之间的一种古怪的通讯方式。舒尔茨性格孤僻,身边几乎没有一个朋友,与哲学家兼诗人的福格尔通信成了他主要的社交活动。事实上,他所有的小说都是写给福格尔的"信",后者收到后仔细地阅读,然后将这些奇怪的信拿去发表,因为运气比较好才被编成集子出版。

多亏了福格尔,我们今天才有幸读到舒尔茨这些使人过目难忘的短篇小说。在作家和作家的作品的保护人的奇妙关系中，舒尔茨的福格尔跟卡夫卡的马克斯相似。如果没有后两者，我们今天的文学坐标肯定就会是不完整的。有时我会想，文学本身具有某种脆弱的宿命的品质，它需要在恰当的时间由恰当的人来充当保护人，第三者有时是远在千里之外的某个从未谋面的人，有时则是身边的一个熟人、一个编辑兼读者，甚而至于还很可能是一个旁观者——在这方面，典型的例子除了卡夫卡和舒尔茨，还有写出了《洛丽塔》的纳博科夫，据说，《洛丽塔》险些被烧掉，是纳博科夫的老婆从壁炉里抢救出来的。

  话扯远了。但我在说舒尔茨的时候提到卡夫卡却并非是偶然的。事实是，舒尔茨翻译过卡夫卡的《审判》，我估计他开始写作也是因为阅读到卡夫卡的作品的缘故。我发现，舒尔茨通过文字所触及的竟与卡夫卡极力想要表达的东西十分相似，两人都把世界荒诞的一面作为假想敌，所不同的只是卡夫卡写作是建立在某种文学理想之上的，而舒尔茨则要懒散、随意得多，他写作主要是为了向福格尔倾诉，留住一个听他说话的人；卡夫卡不是，卡夫卡的大量日记、书信表明，写作是一件如此困难的事情，以至于是徒劳的，一件永远都无法完成的工作。从内心需要而言，他要用书写这种方式来获得某种认同，以便缓解个人和世界的紧张关系。舒尔茨不一样，舒尔茨的声音要小得多，柔软得多，只要有一个人在竖着耳朵听他讲就行了，他写出的是一些数量极为有限的半是叙事体半是随笔的文字；另一方面，跟卡夫卡比起来，舒尔茨的写作也要温暖得多，他的文字里有一种对诗意的关怀，不像卡夫卡那样冷硬和绝情。舒尔茨写作时一般以第一人称叙述，他的以父亲为主人公的小说系列里的时间是指向日常人生的，小说中作为叙述者的"我"的童年，一般也都是舒尔茨本人的经历，基本上不存在情景虚构。这样一来，舒尔茨文字里表现的虽说跟卡夫卡荒诞的个人世界如出一辙，却是一个让人感到亲切的作家，他对事物的专注伴随了忧伤、迷恋和同情这样一些强烈的感情。卡夫卡呢，与其说他是一个人，不如说他是一个闯进文学世界的魔鬼，他的一意孤行、他的铁硬的理性、他的冷漠、他对世界的同情完全就像是某种非人性的仪式。他说：当你跟世界搏斗时，你要帮助世界。作为一个作家，卡夫卡在很多方面是舒尔茨的对立面。

但是两人又何其相似。我们只能这么说，就写作的具体的个人而言，卡夫卡和舒尔茨是同一个作家。卡夫卡有意去除了那种通常在写作时必然留下的人的气味、体温，舒尔茨却显得那么有血有肉；诚然，他笔下的人物也具有异化的倾向，但写作本身并没有被异化，舒尔茨的文学写作处于自然的业余状态，虽说在描写和叙述两方面他都显得得心应手，可以让语言随意弯曲。

在面对20世纪的文学遗产时，我时常因为面对不同的作家会有不同的反应：喜爱、厌恶，或者鉴于两者之间。对舒尔茨，我的态度是喜爱，而且不断地重读。但对卡夫卡，我只能敬而远之，我甚至觉得，一个人若是喜欢卡夫卡的作品，他便是一个趣味古怪的人。

舒尔茨的作品能够让我在他的文字里感觉到他在呼吸。他的随笔式的小说通常都没有明显的情节，小说的叙述时态同时兼有过去和现在，基本上是属于印象式的意象描写。他的语言行进的速度十分缓慢，但绝不显得拖沓，情景氛围的营造饱含诗意，在客观地叙述与刻画事物的同时又具有一种强烈的抒情性。他的视角永远都是主观的、现场的，他有能力使书写从一开始就自然而然地处在现场中。他描写一条街道上的事物，使读者相信那些事物本来就存在着，而且所处的位置、形状、体积，与周围环境的关系，透视效果，都不可能发生丝毫的错误——但经了他的描写，那些事物就被赋予了诗意的神奇性。舒尔茨是那种既揭示了日常事物的原在性，而同时又不丧失主观诗意的作家，在感受力方面，他比卡夫卡更复杂，也更为敏感。

舒尔茨的作品给我的一个感觉是，他似乎一直站在远离人群，甚至也远离街道的一个隐蔽的角落里专注地打量着他生活的波兰小城，这也许是他有意让笔下呈现的事物与他的写作之间保持着适当距离的缘故。当他写作时，他的内心发生了变化，我想，这种变化一定是非常剧烈的，不然就不会显现出我们所看见的样子。作为某种无法回避的懒散的天性，我试图将舒尔茨归入某个具有倾向性的群体，但我没法把他放进去。据我的阅读视野，舒尔茨的风格里包含了表现主义、象征主义、自然主义、超现实主义，甚至是东方神秘主义这样一些因素，这些把20世纪的文学和艺术搅得天翻地覆的东西在舒尔茨的作品里奇妙地混合并发生化学反应，他是一个在写作风格上古怪的、复杂的、令人费解的写作者。

1942年11月的一个夜晚，出于大意，舒尔茨意外地被德国士兵一枪撂倒在他生活的波兰小城德罗卡贝奇的街道上。他死了。舒尔茨身后留下来两本薄薄的短篇小说集和一个中篇：《以沙漏作招牌的疗养院》《肉桂色的铺子》和《慧星》。如果不是夜间出门，舒尔茨本来不应该出事的，因为占领这个城市的德国人中，有一个盖世太保非常喜欢他的画，是他的崇拜者。舒尔茨的绘画作品，我至今无缘一见，不过可以肯定的一点是，如同我们在舒尔茨的小说作品中所感受到的那样，它们也一定是舒尔茨内心荒凉图景的不乏激情与诗意的反映。

2001 年

疯子、圣徒还是通灵者

在 2003 年以前，国内知道《尼金斯基日记》的人不多，因为直到这时，国内尚无人把尼金斯基的日记翻译成汉语。在昆明，我问过身边的许多作家诗人，都说没有看过他的东西。

2003 年以后，情况就不同了。有一个叫李多的人，第一次把他的东西翻译过来了。李多版的尼金斯基日记书名叫《尼金斯基手记》，共 209 页，配有插图。刚出来的时候，我立即就看见了，但没有买，因为我手头早就已经有另一个版本。另一个版本的《尼金斯基日记》收入在新加坡全能作家陈瑞献的五卷本文集里。

人们对尼金斯基日记全然陌生，这是因为，首先人们对陈瑞献就是非常陌生的。陈瑞献，1943 年生人，新加坡最有名的文人兼画家和社会活动家，其艺术触觉伸入诗、小说、散文、戏剧、绘画、书法、文艺评论、电影、雕塑、篆刻、建筑、佛教、哲学等诸多领域，而且在每一样上都极有成就，几乎是百年一遇的奇才。1993 年，大陆长江文艺社出版他的五卷本文集，其一，诗歌戏剧卷；其二，小说卷；其三，散文评论卷；其四，美术卷；其五，译著卷。1994年某天，我在宣威的一家小书店里偶然发现了陈的书，开始时并没有注意，只是觉得"陈瑞献"这个名字非常陌生，就拿起来随手翻了翻。一翻，就不得了啦，他的随笔文字，我欢喜得不得了，再看他的版画，也是欢喜得不得了，越细看他的东西，就越是欢喜，全身一发热，幸福感就涌上来了。那时候，我已经很少读书，摸到陈的书，手就开始痒了，下意识地往身上掏钱，剔除诗歌卷和小说卷，买了另外三本。

陈译的《尼金斯基日记》，我是只看了几行就非常吃惊。翻译作品，我看得多了，但从来没有像尼金斯基这样写作的。陈瑞献的文集翻译卷里，开篇第一项就赫然是《尼金斯基日记》，篇幅占全书的三分之一，132页，分为"生命""死亡""感觉""尾声"四部分。1970年译，1990年修订。李多的单行本则分为"情感""生命""死亡"，去除书信，占179个页码。为什么会这样？我揣测可能是所依照的翻译母本不同的缘故，因为《尼金斯基日记》同时有好几个不同语种的版本。在篇幅上，李多的版本是附插图的，陈瑞献的没有。

我自己，当然是喜欢陈的版本。我对比着看了两个版本，发现陈的版本，语气把握得相当好，应该比较接近尼金斯基的语气。用词也很精当。李多的译文则比较书面话、生硬，甚至在有些词句上用力过大。尼金斯基肯定不是这样写作的，他不是专业作家，只是因为突然疯了，就想当作家了，才开始上街买学校练习簿回来写作的。另外，尼金斯基在日记里也说，"我在写作时我不想——我感觉"。感觉的文字跟思想的文字是不同的。

最后,要谈谈尼金斯基的日记、尼金斯基的写作,以及尼金斯基这个人。

1988年,法国阿尔班·米歇尔出版社出版了一本厚厚的《理想藏书》,它的作者是法国的两个读书家。该书将所有的人文图书分为49类,每一类里列出世界上最好的49部作品。在"日记与笔记"类里,尼金斯基的作品排在第20本。排在第一本的是詹姆斯·鲍斯威尔的《一个忧郁者的私人日记》。卡夫卡的排在第四位。我觉得,尼金斯基的排列位置太靠后了,简直离谱。我怀疑,该书的两个作者尽管博学,而且鉴赏力超群,但恐怕没有认真读过尼金斯基的日记。在我看来,卡夫卡的日记尽管也是罕见的,但仍然没有阅读尼金斯基日记时所感到的那种震惊。阅读卡夫卡的日记,我只是对他感受世界的方式和他感受力的强度吃惊,其感受方式并没有超出理性的范畴;但尼金斯基就不同了,尼金斯基撰写他的日记时,已处于精神分裂,或半疯的状态。尼金斯基日记里的文字是我所看见过的最为神经质,也是最匪夷所思的,这个人对世界的感受方式完全是身体性的,非智力的,下意识的,直截了当的,似乎没有通常我们在即便是最敏感的人身上所发现的那种犹豫和停顿,或是异常短暂的判断,而且,仿佛他身体上没有皮肤。当然,最主要的是,尼金斯基有一颗感受力极强的心灵。跟那些以写作为职业的人不同,尼金斯基没有受过写作训练,而这一点,是很重要的,这就使得他可以将感受到的事物直接地传达出来——文字,在其他的写作者,是一种障碍,一种修辞的障碍,但在尼金斯基,就好像他在舞蹈时身体和身体的重量并不成其为一种障碍一样,他的写作是极端自由的,写作,在他是一种纯粹的书写,如同笔尖在纸上走过留下墨水的痕迹。还是尼金斯基自己来说吧。在陈瑞献译的《尼金斯基日记》开头:

> 人们会说尼金斯基是装疯,因为他的行为恶劣。恶行是可怖的,我憎恶,我不要犯到任何恶行。过去我曾经犯错因为我不了解神。那时我感觉到它,但是并不了解每个人正在做什么。每个人都有"感觉",但是他们不了解它是什么。我要写这本书来说明什么是"感觉"。
>
> 我想得少,所以了解我"感觉"到的一切。我是通过肉体去"感觉"而不是理智。我是肉体,我是"感觉"。我是肉体和感觉的神。我是人不是神。我单纯。我不需要思想。我应该通过"感觉"使我自己被感受和了解。科学家想我的事,想破了他们的头,但是他们的思考是不会有任何结果的。他们是愚笨的。我说得很简单没有任何欺骗。

正是"感觉",促使尼金斯基写下了下面的句子:

> 我的小女儿在唱歌:"啊,啊,啊,啊!"我不懂歌的意思,但是我感觉到她要说的是什么。她要说的是:一切——啊!啊!——都不是恐怖而是欢乐。
>
> 十二点半我被叫去吃午餐。我要吃。我没有吃午餐是因

为我看见肉。我的妻子要吃。我把汤留下,那是用肉做的,我的妻子生气了。她以为我不喜欢这些食物。我不喜欢肉,因为我知道动物怎样被杀死,也知道它们是怎样哭的……

我想要哭,但是神命令我继续写作。它不要我懒惰。我的妻子正在不停地哭。我也在哭。我怕医生会来告诉我,说我在写作而我的妻子在哭。我不要去看她,因为这不是我的错。

我只能说,尼金斯基是一个罕有的通灵者,一个与另一个世界长期保持来往的人。神叫他舞蹈,他就可以在空中旋转七圈,根本地否定了地心吸引力,因为他下降的速度比上升的速度更为缓慢;神要他写作,仅仅是把他"感觉"到的日常生活记录下来,他就写出了让读过他日记的人感到震惊的文本。陈瑞献在他的文集里评论说:"尼金斯基的一生跟他的天赋一样非凡:生而为舞蹈奇才,他双腿的骨骼构造近于鸟类,很自然可以在空中飞腾,开展舞艺趋于独立的完美;为人,他经历人类心识转换最惊心动魄的过程,终因主客观条件错搭,进入人格分裂的精神炼狱而无法脱身。……尼金斯基日记,是他进入跟恐怖的外在世界完全隔绝的内心世界之前,给人类的留言。这不是一部所谓'正常人'矫饰出来的狂人日记,而是像席德这样的'鬼'呕血而成而读者读之可获大益的书。"

陈瑞献的说法当然是一点都不为过的。在我,当我1994年初次看到了尼金斯基的日记后,每年我都要怀着像朝圣一样的感情去阅读他的书,每次阅读,我都感觉到自己如同变了一个人似的，心中的杂念越发少了。我觉得这不是一个人写下的书，它们是神的文字，而尼金斯基，只不过是神经由他的手在记录一部纯洁的著作罢了。或许，我们可以这样说：尼金斯基，本身就是神不小心掉落在人世间的一本大书。

尼金斯基 1890 年生，1919 年被确诊为精神分裂症并住进疗养院，1950 年死于伦敦的一家医院。

2008 年

当性爱作为现代小说的主题

在现代小说里，图森的小说是一个异数。他的几乎每一部小说都是受到压缩的小长篇，而每一部小说的开头，都毫无例外地以单刀直入的方式直接进入某个通常都是孤立的主题——浴室、照相机、先生、做爱、逃跑、电视。

我往一个瓶子里倒满了盐酸，我把它时刻带在身上，打算有一天扔到某一个人的脸上。我只消打开瓶子，一个以前装双氧水的有色玻璃瓶，对准眼睛，然后溜之大吉。自从我搞了这瓶琥珀色的腐蚀性液体后，我感到心里出奇的平静，它辣辣地刺激我的时辰，磨砺我的思想。但是玛丽带着一种兴许被印证了的不安，心想，或许，这盐酸最后会不会落到我本人的眼睛里，到我的目光中？或许落到她本人的嘴脸上，到她那好几个星期以来一直泪流满面的面孔上。不，我不相信，我带着一丝否认的善意微笑对她说。不，我不相信,玛丽,我一边眼睛不离她,一边用手轻柔抚摩着装在我衣兜里的瓶子的轮廓。

这段出自图森的新小说《做爱》的开头跟图森的第一篇小说《浴室》的开头简直如出一辙。在《浴室》里,小说一开始就把主人公关进了一个封闭的环境——浴室。他无所事事,大多数时间都浸泡在浴缸中胡思乱想,要不就是站在客厅里,百无聊赖地、重复地往一个地方投掷游戏飞镖——结果,受到某种意念的驱使,他把飞镖掷进了跟他同居的女人的眼睛。而在《电视》的开头,除了事件的意义指向发生偏移之外,事件的类型、这些怪异的行为的性质都出自同一类型的人物。《电视》的开头:

我停止看电视了。一下子,决定性地。就不再看任何节目,甚至连体育节目也不看了。我是在六个多月以前停止看电视的,七月底,正好在环法自行车赛结束时。我当时在柏林的公寓里像所有的人一样,平静地观看了环法自行车赛最后一个阶段的转播,香榭丽舍阶段,这段比赛以一阵大规模的冲刺,由乌兹别克人阿杜维帕罗获胜而告结束,然后我站起来,关了电视机。我非常清楚地回想起我当时的动作,一个非常简单、灵活、重复了上千万的动作,伸出胳膊,压在按钮上,图像破碎并从屏幕上消失了。这便结束了,我便再也没有看过电视。

看来,图森这部新小说的人物跟他以往作品中出现的人物仍然属于同一个类型。边缘、幽闭、迟疑、敏感,也许还带有那么一点神经质。而这正是我喜欢的一类人物。

再继续读下去,我们就看到许多离奇古怪的事情不可避免地发生了。读完《做爱》的开头,用不了多久,真正的做爱场面便迫不及待地、如同潮水般源源不断地涌来。但是,没有必要,也不用期望图森会带给你激发你色情想象力的场面和描写,不,图森提供的信息完全是另外的东西,他所力图展示的是一个有关性爱没落的现代神话,一副性爱图景的悲惨世界:

> ……裸体的她躺在我的怀抱里,滚烫而又脆弱,摊开在饭店这个房间的床上,房间的天花板上不时掠过红色霓虹灯的微光,我每次在她体内动弹,都能在黑暗中听到呻吟,但我感觉不到她放在我身上的双手,她搂定我身体的胳膊。不,她似乎是在小心避免着跟我皮肤任何多余的接触,我们肉体之间任何无用的碰触,任何除了性之外的交合。因为,似乎只有她的性器参与了我们的性爱,她那被我插入的、几乎是在自行晃动着的滚烫的性器,粗鲁而又恼怒,贪婪成性,与此同时,她紧紧地夹着双腿,想把我的阳物卡在她那老虎钳一样的大腿中,她发疯似地摩擦着我的阴部,从中寻求着一种快感,而我从她越来越猛烈的动作中,感到她马上就要得到它了。我感觉到,她在借用我的肉体做手淫,她以她的悲痛摩擦着我的肉体,以期迷失在对快感的追求中,而这快感却是有害的,痛苦得有如一次长久的灼伤,悲戚得有如正在烧灼着我们的诀别之火,而她能从我身上感受到的,

无疑恰恰也是同样的感情，因为，我也一样，自从我们的搂抱变成了两种平行的快感的这一搏斗，不再是会合一体，而是相互对抗，彼此敌对，就仿佛我们不是在分享快感，而是在争夺快感，从这一刻起，我也就像她一样集中精力，寻求一种纯粹手淫般的快感，随着性爱过程的持续，性快感像酸液那样涌上我们的身体，我感到隐藏在这一性爱底下的可怕的暴力在剧增。

在这个段落里，图森经由做爱的心理感受和情景区分了做爱和性交。这是一个严肃的主题：爱之存在于现代人身上之不可能，诚如做爱往往被性交无情取代一样。

读着这一段描写，开始时我感到震惊，后来终于忍不住大笑起来。我之所以大笑是因为小说中男女主人公的性爱实在是太荒诞了、太不可思议了，简直是荒诞到了令人恐怖的地步；感到震惊则是因为图森描写的性爱实在是过于真实和可怕，他把虚构彻底晾在一边，仅仅是采用极度写实的手法就残忍地逼近了这一在我看来具有普适性的人类经验。无疑，这显然远远超出了我所能承受的程度。图森太邪恶了，他通过小说完成了一次对人类性爱的审判，本来，在人类约定俗成的观念里，性爱应该通常都是美好的、崇高的、一种男女之爱处于巅峰状态的身体行为，但这个家伙一下笔就把这个给无情地颠覆了。我估摸着，大多数成年读者在读到小说中性与爱分离的性爱场景时一定无法忍受。老实说，图森并不猥亵，但他是一个喜欢恶作剧的撒旦、一个喜欢在伤口上撒盐的家伙。阅读他的这部小说，培根画布上那些丑陋的肢体不时出现在我的眼前。

就小说文本表现的主题而言,没有比这种纯粹的、自私的性暴力更可怕的了,正是这种来自性的软暴力毁掉了我们对性爱的一切幻想。不幸的是,图森笔端描写的人物感情是具有普遍性的,几乎适用于每一个男人和女人,没有爱情的夫妇,嫖客和妓女,都必然要经受无爱之性的羞辱。

图森笔端描写的人物,就情感和心理的维度而言,是具有相当的普适性的,他们甚至就是日常生活里的每一个男人和女人。这一点令人沮丧——盛满在男女性爱容器中的审美和道德液体一旦被抽空,被颇具威胁性的硫酸所取代,男女双方就必然要经受无爱之性的羞辱,世界末日也就随之到来了。

阅读图森的这部小说,细心而敏感的读者会注意到一个不时像幽灵一样出现的细节,一个关键词:盐酸。这一小瓶盐酸像一个秘密而有耐心的杀手潜伏、出现在不同的场合。

> 凝望着房间里玛丽那些扔得到处都是的——"罩在它们半透明的套子中的,有防备的,傲慢无礼的,袒胸露肩的,艳丽而又迷人的,笕红色的,肉红色的——所有这些摆脱了肉体的衣裙,反光似乎围绕着她半裸的、疲倦的身体在打转,我也很疲倦——我又想起了装在我洗漱包中的那瓶盐酸。""我站在进卫生间的黑暗中,赤裸裸地面对着我自己,手里握着一瓶盐酸。""我坐在她的身边,打开的那瓶盐酸握在手中。是它在散发臭味,酸液的毒涩气味。""再一次,我又下意识地把手伸到大衣口袋里去抚摸那瓶盐酸。"

就像黑色电影中不时闪现的一个道具、一件凶器一样,这一小瓶盐酸推动着图森的这部小说向前发展,充当了这部小说的核心道具。盐酸成为洗脱性羞辱和实施性复仇的秘密武器,它就像是一颗微型原子弹——在二战中,美国人用它来结束一场灾难性的战争;巧合的是,图森刚好把小说的场景放置在了日本。

《做爱》有一个精彩的结尾,那瓶装在大衣口袋里的盐酸,并没有泼到"玛丽"——那个总是贪婪地吸取"我"的欲望、令"我"欲罢不能、无法停止跟其做爱的女人——的脸上。一朵孤零零的小花取代了复仇的对象成为"这一无穷小的灾难的起源":

> 我停靠在一棵树上,好不容易才喘过气来。我再也不动了。有一朵孤零零的小花,它黑影中显得那么脆弱,那么细小。我瞧着它,月光温柔地照着它,在苍白而又微弱的反光中,映照着它白色和浅紫色的花瓣。我不知道它到底是什么花,一朵野花,一朵紫罗兰,一朵蝴蝶花,我不再迈动一步,疲倦,松垮,无力,到最后,我把那一瓶盐酸倒在这朵花上,在一阵烟雾和一股恶臭中,它一下子就抽搐了,枯萎了,皱缩成一点。它再也没有留下什么,只有在明月的微光中冒着烟的一撮灰烬,以及那样的一种情感,回到了这一无穷小的灾难的起源。

复仇摆脱了庸常的人类心理逻辑,在小说结束时,主题出现了一个令读者欢欣、感到些许慰藉却仍然不幸的变奏。

我之所以不厌其烦地引用图森小说里的段落，仅仅是为了印证一个显见的事实：这不是一部通常意义上的色情小说，甚至，它也不是一部伦理小说。它的主题显然要宽泛得多，实际上，它是一部关于人类自我怜悯的小说——在性饕餮的巨大漩涡里无力自拔，企图抓住最后的一根救命稻草却屡屡绝望——图森展示了一幅黑色欲望的地狱图景，只要形而下的欲望不被彻底根除，那么自我的拯救便永远是不可能的。

　　现代人的性爱欲望与自然冲动，在20世纪早期中国作家郁达夫的部分小说里一度有过伦理学意义上的展示；在更早之前，乔伊斯在《尤利西斯》里也不遗余力地加以表现过。到了21世纪初，它终于变本加厉、步步紧逼地在西方文化的温室里绽放出一朵光彩夺目的恶之花，它就是图森的新小说《做爱》。

2009年

没有一点正经的米兰·昆德拉

自从 1989 年捷克流亡作家米兰·昆德拉的作品被介绍到中国大陆以来,米兰·昆德拉,作为一个永久的移民作家的形象,就在汉语读者的心中永远地居住了下来。今年初,我又读到了他的另外几本书:《慢》《身份》和《无知》。

据报载,上海译文出版社此次推出的米兰·昆德拉作品系列,业已将这位以创作活力著称的大作家的主要作品一网打尽。一共是十三本。十三本书,摆放在书架上,是一套文字飨宴者的大餐。像我一样热爱米兰·昆德拉的中国读者,有福了。

昆德拉今年七十三岁,但创作力依然旺盛。1975 年,就在他四十五岁时,这位来自悲惨世界的东欧作家流亡到了法国巴黎,随即以他突然爆发的惊世才华征服了整个西方世界的文学读者。在巴黎的前二十年,昆德拉基本上都在使用他的母语写作。但在 1995 年前后,在经历了缓慢的、对"第二母语"潜移默化的吸收吐纳之后,昆德拉写下了他的首部法语小说《慢》。

对读者而言,《慢》只不过是昆德拉的一本新小说,一本用法语写出来的新书；但对昆德拉来说，意义就不同了。《慢》的写作结束了他作为一个移民作家的历史，意味着他赖以成名的、作为"第一母语"的捷克语的被废黜；同时，还意味着一个作家结束了被迫在生活和写作这两个几乎是难以分割的领域分别使用不同的语言所带来的那种分裂感。具有象征意味的是，《慢》所触及的也是"慢"这样一个活生生的、来自于日常生活的主题，是时间的另一副面孔。慢，对于昆德拉这样的作家来说，既是来自于过去年代的一个小小的纪念品，也是某种切身感受到的速度。

昆德拉是一个思辨性很强的作家；不过，作为作家，他同时又是一个狡猾的、老谋深算的长跑冠军。这个人似乎永远知道什么时候该停下来，等一等他身后的那支阅读大军，什么时候又该加快速度，以便跟他们保持适当的距离。他从来不会轻易地把自己交出去，以陷入道德判断和形而上思辨的圈套。事实上，昆德拉是他自己的上帝，并且还很有破坏性。新小说《慢》仍沿袭了他一贯的写作伎俩：在极其正经和严肃的假面之下，掩藏着一副极不正经的鬼脸。在昆德拉先生看来，一切都是玩笑，寻常人生，世俗男女，都像是戴着假面具匆匆前往的一场狂欢游戏，而他自己所要做的，就是躲在假面具背后扮鬼脸。当然，昆德拉也有稍微正经的时候。《慢》里面有一个声音，那是昆德拉在玩笑的间隙强作正经的话，有如电影的旁白，不过，这也是他的一个小计谋。在小说中，他借他老婆薇拉的嘴说道：

你经常跟我说，你要写一部通篇没有一句正经话的小说。一部逗你一乐的大傻话。我担心这个时刻已经到来了。

但事情并非是完全照昆德拉先生的意愿行事的，因为昆德拉不是一个冷静的人。在小说写到第四十五小节，当他笔下的男女主人公在寻欢作乐后显得既清醒又疲惫不堪时，他自己就按捺不住地跳出来说话了：

人是不是能够寻欢作乐，生活，同时又幸福？享乐主义的理想是不是行得通？这样的希望存在吗？这样的希望总还存在一丝微光吧？

在这里，我们的这位叫昆德拉的小说家完全就是在惺惺作态，他很懂得分寸，他深知读者需要什么，也深谙所谓媚俗的叙事艺术，因此他知道在哪儿应该结束玩笑，在哪儿应该来点儿正经的。喜爱昆德拉小说的读者，他们在谈论昆德拉的小说时，谈的也多半是这一点。

不过，误读也是存在的。当昆德拉在大谈特谈他所谓的"人们一思考，上帝就发笑"，并把自己包装成现代小说的首席卫士时，大多数的中国读者，其实喜欢的还是他的"深刻"，只要这个叫昆德拉的小说家一板起面孔，他们就会拍手称快。

昆德拉不是一个伪道士，他是一个道士。他并不宣扬那些假道学，他足够诚恳，并且总是对真理充满了激情；同时，他还是一个善于在小说中同时跟真理和女人调情的老手（托马斯医生、萨宾娜、特丽莎，等等）。他总是有办法把那些闷骚的、喜欢性爱而且通常都会叫床的女人弄到床上来制造某种晕眩的美以便作为镶嵌在现代道学上的花边。1998年夏天，在北京的一家小书店，我看见一个漂亮的女兵像一阵绿色的风似的跑进来，兴致勃勃地要店主为她搜罗到全部的昆德拉著作。那天是星期日，上帝在家休息，但是中国女兵显然爱上了昆德拉——并且，我还从她的眼睛里看到了别的东西。

由此看来，美女，具有某种性征的机器人，也同样喜欢昆德拉的书。

2007年

老索尔仁尼琴一瞥

对于厚重的俄罗斯文学,躲在中国文坛后面一直在冷笑的木心先生说过一句有意思的话,他说俄罗斯文学像是一床棉被,棉被下面窝藏的乃是经久不散的体温。我看到他的这个说法,不禁莞尔。

去年得到索科洛夫1988年采访索尔仁尼琴的一张光碟,两个小时的长片,我看得津津有味。后来把光碟借给几个朋友看,都说好。再后来,又有人跟我不止一回地说起这张光碟,说看过纪录片,亲眼看到索尔仁尼琴说话、写作、思索,这才打心眼里敬佩起这位作家来。还说,索氏被作为符号工具利用的时候太多了,以至于他的本来面目已经被各种话语扭曲变形,多亏了索科洛夫,是他把索尔仁尼琴被涂抹的形象又重新挽救了回来。

记录电影里的索尔仁尼琴是一个热情、坦率、诚实、睿智的老人。他身材高大,有着一副花白的大胡子,样子像一个东方人。索科洛夫拍摄这部电影的时候,他已经八十岁,但仍然精力旺盛，每天伏案写作六小时。他指着陈列在书柜里长及两臂的自己写出来的书，跟索科洛夫解释说他年轻时每天工作十六个小时。他所说的年轻时候，是指六十岁以前。他说有人指责他喜欢在作品里生造词语，他说这样的指责完全是出于无知，因为他不过是把梁赞地区的方言转化成了书面语。

我发现，年老的索尔仁尼琴在面对某些问题时仍感困惑。有一个镜头，是对他面部的特写，索科洛夫问了他一个什么问题，他没有立即回答。沉默，沉默，长久的沉默。之后，他往椅子上一靠，陷入了沉思。他似乎不知道怎样回答索科洛夫的问题。这时候，摄影师把镜头推到他的脸上，他陷入了沉思——然而，表情是安详的。安详，平静，困惑，迟疑。他的嘴巴在大胡子里面隐约可见，它动了一下，又动了一下，欲言又止。只有眼睛，安静得像幽深的湖水一样。这种表情在某些老年人的脸上也经常可以看到。

索尔仁尼琴思考了一辈子，勤奋写作了一辈子，以笔为旗战斗了一辈子，末了，许多问题在他仍然不能给出令自己满意的答案。大德无言，大音希声，写出来、说出来的一定只是很少的一部分。有一次索科洛夫提到跟他一起移民美国的纳博科夫，他听了只是轻轻地摇头，他说他不理解为什么在俄罗斯有那么多的作家在模仿他写作，他说他不理解纳博科夫的作品何以伟大，好在哪里。说完，仍然是一脸的沉思与困惑。面对另一位显然是来自完全不同的旨趣和坐标的作家同行，老索尔仁尼琴显得很谦卑，但仍然坚定地表明自己的立场。确实，一辈子以担当道义，承受、化解苦难为己任的索尔仁尼琴不可能接受在文学上把写作当成享乐的纳博科夫。对于极权主义的苏联，对于政治，纳博科夫采取的文学手段是精神贵族的傲慢、冷漠，避而远之，顶多也就是冷嘲热讽，但绝不面对面与流氓组成的集体战斗。

  晚年的索尔仁尼琴心里一直放不下俄罗斯，他仍然在战斗。有一幅照片拍摄于他即将离开这个世界的前夕：他安静地坐在轮椅上，一只手放在胸前，另一只，食指与中指叉开卡在轮椅的扶手上，似乎还想抓住一点什么，但已经是一双丧失了活力的手，松弛、苍白、乏力，看不到一点血色。他的样子看起来就像是一位失败的英雄。或许，他身上的血早就冷了，此前，他已经给俄罗斯的棉被输送了太多的体温。

2009 年

记苏珊·桑塔格

苏珊·桑塔格的文集，我是陆陆续续凑齐的，最初买到的三本是《反对阐释》《疾病的隐喻》《重点所在》，后来又买到《在土星的标志下》《关于他人的痛苦》及其他的几本。

作为 20 世纪下半叶西方最著名的女文人和批评家，桑塔格以思想睿智、思路明晰著称，阅读她的书是一种不可多得的智性享受。桑塔格写过小说，还获得过美国国家图书奖，但我觉得小说不是她的长项。

我有一本文学词典，上面有几张她的照片，她人年轻时候着实漂亮，屁股肥美而性感。老了，头发花白了，脸上长满了皱纹，但仍然魅力四射。她晚年写下的那些文字，依然充满了激情、饱满、睿智，思路一点都不含糊。霸气十足的才情，照亮了这个女人的一生。

苏珊·桑塔格于 2004 年 12 月 27 日在纽约逝世。她去世的那天，我为她烧了一炷香。

2008 年

老狮子萨缪尔·贝克特

萨缪尔·贝克特的东西，我在二十来岁的时候就已经熟知了。他的《等待戈多》，一度是我和朋友们聚会时每每要触及的话题。这个人是一个天才，没得说的。晚年，我注意到的是他的眼睛，目光犀利、清澈、透明，这使他整个人看起来都像是一头老狮子。我有几张他的照片。在一幅照片上，他像是突然受到惊扰的样子，正准备向全世界发怒。

以作品推断，贝克特似是一个悲观主义者，他的剧作和小说的调子都极为灰色，作品中的人物永远活在单调沉闷的环境氛围里。他的代表作《等待戈多》，听说是巴黎的一家小剧场上演的唯一一个剧目。《等待戈多》的主题是关于活着、重复与等待，里面的人，从一开始就在等待一个叫戈多的人，结果到剧终了戈多也没有出现。在贝克特看来，这个世界是荒诞无稽的，人活在世界上是没有希望的，还不如死了的好。《等待戈多》里有一段对白，表面上看来它们充满了诗意，但实质上是非常恐怖的：

爱斯特拉冈：所有死掉了的声音。

孚拉季米尔：它们发出翅膀一样的声音。

爱斯特拉冈：树叶一样。

孚拉季米尔：沙一样。

爱斯特拉冈：树叶一样。

孚拉季米尔：沙一样。

贝克特的一生都在跟世界打架，不分输赢，在我看来多少有些怪力乱神。我在想，如果贝克特是个中国人，读过孔孟老庄的书，他的晚年或许就不会活得这么枯燥和对世界满怀敌意。这样一来，或许他脸上的肌肉就不会绷得那么紧了——但是我的这个设想就跟贝克特的作品所表现的主题一样，同样是荒诞的。我只能说，贝克特是一个现代社会的悲情英雄，他不可能成为圣贤，甚至也不可能跟世界达成和解。

在一张旧的明信片上，我看见老诗人贝克特出现在一间昏暗的屋子里。他白发苍苍，双唇紧闭，脸上的皮肤已经干瘪，正在丧失掉最后的水分。像玻璃球一样透明的眼眸静静地望着前面。

他看见了什么？这个一生都在等待戈多的老人。据说，他年轻时写下的戏剧还在巴黎的一间老房子里每天按时上演。

2008 年

重读《华莱士·斯蒂文森诗集》

1

  一个下午，我藏身于昆明的一家小书店里，目光流转，似乎所有的书籍都在朝我走来。

  突然，眼前一亮，一本略显陈迹的小书就躺在角落的一排架子上，在离我不到两米的地方。浅绿色的封面，薄薄的，像一张来自另一个世界的脸。它是《华莱士·斯蒂文森诗集》。

  华莱士·斯蒂文森的诗确实来自另外一个令人猝不及防的世界，在此之前，我只是感觉到，但并非能够确信它真的存在。

2

  爱与虚无同时出现，以语言的方式重重地击打着心灵，并使之成为某种永恒的现实——在斯蒂文森之前，世界上没有一个人可以做到这一点，而在他之后也没有出现。我不知道他的诗歌使多少人激动，使语言成为多少人梦寐以求的现实——一种最高的虚构。

翻开《华莱士·斯蒂文森诗集》，第一首，《卡罗莱纳》。短短的九行诗句，穿透了从爱到生命的全部历程。那是火山的岩浆凝结成的诗歌晶体，超强的密度，然而透明着，你可以感觉到，诗人把自己全部献出了，献给了世界。诗人成为世界的一部分。

这首诗一度使我感动得流下眼泪。它帮助我发现了生命，并对这个世界不再有所求。今天再次阅读，只感到诗歌作为一种语言存在的现实仍然是永恒的，尽管它是那样的高不可及。

这也是诗人斯蒂文森自己的一次自我发现。在生命回旋的道路上，从物到物，最后回到自己的身上来。幻象消失，留下来的唯有语言。人依托语言而活着。

> 紫丁香凋谢了，从南卡罗莱纳到北卡罗莱纳。
> 蝴蝶已在小船上飞来飞去。
> 新生的婴儿已开始从母亲的声音
> 阐释爱情。
>
> 永恒的母亲，为什么你的薰衣草乳头
> 流出了蜜汁？
>
> 我的身体因松树而变得甜蜜，
> 我自己也因洁白的蝴蝶花而变得美丽。

置身于人生天地之间，万事万物，所见所感，无一处不和谐，无一处不自在，诗人感到了喜悦。无疑，这是一个伟大的发现。

3

斯蒂文森说，诗是最高的虚构。而虚构，则是为了呈现事物的本来面目。因此，言语有时就成为一种障碍。但是，如果没有言语的介入，恒常事物本来的面目又无从得以窥见。

斯蒂文森的诗歌正建立在这个绝对的矛盾之上。阅读斯蒂文森的诗歌，你会发现诗人的苦恼。诗歌作为最高的言语状态究竟遮蔽了什么？言语背后隐藏着的事物，它原在性的一面如何成为可能？我所感觉到的，我此刻正在言说的，离我究竟有多远？

对别的诗人来说，这一点可能从来不成其为一个问题。但对斯蒂文森来说，诗歌在生成言语的同时，言语必须就是事物本身。

西方的理性主义显然无法达到这个最终的目的。斯蒂文森很明确地意识到了这一点。在《六种意境》一诗中，他最先想到了中国：

> 一位老人
> 坐在松树阴影里
> 在中国。

斯蒂文森一定感觉到了中国古代的道。道在哪里？他的这首诗一共展示了六个不同的场景，前四个场景提供了经由静坐默想抵达、还原事物之存在现场的可能途径，是对中国古代所倡导的道德法则的频频回应；后两个场景则是对西方理性技术的否定。在斯蒂文森看来，道只存在于天地万物之中，道法自然，道只能从自然的存在里面获得。

不是所有灯柱的刻刀，
不是所有长街的凿子，
不是圆屋顶的锤
和高塔，
都能刻出星星所能刻出的，
透过葡萄叶闪闪烁烁。

在这首诗的最后一段，斯蒂文森嘲笑了那些西方戴方形博士帽的理性主义者。

理性主义者戴着方帽子
在方形的房间里思想，
望着地板，望着天花板。
他们把自己限制于
直角三角形内。
假如他们试过菱形，
锥形，曲线，椭圆——

例如，半月的圆弧——
理性主义者就会戴宽边帽。

4

卡夫卡说："当你跟这个世界搏斗时，你要帮助世界。"如果我理解得不错的话，卡夫卡所指的世界存在于他笔下的那个总是试图与言语分离的文学现实之中。卡夫卡无意中透露出一个信息：文学的书写是困难的，它是一个人类难以进入的城堡。

困难在于，文学永远是一种虚构，而虚构很难成为它本身所希望成为的那种现实。

5

我发现，斯蒂文森的大部分诗歌都指向了虚构如何成为现实，并在虚构中建立秩序这一充满了悬疑性的主题。对斯蒂文森而言，写作这一行为几乎是不可能的，它就像是从镜子里看到事物本身那样困难。

从《玻璃水杯》《俄国的一盘桃子》《昔日费城拱廊》等诗中，我们会看见这样的句子：

玻璃杯会在水中融化，
水会在冷中冰冻，
表明这种物体不过是一种状态，两极间很多种状态之

一。所以
玄学中存在着这些极点。

我用整个身体品尝这些桃子,
我触摸它们,闻着它们。是谁在说话?

他们触摸所见的事物么?
感觉那风,嗅过那土么?
他们不触摸。从他们所见的事物中,
事物从未升起。

兰红,紫红,从未是红本身。

等等。自我怀疑与否定的气息在这些诗歌里弥漫。"白马非马","一个人不能同时踏进两条河流",这种怀疑的精神贯穿在斯蒂文森的诗歌言说中,它们既是诗歌言说这一行为的推动力,又成为诗歌言说的本身。

6

斯蒂文森的许多诗歌作品都具有浓重的玄学意味。《山谷里的蜡烛》《坛子的轶事》《读者》《两只梨的研究》《观察黑鸟的十三种方式》《隐喻的宣言》,都属于这个主题。

我的蜡烛在苍茫的山谷里燃烧。
巨大的黑夜里月光向它倾注,
直到风起。
然后月光
向它的影子倾注,
直到风起。

(《山谷里的蜡烛》)

《读者》是一首玄而又玄的诗。诗中虚构的那个读者"我",整夜坐着读一本书,但却没有点灯。

黑色的书上没有字,
除了霜天中
流星的轨迹。

我不知道斯蒂文森有没有读过老子的《道德经》。如果他读过,那么我们就可以从老子那里寻找到打开他的这些具有玄学意味的诗歌的钥匙。暂且假设他读过,先说什么是玄。

何谓之玄?老子在《道德经》里面说:无,有……此两者,同出而异名,同谓之玄。又说:玄之又玄,众妙之门。是谓玄同。是谓玄德。玄牝不死,是谓天地之根。

老子的意思是说,无中生有,有无共生而为玄,玄是玄德。道在老子的意思里,几乎等同于自然生成的最高法则。认识了道,那就是有德了。老子文章中把有、无说了一通,然后说有、无同出而异名,同谓之玄。玄是道德体系,天地的根本。

如果我们按汉字生成的法则把"玄"字拆解,有助于理解这个玄字,可从中窥见老子的玄机。玄字里面的一横,是代表地的意思;地上的一点,是草,草从地里面生出来,不是无缘无故的,它的下面有根。"幺"就是这一点的草的根。

还可以参照其他的说法。扬雄说,玄者幽摊万类,而不见形者也。张衡说,玄者无形之尖,自然之根,作于太始,莫之能先。朱谦之说,言其变化无测,则谓之玄。

这样一来,斯蒂文森的这些诗歌就不难理解了。任何书籍都不过是一点点露在外面的草而已,他真正在读的,是万书之母,是天地这本玄牝之书,太始之书——这本看不见的书上并非不着一字,而是追本溯源地回到了"流星的轨迹"。"流星的轨迹"才是真正的字。

顺便提一句,另一位来自西方的诗哲博尔赫斯,也说过类似的话。他说,所有的书都只是一本书。这本书就是无处不在而又变化莫测的自然。这也是为什么博尔赫斯的作品里总是散发着神秘气息的原因。

7

玄学来自于对自然的虚构。诗人通过词语的撞击,以便获得最高的现实。

在《蒙翁克勒的莫那克勒》一诗的开头,斯蒂文森写道:"天空的母亲,彩云的女皇 / 太阳的权杖,月亮的王冠 / 没有什么东西，绝对没有什么东西／像残杀的两个词互相撞击的边缘。"这就是说，艺术是最高虚构的真实，尽管，"我们的体内有着某种物质主宰"，"书写根本顾及不了／每一弯曲的笔划"。

这首诗的第三个段落，斯蒂文森很自然地提到了中国。

> 那么，古老的中国人是不是无端地
> 静坐山中池畔，整理衣冠？
> 或是在扬子江中细数他们的胡须？
> 我不会玩弄历史的天平秤。

就本质而言，太阳底下无新事。那句商汤铭刻在自己的澡盆上的九字箴言——"苟日新，日日新，又日新"，不过是商汤在提醒自己宇宙万变不离其宗的道理，跟每天都在维新的表象世界实在是扯不上半点关系。

在现代西方大诗人里，斯蒂文森是罕见的吸纳了东方玄学思想，并将其化为个人诗学的美国诗人。他寻根问底的思维方式是美国式的，但在气质上却更为接近中国古代的诗人。谨以此诗向这位美国诗人致敬：

> 我在仲夏的午后阅读
> 华莱士·斯蒂文森的诗集。
> 一只飞蛾在我的房间里游走。
> 浮动的身体，
> 在空气里划出一团灰色的线。

整个下午,它都在飞。

透过玻璃窗,我看见暴风雨正从远处朝着这边移动。

它击打在屋顶上,冒起的烟尘遮住了我的视野。

2009 年

未读完的《追忆似水年华》

1993 年夏天,我无目的地漫游到丽江石鼓,觉得这个小镇有点意思,就住了下来。当时我带了一套书,是七卷本的《追忆似水年华》。我在镇上的一家小旅馆找到一个房间,打算把这套书读完。

直到今天,我也没有能够读完马塞尔·普鲁斯特的这部书。1993 年到今天,中间相隔了九年。我不认为阅读一部书需要花费八年以上的时间,即使是像《追忆似水年华》这样大部头的小说。我的意思是说,1993 年夏天,事实上我已经留在石鼓了,我在这个镇上待了一个星期,并且白天和黑夜都在阅读这部普鲁斯特的小说。我记得,在整个充满了连续性的阅读过程中,我体验到了某种不可能停下来的、只有在阅读这部绝无仅有的小说时才会产生的愉悦感觉。那是一种与世隔绝的,尽管处在其他旅馆房间的包围之中,但却还是觉得天地间只有一部书的那种感觉。我读完了这部作品的大概一半,出于某种难以解释的原因,我的视线突然被搁浅在了书的某一页上,不,确切地说，是搁浅在那一页的某一行的某一个字上——我仓促间离开了那家小旅馆。而当时，我并不知道，离开那家小旅馆，已经意味着在遥远的未来我将要离开美妙无比的普鲁斯特许多年。

以后，我读了成千上万的书，但是普鲁斯特，像是一次被预先安排好了的告别仪式，他的书我再没有打开过。前不久我读完了他的另一本，《驳圣伯夫》，这几天我又开始读另外一本别人写他的书，但是，《追忆似水年华》，好像从来就不曾读过似的，它陈列在书架上，只不过是一部通常所说的伟大的书而已。

对我而言，马塞尔·普鲁斯特的《追忆似水年华》只不过是我个人阅读史上的一次奇遇，它只不过跟一个地名、一个房间有关，跟我从小旅馆房间看到的一条河流有关，它是它里面的一半，确切地说，它是它自身的一部分。它是《追忆似水年华》的一部分。

杜拉斯说，一本书被写出来以后，它就永远都存在了，无法消灭了。她说的是书籍本身几乎不可消灭的本质及其与书写者之间存在着的那种显而易见的宿命关系。那么，未读完的普鲁斯特呢？我只能说，有着两个普鲁斯特，一个已经被读过，另一个还没有，正陈列在书架上等待着另一次奇遇；而事实的真相是，永远没有一个人可以读完一部书，尽管这部书可能在不同的时间和地点被一个人无数次地读到。

2002 年

英雄、疾病与隐喻

1951年10月至1952年8月,切·格瓦拉与好友阿尔贝托·格拉纳多结伴,历时一年完成了一次纵穿南美大陆的旅行。这一年,切·格瓦拉二十三岁。而在此之前,他已独自一人完成了全长4000英里,穿越阿根廷北部的一次旅行。

切·格瓦拉在20世纪下半叶是一个具有神话色彩的传奇人物。他后来成为古巴总统卡斯特罗在革命时期的亲密战友,也是当时卡斯特罗所领导的游击队中唯一的外国人。卡斯特罗政权建立以后,格瓦拉被任命为古巴国家银行行长,后来又被任命为工业部部长,并且在将近四年的时间里以古巴大使的身份出访世界各国。但在六年后,这位酷爱冒险的老游击队员便厌倦了作为一名政治家的平庸生活,于1965年毅然离开古巴,前往非洲去帮助刚果的解放事业。

没有确切的原因可以用来解释格瓦拉何以在革命成功后突然离开古巴。人们一般都认为,他是一个职业革命家,他身上具有与生俱来的冒险主义者的浪漫气质,他似乎是一个具有某种崇高使命感，并且生来就注定了要在旷野中度过一生的人，而20世纪的革命，大多数情况下都是从更为广大的乡村地区展开的。不过，我以为真实的格瓦拉与我们所了解的格瓦拉之间存在着一个盲区，他并非是一个单一或狂热的革命者，而是要复杂得多，他的个人动机及其行为，远远越过了普遍的人性或政治的经验，或许，革命对他而言只不过是一种手段、一个概念而已，他所追求的社会乌托邦理想，在他心目中的位置要远比革命本身所达成的目的要重要得多。实际上，格瓦拉可能把革命当成了一种生活方式，就像我们在日常生活中所见到的一些人，他们总是随时都在扮演与自己完全不同的人一样。

1966年，或许是由于非洲大陆并不具备南美和亚洲那样的革命条件，格瓦拉返回拉丁美洲并组建了一支游击队，以期重建他所谓的"20个新越南"。1967年，在与玻利维亚政府军周旋数日后，他在拉伊格拉的一个村镇被捕，旋即被玻利维亚总统下令处死。

切·格瓦拉活了仅三十九岁。考察他短暂的一生，我得到这样的一个印象：这是一个总是"在路上"的，令人费解的谜一般的人物。而谜底，通过他留给后人的《南美丛林日记》——而不是所谓的传记，我以为或许可以寻找到关于这个人的某些蛛丝马迹。

在这本薄薄的小册子中，切·格瓦拉对自己首次纵贯南美大陆的旅行作了全程记录。对于这次旅行的初衷，他写道："硬币被抛出，在空中翻了几下，掉下来时有时是正面，有时是反面。人，万物的尺度，我的嘴叙述，再以我自己的文字记录我眼睛看到的事。看硬币正面的机会有10次，我却偏偏看到了1次反面；反之亦然。没有什么可解释的。"

好一个没有"没有什么可解释的"！格瓦拉在这几句简短的话中向我们透露了诸多的信息：他遇到了麻烦，出于某种命运，他踏上这条青春与激情的不归之路并非仅仅是"逞强冒险"，也不仅仅是某种"愤世嫉俗"，正如他在日记中大量披露有关对人类命运的思考的坦诚告白一样，他秉承的使命完全是身不由己的。他说："9个月的时间可以使一个人可能产生很多想法，上至哲学命题，下至像一碗汤这样的卑微愿望——这与他的胃部的状况很有关系。"

其实，就身体所能导致的行为反应而言，格瓦拉的胃部状况不存在任何不便，倒是他的严重的哮喘病后来一直伴随着他。

我不知道是什么引发了这次发病，当我们到达万卡拉玛时我已经支持不住了。我身上没带一点肾上腺素，而我的哮喘越来越厉害。裹在一条警察的毛毯里，我注视着雨滴与缕缕烟雾：黑烟有助于缓解我的疲惫。临近黎明时我才靠在走廊上的一个邮筒边睡着了。早上我感觉好了一些，阿尔贝托找来的一点肾上腺素与阿司匹林让我觉得又活了过来。

与惯常人们对于"英雄"的虚幻想象不同，这一个"英雄"格瓦拉要真实具体得多；哮喘发作时人的身体感受通常都不是疼痛，而是窒息。或许，正是对"窒息"这种肉体的感受导致了切·格瓦拉后来一系列的冒险行为，"窒息"虽然难以用"死亡"一词来加以替换，但却是最接近死亡的一种感觉。格瓦拉肯定无数次地经历了与死神擦肩而过这样的事情，他越是想要摆脱"窒息"，就越是陷入了更多的困境，受到更多死亡的威胁。我们或许可以这样理解，注射"肾上腺素"是格瓦拉用来对抗死亡的一个手段，这种药物的伴生之物，后来在某种命运的支配下，慢慢地转化成了可以用来杀人和延缓被杀的武器，到了他认识卡斯特罗，这种纯粹个人求生的抵抗本能终于跟暴力革命水乳交融，转化成了一种经过伪装的社会行为。实际上，革命最初都是出自某种自我保护的本能，恐惧、懦弱、勇气、坚韧、背叛、自我牺牲精神与强大的意志力，这些有时是自相矛盾的品质，我们常常会在一个革命者的身上同时看到。

20世纪是一个革命的世纪，也是人类历史上职业革命家群星闪耀的一个时段，但是，似乎还没有一个革命家像格瓦拉那样，把革命变成了一种终生的职业。一般的革命者，只要革命成功，作为一个职业革命家的生涯也就随之结束了。但格瓦拉不是这样。在格瓦拉身上，我们看到的更多的是一个借助革命手段来达成某种精神性理想的那种偏执和永不消退的热情，也正是因为这一点，他的头上就无形中多出了一圈神圣的光环。此外，他的赤裸而极端的献身精神也因为愿望的最终达成而被赋予了一种神圣的品质，具有某种特别的庄严感，以至于当他死后，他安详的表情、他的遗体的造型看起来跟走上十字架的耶稣如出一辙。在《南美丛林日记》的最后一个散章中，格瓦拉借一个神和人的出现为自己画了一幅精神肖像：

……我知道当伟大的引导潮流将人类劈为两个敌对阵营时，我将站在人民一方……我将跨越障碍与壕沟，用鲜血洗染我的武器，在愤怒的驱使下屠戮所有落在我手中的敌人……我感到自己的鼻孔在膨胀，在品味着火药与敌人鲜血的刺鼻气味；我绷紧身体，做出格斗的姿态，准备把自己的身体用作一片宗教圣地，而凯旋的无产阶级带着新生的活力与希望发出的野兽般的咆哮将在这里回响。

无论你管这叫什么，我死的时候深知自己的牺牲不过源自一种象征了我们摇摇欲坠的文明的固执。

写下这些文字的切·格瓦拉，还只是一个年仅二十三岁的医科大学生。

2002 年

独特的巴特

昨天夜里临睡时,我又读了几页罗兰·巴特的散文随笔集。我发现,这个人似乎有意使用一种尽可能复杂的言语方式来表达他所要表达的意思。

渐渐地,阅读成了发生在我和他之间的一场搏斗。

后来我翻到那篇著名的、一度给我留下深刻印象的《筷子》。它同样使我无法忍受。

我百思不得其解,它为什么要在写作与阅读之间设置障碍?

我记得,当初读到这个作品时,我所获得的感受似乎与此大异其趣。我是有过那样的快乐的,那是一种在阅读一篇奇文时所能汲取的全部快乐。

难道问题出在翻译上面?我起床,到书房里去找另一本收录有同一篇文章的书。

书找到了,它斜插在书架最上面一层的某条夹缝里。《符号帝国》,孙乃修译著,商务印书馆1986年版,紫蓝色的书封,一本薄薄的小册子。

我再次读了一遍《筷子》。这一次,以前有过的那种阅读的快乐回来了。

这篇文章中的某个段落,在商务版的《筷子》中是这样的:

> 小的东西和能吃的东西有一种趋同性:东西小巧是为了能够吃,而东西的能吃是为了实现它们小巧的本质。

而在百花版的《罗兰·巴特随笔选》里,则变成了:

> 细小是与可食性相结合的:东西只因可食才是小的,同时,也因为它实现着自己的本质即精细才是可食的。

两个翻译文本,字数一样,但却显示了截然不同的阅读效果。巴特在这篇文章中引用了日本的一则俳句。

商务版:

> 切成薄片的黄瓜
> 汁液流淌
> 拖住了蜘蛛的腿

百花版:

> 切断的黄瓜。
> 汁液留着,
> 画出蜘蛛的爪痕。

很显然，对那些热衷于翻译的人来说，罗兰·巴特是一个令人头疼的家伙。也正是通过翻译作品，我发现他是一个善于使坏的，并因此而独特的作家。

所有的翻译作品都存在着两个作者：准作者和亚作者。如果原作被许多人翻译过，那么一个文本就存在着许多个作者／父亲，一个儿子有许多个父亲。

或者，反过来，一个父亲（原作者）有着许多个儿子（译者及其译作）。

但是，这些"儿子"是否也可以被称之为作者呢？从严格意义上讲，他们不是。事实上，译者是一些具有双重身份的可疑的人，相对于其他的、在他和他之后的读者而言，他是真正的"作者"；但相对于原作者，他又是"读者"。他们跟其他读者的不同之处在于：他们把原作以另外的语言、另一种方式重新抄写了一遍。

译者的存在，使所有被翻译过的原作都面临着这样一种威胁：它被加工过了，它遭到了篡改。它是一个伪本。

这就不可避免地出现了这种情形：一个原作者在面对来自另一个语种、另一个人的仿制品时，他无法再说这个文本——这部小说、这首诗、这篇文章——仍然是他本人的作品。

2006 年

这些来自小国家的大作家们

大抵读过詹姆斯·乔伊斯短篇小说集《都柏林人》和《尤利西斯》的文学读者，都会对爱尔兰文学留下深刻的印象。尤其是后者，尽管被视为一部晦涩难懂的"天书"，全世界能够读完并完全读懂的人不会超过十人，仍然被认为是20世纪最伟大的文学作品。在我看来，乔伊斯本人不仅仅是爱尔兰最具民族性与地方性的作家，同时也是一个世界性的作家——《尤利西斯》的出现，无论是就其文学观念，还是在小说叙事的技巧方面，都可以说是开启了世界文学的一个新时代——现代主义时代。

中国对爱尔兰现代文学的大规模翻译始于20世纪80年代。随着爱尔兰文学这个巨型扇面的徐徐开启，中国读者知道了詹姆斯·乔伊斯的意识流，知道了萨缪尔·贝克特的荒诞派，知道了威廉·巴特勒·叶芝的玄奥诗学，也领略了谢默斯·希尼那些脍炙人口的美妙的诗歌——而在此之前，我们已经对《格列佛游记》的作者乔纳森·斯威夫特（Jonathan Swift），著名的同性恋者和唯美作家奥斯卡·王尔德，以及萧伯纳和他的戏剧作品耳熟能详。爱尔兰文学,完全称得上是星光灿烂、群星闪耀,在世界文学的先贤祠里,他们都是备受文学读者爱戴的文学大师。在上述的七人里面,有四人获得了诺贝尔文学奖。当然,被时代错过而没有获奖的乔伊斯要比获奖的四人加起来都要伟大一些。

爱尔兰的作家当然不止他们几位。他们几位只是领头羊。在他们的身后,具有世界水准的优秀作家,随便扒着指头数一数,立即就可以数出一大堆来。爱尔兰的文学爆炸,其耀眼的光芒并不亚于拉丁美洲,尽管文学史家所说的拉丁美洲指的是一个大陆,而爱尔兰却只是一个小国家。

一个人口数量不足 500 万人、国土面积仅有 7 万平方公里的小国家,何以百年之内就出现了这么多的文学大师?我们知道,19 世纪以来的爱尔兰并不富裕,而文学是不能当饭吃的。1995 年度获得诺贝尔文学奖的爱尔兰诗人谢默斯·希尼甚至很幽默地说过一句富于哲理的话——他说:一首诗并不能抵挡一辆坦克。

爱尔兰何以在文学领域保持了如此之高的水准?在此我并不想加以探究。我们只能说:爱尔兰岛就像是人的左脑,擅长于艺术与文学。

我感兴趣的是,这些来自小国家的大作家,他们处在人类文学经纬的哪一些节点上?具体到每一个人,他们各自的美学走向、文学趣味有何相似和不同的书写场阈?一句话,这些把文学当作个人事业的写作者们,是在何种语境之下,以什么样的途径照亮了人类精神的天空?——题目显然太大了,而且篇幅有限,在此,我只能以开门见山和点到为止的方式,简单地勾勒出他们的小幅文学肖像。

　　众所周知，詹姆斯·乔伊斯（1882—1941）是开创了"意识流"这一重要文学流派的大作家。可即便如此，他的代表作《尤利西斯》却显得异常晦涩，情节也很简单，不过是写了首都都柏林的一个小市民——广告推销员利奥波德·布卢姆（Leopold Bloom）于1904年6月16日一昼夜之内在都柏林的日常经历。在文本中，这些经历平庸，混乱，而且违反自然的时空顺序，可以说是一团糟。可是，乔伊斯却使他笔下描写的日常琐事具有了现代意味。这可是不得了的大事。当时，工业革命在欧洲已经折腾了一百多年，在整个欧洲大陆，人，无论是就其行为还是观念形态、情感意识，都毋庸置疑地进入了现代，但是在文学领域，却仍然还在"现代"之外徘徊，作家们，并未发明一种恰如其分的、与时代的变革相称的文学形式和现代意识。但是，1922年以后的情况就完全不一样了，因为这一年，《尤利西斯》出版。自此，传统与现代泾渭分明。

　　与乔伊斯同时把文学书写推向现代主义的另一位爱尔兰作家是威廉·巴特勒·叶芝（1865—1939）。如果说前者主要是解决了小说叙事中为人类所意识到的时间序列问题，一劳永逸地驯服了时间这头会咬人的狮子并把它关进了现代的笼子里，那么叶芝干的事情则是把这头狮子放回到爱尔兰的地理上，使之获得主要是基于爱尔兰本土的身份认同。跟乔伊斯这种常年定居在国外的世界主义者不同，叶芝本人是一个色彩鲜明的民族主义者，在他看来，乔伊斯的文学版图大而无当，太漫无边际了，爱尔兰文学复兴运动必须在本土完成。但是叶芝也反对狭隘的地方主义，作为一位诗人，他的书写的现代性同时不乏来源广泛的浪漫色彩与神秘主义。

在此我们有必要提到大名鼎鼎的王尔德（Oscar Wilde，1854—1900）。王尔德来自另外的谱系，一个彻头彻尾的颓唐不安的唯美主义者。这个文学天才出生得太早了，寿命也不长，现代主义这列火车才刚刚驶进站台，他就死了——不过他又很幸运，他的早死使他深爱的传统避免了受到"现代"这一庞然大物的侵扰与刑克。王尔德是一个过渡性的、流星一般的人物，他的作品是一个奇迹，尽管很难说对后世的文学产生过深刻的影响。"千年文学产生了远比王尔德复杂或更有想象力的作者，但没有一个人比他更有魅力。无论是随意交谈还是和朋友相处，无论是在幸福的年月还是身处逆境，王尔德同样富有魅力。他留下的一行行文字至今深深吸引着我们。"这是大作家博尔赫斯对王尔德的盖棺定论。

爱尔兰文学中离我们最近、受到阅读最多的一个重要人物是谢默斯·希尼，他把爱尔兰文学带入了后现代。希尼的诗歌很善于挖掘隐藏在日常生活背后的细小事物，日常生活的美学被发挥到极致。不过他也很善于从历史、神话和民间文学中获得灵感，这使他的诗不至显得单薄。1995年获得诺贝尔奖后，据说他的书籍销量已占了当今整个英国诗人书籍销量的三分之二。

爱尔兰有着深厚的民间文学的土壤，百年来爱尔兰作家的作品，尽管在对文学观念的不倦探索与文学的实验性方面锋芒毕露，无与伦比，但都与本土独特的传统有着千丝万缕的脐带关系。这里有一个故事：1902年，叶芝与乔伊斯两人第一次见面。

当时的叶芝还没有写出他后期那些传世的诗歌,但早已有了显赫的诗名。为了慑服态度倨傲的乔伊斯,叶芝拿出了自己当时最新也是最得意的理论——他后来成为世界大师,与这一理论是分不开的——民间文学比艺术家们以前追求的纯美的文学更有生命力。叶芝对乔伊斯说:"艺术家,当他长期生活在自己的思想中,以那些与他一样精雕细琢的艺术家为榜样后,就进入了一个由纯粹理念构成的世界。他变得极其个性化,同时也在追求彻底完美的过程中,最终变得贫瘠。相反,民间想象产生了无穷无尽的没有观念的形象。民间故事无视道德法则和日常法规,它们是一系列的图片,就像孩子们在火中看到的那些图案一样。你注意这两种创造,艺术家的创造和民间创造,前者源自城市文明,后者存在于乡村生活的形式之中。民间生活和乡村生活属于自然,丰饶多产,艺术生活和城市生活则属于精神,如果不与自然结合,就会变得贫瘠不育。"

乔伊斯喜欢在小说叙事中不时来上一段戏谑性的文字游戏,如《尤利西斯》里的"dog"与"god"形声意的互换,民间文学里就有这个风气和用语习惯。王尔德的童话就更是如此。其他如萧伯纳,其戏剧文本中大量机智而幽默的台词,类似的风格在爱尔兰的民间文学里比比皆是,简直就是汗牛充栋。当红的爱尔兰女作家埃德娜·奥布莱恩虽然移居伦敦,但她的作品主要是以当地的风土人情以及悠久的历史传说为背景。奥布莱恩在爱尔兰西部度过童年,爱尔兰乡村的美丽景色在她脑海中留下了深刻的印象,这后来成为她文学创作的源泉。

对于像萨缪尔·巴克利·贝克特(1906—1989)这样的在文

学实验方面走得太远的晚生代作家而言，脱离了传统简直就无法写作，也无法荒诞得起来。后现代与传统，似乎比现代主义更具有亲和力。贝克特最出名的荒诞戏剧《等待戈多》发表和上演后，就有人指出，这出戏的杂耍渊源来自爱尔兰民间游戏和对爱尔兰民间漫画艺术的借鉴。贝克特最出色的小说《莫尔菲》，描写一个失业的爱尔兰人如何厌倦工作，又如何卷入一场爱情纠葛。小说调子灰暗，孤立，绝望，但通篇充满爱尔兰民间所特有的戏谑滑稽的语体和氛围。对世界的嘲弄，是通过有趣的方式来完成的。

在民间文学的土壤里培植出现代文学的奇花异草，大抵是爱尔兰作家共同走过的道路。什么是先锋？对于乔伊斯、贝克特、弗兰·奥布莱恩这些文学先锋来说，先锋就是一屁股坐到传统的土壤里，同时用冷漠的目光打量我们这个荒诞而令人不安的世界。正是因为有了传统，再植入现代性，爱尔兰的现代文学才显得枝叶繁茂，成为世界文学版图里最引人注目的区域之一。在乔伊斯、叶芝等人所开创的道路上，爱尔兰现代文学是一棵常青树，可谓根深而叶茂。

我是20世纪80年代开始接触到爱尔兰作家的作品的。我至今仍然记得阅读《一个青年艺术家的画像》给我带来的强烈震撼。很幸运，我从一开始就爬上了现代西方文学的顶峰，并由此领略了现代主义的魅力。在现代主义文学这座开满了奇花异草的百花园里，爱尔兰文学尤其引人注目。中国与爱尔兰在文学上的渊源很深，汉语世界对爱尔兰文学的翻译从20世纪二三十年代就开始了，萧伯纳、王尔德、叶芝，都是当时中国一些作家和读者进入现代的领路人。萧伯纳1933年还来过上海,和鲁迅有过交流。也正是因为如此,我对爱尔兰文学情有独钟。云南人民文学出版社这次把爱尔兰现当代具有代表性的七位作家的精选作品汇编为"爱尔兰文学丛书"出版,我以为既是一件延续了20世纪中国译介爱尔兰文学的功德之事,也是西文翻译出版界的一件盛事。我把这套丛书仔细地翻阅了一遍,我发现在选编上,这套丛书是有想法的,所选作家和作品,都颇具权威性和代表性,口子收得拢,丛书体量不大,很精巧,几乎把"不得不读"的精华部分都收进来了。显然,选编者充分考虑到了当下的阅读语境。尤其使我感到意外和欣喜的是,其中还收入了一本《爱尔兰民间故事选编》,有了这方面的内容,爱尔兰现代文学与传统的关系就一目了然了。

2012年

猴子样的翻译家

我国大陆五六十年代以后出生的一代文学读者，大抵是在翻译文学的氛围里成长起来的。20世纪80年代，外国的东西进来，大家都饥不择食，可以说是翻译家们一边翻我们就一边读了，哪里顾得上翻译得好不好。20世纪90年代以后，翻译介绍和阅读的速度都慢了下来，同一个作家也有了不同的翻译版本，这样，我们今天就可以非常理性地站在远处来打量翻译家们。

在英语文学里，都公认《尤利西斯》是一部了不起的现代经典。这部书的两种汉译文本我都有。我发现，在萧乾、文洁若的译本里，乔伊斯的这部巅峰之作并不如我所期望的那样尽善尽美，起码在表达上就有些问题。此前我读过他的《一个青年艺术家的画像》，阅读的感受似乎要比《尤利西斯》好得多。我想，一定是哪儿出了问题，因为众所周知，《尤利西斯》是乔伊斯最好的作品。

另外的一个译本，译者是金隄，翻译的时间比萧乾、文洁若早，但后出书。据说是出版商为了抢占市场，赶在金隄版的前面出版了萧乾版。金隄的这个译本，我是后来才读到的。以我的阅读经验，我以为，金先生的译本可能更接近乔伊斯原著的那个味道。有一处，乔伊斯的原文是"Doooooooooog"，是在颠倒"God"（上帝）一词的基础上生造的一个怪词，"Dog"的意思是"狗"，乔伊斯用"Doooooooooog"这个生造的词来亵渎 God，可谓居心叵测，用心良苦，无所不用其极。在汉语里，这个几乎是不可翻译的，但金先生撇开汉语里"狗"这个词，将它翻译成了"猪乎乎乎乎乎乎乎乎乎乎天"。这个是意译。好不好呢？那个意思是出来了，但原作英文字母里面潜藏的那个语言游戏的直观性，终归是逊色不少。萧乾版是直译，乔伊斯语言的游戏性全无，因此我在读到这一段的时候，对乔伊斯如此表达感到有些莫名其妙。

  当然，以前读了萧、文二人的译本，我也是不会后悔的。这种情形就像读过王央乐翻译的博尔赫斯后再来读王永年翻译的，尽管发现王永年的译本更接近原著但你还是不得不感谢王央乐一样，因为最先让你接触到这些外国大家的作品的人是王央乐而不是王永年。对一个迫不及待的阅读者来说，根本就不存在挑选的余地。我们只能说，在一开始时就读到最好的译本的读者是幸运的；没有读到也不要紧，只要你最初读到的那个东西还不至于太离谱，还不足以毁掉你对那个不幸被误译的外国作家的美好印象，那么就完全没有必要去怪罪那些不太好的翻译家。

  翻译过奥地利大诗人里尔克作品的翻译家不下十人。无疑，他们中只有一个是最好的，我的意见是，如果你是一个挑剔的读者，你只消找到这一个最好的，对其他的则完全可以置之不理。这一个，我认为是冯至。冯至对里尔克的翻译，以前没有更好的，我相信以后也不会再有。

像冯至翻译里尔克的这种情况是极少的。普遍的事实是优秀翻译家，或者说是被选中的翻译家的缺席。波特莱尔是西方公认的法国大诗人，但对于迄今为止的中文读者来说，这个名字只具有文学史的价值，因为虽然也有许多人翻译过他的作品，我们却不知道他究竟好在哪儿。另一个同样倒霉的西方作家是荷马。荷马的《依利亚特》和《奥德赛》被西方世界认为是伟大的史诗，但在中文里，荷马看起来甚至连一个二流的西方古典作家都不如。

我想，中国古代诗人，即便如李白、杜甫这样伟大的诗人，在西方读者的心目中也不会高到哪儿去。

最近，河北教育出版社出版了一套20世纪外国大诗人丛书，又出版了一套中国的小诗人丛书。两套书我都翻看了一下，总体的一个印象是，我发现，在精神的广度和深度上，中国的小诗人在外国同行面前确实显得像是一些小侏儒，但是，一旦落实在具体的语言上，外国大诗人的东西怎么看都让人觉得别扭，就好像他们从来没有在语言修辞学上下过工夫，或者说他们只是长于思想而拙于表达一样；相反，中国的小诗人在语言的表达天赋方面可要比他们强多了。

这应该是翻译的问题。

前些年，在新加坡作家兼翻译家陈瑞献先生的文集上读到过这么一句话，大意是说，搞文学翻译就像是猴子学人样，样子学对了，但终归还是猴子。这句话使我立即就构思出一幅漫画：一只穿着西装戴着近视眼镜的中国老猴子面对但丁的《神曲》抓耳挠腮。这也许太悲观了，对翻译家们不够公平。翻译诗歌，可能不大容易做到，但是散文文体的翻译，还是可以做到八九不离十的，不信我们可以看看 80 年代以来翻译家们对外国小说名著的翻译，当我们读到李文俊、于晓丹、汤永宽等人分别对福克纳、纳波科夫、卡夫卡的翻译文本时，我们还是相信，这些外国作家的小说，大抵上也就是我们在汉语中所看到的这个样子。

2002 年

丙集　文学工场 2

向下：汉语书写的一个方向

这是我第一次大规模地阅读于坚的散文作品，是阅读，不是看。以前我陆陆续续地接触过一些于坚的诗，那是一道道闪闪发光的语言，像从大地上生长起来的墙，码着，逐渐地低下去，基础深入到地表之下。这次我读到于坚用散文写下的文字，吃了一惊。这些作品同样地散发着诗性的光辉，于坚正在试图经由某种途径，让汉语词语以白话的方式渗透到像石头一样坚硬的物性之中，以改变传统汉语写作中那种避实就虚的高姿态。无疑，这是一种回到常识的、向下的写作。

于坚这些文章的标题十分引人注目，"火车记""绳子记""大地记""翠湖记""山洞记""住房记""一日记""路南记"……除了开头的两篇，后面紧跟着排列的13篇，都叫"记"。命名的方式表明了一种态度和书写的策略：记述。这样做的目的，是为了让书写重新回到象形举意的汉语书写特性上来。记，记述，记实，记事，记录，记我之所见所闻，一直以来都是古代汉语散文书写的传统。

《人间笔记》给予我的阅读感受是全然陌生的,陌生,但有着某种似曾相识的感觉。说陌生,是因为于坚显然通过书写捕捉和传达了一种来自当下的、为他个人所特有的现场语境经验;似曾相识,乃是我觉得于坚有意传承了为古代汉语作家所惯常采取的那种书写方式,使汉语词语又恢复了质朴的所指功能。于坚的方式,其实也就是司马迁在《史记》中所采取的那种方式,只不过,他书写的对象和内容,针对的是当下庸常的生活层面,并力图在书写中发现此一层面上隐藏的诗意。

于坚的散文作品不是一般意义的"散文",应该作为理由最充分的崭新文本来看待。从某种意义上讲,它改变了汉语文学写作的方向。它是一种小心翼翼而又野心勃勃的书写(在此我有意避开"写作"一词,以区别于其他),与其说这种书写指向某种美学目标,不如说它想要建立的是一套书写的方法论。于坚的书写是我在当代作家中所能见到的最为古老的写作行为之一,他想要干的事与书斋式联想的写作很少发生联系,更多的是一种建立在身体性与外在空间感应基础上的语言行动。在开始时,正如非洲的伟大雕刻不是在工作室里完成的一样,人类的书写行为也是在户外进行的。很难想象《圣经》的手稿下面压着一张四平八稳的写字桌,《诗经》也肯定是被嘴巴最先说出来的,伴随的是身体的摆动。事实上,这种现代人不可思议的语言生产方式可以从诗经的时代一直追踪到稍后的孔子的时代和李白的时代。不是出于谨慎,而是在当时这是自然而然的,孔子是述而不著的,他身后所留下的片言只语,只在马车上和旅行途中用嘴巴和耳朵来完成;李白的大部分诗歌也主要是在旅行的途中，在马背上吟咏或某家客栈的酒桌上，而非书斋里完成。由于感受性资源的匮乏，这种伴随着身体的写作在今天差不多已经绝迹，现代作家的写作，都有一套刻板的程式，是静止的写作，写作的快感仅限于不可捉摸的所谓的"心灵"和对于外部世界的想象。纳博科夫的写作是对这一类写作的嘲讽。纳博科夫的写作使词语获得了肉体感官的性质。

于坚的《人间笔记》使写作这一行为落实到了书写的动作上，是一种有声响的行动。于坚部分地回到了或者说正试图回到写作最初发生的古老的途径上——说话。这本书的最主要的成果就是把说出这一原始冲动老老实实地变成了堆在纸上的词语，这些词语发出气味、响声、颜色、温度以及它们之间细微的变化。于坚把云南冬天的树林搬到纸上，既没有使它增加，也没有减少，是怎样的就是怎样的。他写：

> 在冬天，云南的树一片苍绿。无论是叶子阔大的树，还是叶子尖细的树，抑或叶子修长的树，都是绿的，只是由于气温不同，所以绿色有深有浅，有轻有重。

稍后他又写：

> 然而，树叶同样会在云南死去。树叶永远，每一个月份都在死去。在最喧嚣、最明亮、最生机勃勃的春天，你也会看到一两片叶子，几百片叶子，从某棵树上不祥地落下来。

但你永远看不到它们全体死去，看不见它们作为集体、作为"树叶"这个词的死亡。

从这段观察细致、用语精确的文字记述，不难看出于坚获得某种来自于细节精确性的书写意识是非常强烈的，为了达成和强调某种真实性的效果，他甚至有些急不可待，竟然冒险写出了这样的句子：

在云南，有几片树叶在12月31日下午4点40分51秒落下……

写几片树叶的落下，竟然兴师动众，连几分几秒都用上了！于坚的意图无非是要告诉读者：作者的书写完全是一种基于看见的、在场的书写，读者的阅读正是建立在广泛的可信赖的真实性基础之上的，这种来自于生活世界的现象学经验，正是以某种书写的方式体现出来的，拒绝了通常的那种本本学习式的泛书斋化隐喻。类似的写作修辞学，我们在阿根廷作家博尔赫斯的某些作品中亦可见到。博尔赫斯叙述一个虚构故事，一开始就出现诸如"1867年3月28日"这样标记时间性的句子，不外乎是为了获得书写与阅读的合法性，为作为最高虚构笔记的文学修辞学立法。在这方面，法国新小说作家罗伯－格里耶有过之而无不及，几乎是把全部的文学遗产一把火就烧掉了，只剩下了作者死后的物性的诗性空间，把书写变成了像数学那样严谨的东西，一种全然的纯语言。格里耶的超短篇小说《海滩》，是"作者从文本中退出"的一个极为经典的例子，为形而下的书写修辞现象学提供了一个范本。

收入到该书里面的文章内容，写的都是作家本人在云南这个文化外省的生活经验。比如：堆积在云南高原上的红土、雨水、空气、阳光、树叶、法国人在云南腹地修筑的铁路、曾经在小米轨上驶过，如今成了废旧钢铁的旧式小火车、云南大理的苍山、中国最美丽的城市丽江大研镇、隐藏在云雾之中的云南高山大河、丘陵、老昆明被推倒的古色古香的房子，等等，都是一些云南人司空见惯的东西。其他的如治病、一日、山洞、绳子、吃饭、玩……也都是一些普通的日常物事，这些书写材料，正如书中文本的各个独立标题所标记出来的那样，都是某种看得见的东西，它们是被物化了的名词，绳子记、火车记、翠湖记、大地记、路南记、城市记、一日记……一样是缺乏所谓诗意的。如果你以为"翠湖记"是一篇关于昆明翠湖公园"杨柳岸晓风残月"的游记，那你准会大吃一惊，因为"翠湖记"的立意刚好是对有关翠湖的各种历史话语书写的解构，翠湖公园不过是这个文本中被充分利用的一个符号，一个向陈腐的文人美学挑战的意象水塘。又如"绳子记"，8000个汉字构成的长文章，滔滔不绝，到头来却只是试图说出"绳子"这种只需嘴巴张开就成的一个词语，一个显然是受到遮蔽的"物"。结尾处却仍然没有成功，只好向上帝求救，"啊！上帝，让我把这根'绳子'说出来！让我的舌头得救！"，"我的舌头真的是被绳子捆住了"。于坚写这篇文章的用意，如果我没有误读的话，我以为是在讲书写言说中表达的困难，言语及物的困难，以及如何通过言说获得一种书写的现象学方法论。"绳子记"和"翠湖记"可以当作奇异文本来读，就像德里达在其文本中企望获得、衍生出某种真理性的现象学话语那样，不得不狗急跳墙、言不由衷地说出"处女膜"这个反真理的法语词汇。"我的舌头真是被绳子捆住了"，我以为《绳子记》与德里达的理论文本在其书写的方向上所达成的意见是一致的，尽管德里达想要抵达的是理论话语游戏性的自为与自在，而《绳子记》想要表达的是对捕获及物性语词的绝望。《绳子记》："转，……转，……再转，……承，……又承，……又承，……又承，……转，……"转了又转，承了又承，转承了半天，但在绳子面前，中国文人们弄出的作文经典大法根本就不起作用，失灵了，起不来，承不住，转不灵，合不拢，于坚企图证明，"起承转合"的传统修辞学，经由不舍而顽强的写作行为最终还是变成了无用的东西，几乎叫人发狂，因为它永远无法将书写的行为引导到事物存在的真相上来。

　　于坚很少使用空洞的形容词。在《人间笔记》中，我们很难发现那种指向不明的形容词或者像什么又像什么，最后却什么也不像的东西，汉语修辞中这种可以被乱用的词和修辞手法历来是大多数作家的命根子，离开了这个法宝他们是无法写作的。于坚采取的显然是另一种方式，他看好的是名词和动词，而且总是使这些词语永远处在行动之中，这些词语一旦在文本中落户，领到户口册，它们便像进入木板的钉子一样不可动摇。《人间笔记》主要是以直陈句写成的，这种句子对书写的一个基本的要求就是必须要有话可说，否则就是一件困难的事。一般来说，于坚散文语体的书写流动总是滔滔不绝的，然而他又是谨小慎微的、如履薄冰的、干净的，而且也是有力的，他使用的词语使一切在书斋里惯用的考据式的话语言说显得苍白无力，因为他的词库总是来自活生生的活泼泼的现实。

1999 年

读于坚《诗歌·便条集》札记

1

于坚的这本集子做得很袖珍,跟一只摊开的手掌差不多大小。书打开后,我仿佛觉得有某种东西会自己掉出来,某种东西脱离纸张、文字后开口说话,像一只熟透了的干掉的豆荚,啪的一声响,那种结实的、圆润的小东西会自己跳出来。

2

眼睛,嘴巴,耳朵,鼻子——对于一个将书写建立在身体性存在现场的诗人来说,如果说肉身是语言的道场,那么,诚如海德格尔所说,语言就是口中开出的花朵。于坚极为重视语言的身体性,但又不仅止于此。自汉语被说和写以来,很少有人去这样对待它的,更多人企图将它谋杀在某种由青铜、竹简、石头、典籍构成的质介上。于坚的诗歌便条具有一种受到严格控制的抒情诗的特性,它们犹如写在便笺上的某种告示,其书写的功能是赋予存在之物以必要的诗性。从诗歌的发生上讲,他显然是有意识地使自己站在了与事物同一的位置上,他跟身体感官的对应之物说话——一个句子站起来,另一个句子跟上,一首诗就这样长出了眼睛、嘴巴、鼻子、耳朵,在腐朽的汉语修辞学的母体上长出青苔、蘑菇和一些名词,这些事物合在一起,就变成了一个词语的身体。

3

当然,与于坚本人所特有的某些癖好相对应,有时他也迫不及待地想要将自己变成一只乌鸦、一头啄木鸟、一名医生,使诗便条成为某种施行手术的器械、手术刀、处方一类的令人感到不安的东西。就跟鲁迅所热衷于把玩的小巧的匕首一样,《便条集》里的很多篇幅都用于解剖和警示,就风格而言,于坚的这类型的诗跟鲁迅所采取的方式有着异曲同工之妙,具有一样健全的头脑和充沛的体力。只不过,于坚似乎更喜欢运动,好奇心更甚,他的说话乃是基于具体的某些在场,一种纯粹的高姿态的诗歌体操。

4

穿过干瘪的阴蒂
大学
露出它的博士帽来

《诗歌·便条集》的货架上大量陈列着这样一些货色：乌鸦、匕首、石子，有时则是坏掉的鸡蛋，——哦，戴博士帽的诗人，间或用英语交谈的诗人，戴眼镜的近视的诗人，他们可能会更重视这一类的诗歌，他们拒绝和忘掉另外一些西红柿、梨、带露珠的小白菜以及同样在表面覆盖着一层锈的废旧钢铁，后者对他们不构成威胁，那是于坚诗歌中的精华，不是武器、毒药和化肥。

　　我把另外一些可以吃的新鲜的西红柿留下享用，而把另一些倒掉。美食家老虎说，于坚的这本集子的好多诗，完全就是一只只活蹦乱跳的麋鹿。老虎指的是于坚诗歌中"比兴"和"咏"的部分。在昆明，于坚很容易找到读者，这跟昆明的气候有关，跟昆明的地气、水土有关，跟昆明人懒散、享乐的生活态度有关。云南摇滚诗人余建功把于坚早年的作品《罗家生》谱成歌曲，再辅以吉他一同演奏，我听过后，觉得好听。

　　于坚的诗大多是可以开口就唱的。在唱的时候，余建功唱一句，我们跟着唱一句，有时余建功不在，我们也唱《罗永生》："他天天骑辆旧'来铃'／在烟囱冒烟的时候／来上班……"《诗歌·便条集》里的句子，更适宜于说唱，我称之为"说话体"。于坚说《零档案》是"交待体"，现在，于坚写"说话体"，把留言写了贴在门上，放在餐桌上。

5

有一首诗是对"谁知盘中餐,粒粒皆辛苦"的当下表达。于坚写:谁会在这盘子中 / 遇见泥土 / 和 / 种地的人。这是把"讽喻"移植在当代的口语书写中,语境跟古人不同,但用心是一样的。还有一首,写在大理苍山的一座庙里喝茶:

苍山中和寺
有僧人吩咐中饭
影子刚刚落在梅花中
一壶菊花茶已经沏来

有一天我们在 Teacofe 喝茶,我指给于坚看集子里写一只山雀在叫的那首,于坚说,他要写一种庞德根本无法翻译的汉语,以避免成为后殖民时代的东方诗人。

当代汉语白话诗歌的两个源头,于坚更倾向于退回到奢靡肉感的古代汉语的传统,在那里,语言根深叶茂,不像西方现代主义者整天干巴巴地挂在嘴巴上的抽象理念。《便条集》的写作,有时仅仅是为了把那一口落下去的气接起来,"桃之妖妖,灼灼其华,之子于归,宜其室家"。

有很长一段时间,我都把《便条集》揣在牛仔裤的口袋里,最近,我把它放在枕头边,有时则放在卫生间离马桶不远的地方。

6

于坚反对那种怀抱一把玫瑰意淫的诗人,反对当代中国诗歌中那种了无生趣的腔调和书斋化的美学趣味。一张硕大无比的写字桌,置于旷野之中,就像斯蒂文森置于美国田纳西州的那只坛子。

让诗歌书写回到常识,与日常人生建立起某种普遍的联系,跟大地上的一棵桉树发生关系,让诗歌身上长出树叶,发出桉树的气味,于坚是通过完全个人化的经验做到的。当他看到一棵被人剥掉了皮的桉树时,他会走过去用手摸一摸,摸的感觉来到手上,再经由书写进入诗歌。有时,诗歌的经验则直接来自于生活:

> 早上,刷牙的时候
> 牙床发现
> 自来水已不再冰凉
> 水温恰到好处
> 可以直接用它漱口
> 心情愉快
> 一句老话脱口而出:
> "春天来了"。

形而上,上达于天,形而下,下至于人。形而上上,形而下下，再下面一点，再上面一点，再左边一点，再右边一点，最后回到中间，以致于中和。致于中和是为了得道，与天地参，所谓"致中和，天地位焉，万物育焉"。位中，得中庸之道，庶几是于坚诗学的一个基本出发点，也是他关照事物的方式。

但是于坚又是一个现代的诗人。与古代诗人不同的是，古代的诗人常常是顾影自怜的，屈原、李煜、杜甫，有时很让人厌烦。于坚更像是现代版的王维和李白，试图恢复大地美学中轻盈的部分，愉悦一点，再愉悦一点，他是一个现代身体诗学的发明者，一个享乐主义者，与那些动不动就嚷着要深刻，有着一副苦大仇深的一脸深沉的诗人不同。在那些诗人的笔下，语言变成了压死骆驼的最后一根稻草，写作，仅只是基于对受难的观念性体验，也不管这种体验是来自于虚构，还是伪装。根深蒂固的苦难美学，其实是来自于近代西方现代主义的产物，跟基督教的文化传统有关，这样的东西，一旦脱离了特定的语境，机械地移植到中国的身体之上，立即就变成虚假的行为艺术表演，仿佛皇帝的新装。

于坚一心想要回到诗歌开始的地方，建立诗歌的发生学。一部《诗经》，应该被看作是一些被搜集并加以保存的日常话语，诗歌最初的形成就是话语的日常性，跟舌头受到管制的自由有关，跟看见、说话有关，完全出自自然，离工具主义的诗学太遥远了。

7

当代中国有一些懂得何谓写作的诗人，他们在写一首诗时最先考虑的是词的轻重、体积、气味和音调，当这些词与别的词走到一起时，我们可以发现诗歌中主要的东西。

有一些读者，他们对于坚的诗改变了他们对现代诗的基本面貌的看法很不习惯，我想他们会习惯的。他们仍然迷恋于那种书斋式的、苦行的、洁身自爱的象牙塔里的写作，以为诗只是某种高蹈的、繁复的、来自于某种语义深刻的经验主义的干巴巴的东西，他们错了。

人们喜欢被蒙蔽和日新月异，那是待在屋子里的缘故。诗歌的任务之一，就是把罩在人身上的遮蔽之物拿掉，使天地重新显露出来，回到本来无一物的话语自性，回到本真的存在里面来。

于坚的书写方式非常直接，什么象征啦，历史隐喻啦，互文啦，通通被当作垃圾扔掉了，在他最好的诗歌里，我们只看见意象和名词，以及使两者联系起来的一系列连续性的身体动作。

在于坚早年的作品中，有一首《想小杏》：

　　汽车在街上停住
　　灰甲壳虫
　　落下些陌生的面孔

他们中间没有小杏
　　去年秋天
　　她从楼上下来
　　白裙少女
　　红梳子掉了
　　她弯腰捡起

在《诗歌·便条集》里，类似的杰作不少，写的都是大地上寻常的事物，跟我们所感受到的世界和受到忽视的细节有关：

　　离开高速公路
　　我进入旧时代的森林
　　大地像一头熊那样停下来
　　蜷伏在落叶之中
　　我看见溪水露出牙齿
　　我听见黄色的杜鹃花
　　像床头灯那样
　　打开

2001 年

穿行在影像与文字之间

我以前在一篇文章里说过："看见"这一身体行为乃是诗人于坚赖以写作的基本出发点之一，而写作则是他与世界保持平衡的主要方式。今天看来，这话说得未免绝对了一点。因为在写作之外，最近几年我们又看见了另一个完全不同的于坚，一个行走的纪录片作者，一个手持照相机记录旧世界的影像诗人。他的《暗盒笔记》，可以看作是诗人在写作和纪录片电影之外的一个尝试。

于坚在这本书的开头说："写作是个人的事情。但摄影却要介入世界。照相机无论如何改变不了它的工具——武器的性质，它是最低限度的暴力。摄影是痛心的事情，我总感到我在伤害、惊动世界……如果图像是伤害的话，那么我的文字可以算是忏悔。"这话说得真诚，也足够清醒。在我的印象里，除了罗兰·巴特和苏珊·桑塔格，似乎还没有人从摄影的本质和伦理的角度来思考过类似的问题。我们且来看看于坚是如何在两者之间获得平衡的。

收入这本书里的图片和文字各占一半——文字可以看作是图片的辅助手段，图片的展示才是第一位的。千万不要以为于坚为我们提供了什么惊世骇俗的影像，不，他的这些摄影照片的内容简直太平常了，它们来自于日常生活中那些为我们所司空见惯的某一个瞬间，平常到假如你碰巧从现场路过都会视而不见的程度——古老的乡村理发店、街道上踯躅走过的老妇人、在湄公河边沐浴的妇女和小孩、堆满了被剁成几截的鱼的尸体的案板、昭通老街上玩扑克牌的男人、巴黎旧医院的走廊、墓地上空伸长了脖子的路灯、空无一人的老街石板路、柬埔寨街头卖香烟的小孩、一个从火车窗口往外看的老同志……所有这些场景，都被摄入了照相机的镜头。这些照片除了展现被拍摄对象本身的日常状态以外，并没有什么吸引人视觉的地方。观摩这些照片，我一直在想，是什么促使于坚拍摄了它们？

很显然，这些照片的拍摄者并没有审美上的洁癖，他并不想使这些照片成为所谓的艺术品。吸引他按下快门的是另外一种东西。我发现，于坚所拍摄的影像全都来自一个古老、原在的世界以及由此衍生出来的人类基本生活方式。在于坚眼里，这些从大地生长出来的事物无疑是美好的，它们使人类的生活变得可信赖且不乏诗意。但是，这一原在的世界也同时正在经受着某种威胁。在《写在前面的话》里，于坚说：这本书的副标题是"全球化时代背后的日常生活"，这并非一个预先设计的主题。因为最近几年我有机会在世界的一些地方，主要是澜沧江—湄公河流域走动，我内心一直被某种危机感所笼罩，"最后的……最后的……"一直是我最强烈的感受。从这段话里，读者不难感受到于坚在拍摄下这些照片时的心情和隐衷。

　　然而,照片是凝固的,照片所记录的不过是时间和空间的一个瞬间而已。照片本身并不开口说话。于是就有了与照片相关的文字。我把《暗盒笔记》的文字部分看作是欲言又止的影像的一个延伸,一次突破时空限制的更为敞开的言语空间。如果说于坚的这些照片还只是停留在自我呈现的、能指的层面上,在时间、空间上多少显得有些晦暗不明和不够开放的话,那么文字的介入则使照片影像的维度无限地扩大了——在影像停止的地方,书写开始。正如于坚自己所说,照相机伤害了世界,而写作则是对世界的某种忏悔和补偿。

　　观看于坚的这本影像随笔集,我的心是柔软的。假以时日,有谁还能够在湄公河上看到沐浴的女体和背着孩子洗衣服的母亲?以现代化为先导的全球化进程毕竟无法阻挡,一个整齐划一的新世界的建立,必然要以牺牲原生态的旧世界作为代价。所以,我情愿把于坚的这本影像随笔集看作是诗人的一个伤感的告别仪式,一曲献给旧世界的挽歌,一个关于美好事物正在消失和曾经存在过的历史记忆。

2006 年

大地上生长出来的史诗

澜沧江—湄公河,这条发源于高海拔地区、流经东南亚广大腹地的河流,被诗人于坚称之为"众神之河"。就像是一位来自古代的游吟诗人一样,在延续了两千个时日的岁月中,从2003年开始,于坚不时地携带着自己的身体漫游其间,流连,徜徉,迷失,兴奋,喜悦,恐惧,虔诚……伴随着种种复杂的、主要是来自于身体和心灵的激情体验,他走访了这条横贯亚洲西大陆南北、恍若是系在这条河流腰带上的东南亚诸国。无数伟大的神灵,大河流域的原住民,以及沿途堪称诗意地栖居的生活百态,是他此行访问的对象。

诗人漫游的成果之一,就是形成了这部长达40万字的大书。《众神之河》确实是一部厚重的大书。这一点无论是就其作者独特的感受方式,书写的广度和深度,还是采写内容的完整性、丰富性,乃至于作者涣漫堆积、充满激情的笔触及由此发散开来的思绪,都可以作为坚实的见证。正是澜沧江—湄公河流经的广袤大地,为于坚神采飞扬的如椽巨笔找到了深厚的土壤。感兴趣的读者，不妨随诗人于坚进入大河流域的诸多细节，以洞悉、体会诗人笔下旨在对东南亚诸国自然世界、人文、宗教、神话的诗意表达与感受。

澜沧江—湄公河流域因其地理位置、地貌、交通道路的特殊与难以抵达，长期以来一直处在文明世界的视野之外。人们对这条大河的了解，直到今天，也还多半停留在浮光掠影、欲言又止的旅游小册子或是风光摄影的浅表上面，而对于发生在这条大河内部的种种类似于天启般的神迹显示，则很少予以关注。《众神之河》的作者于坚大约是有感于此中的缺失与遗憾，于是果敢地深入大河的源头，沿河而下逐段考察、亲历有关这条河流周边人类生活的现场真相。

诗人于坚笔下的澜沧江—湄公河是一条黑暗的河流，它既显生机勃勃，又有着极为强悍的自我繁殖力与免疫力。"黑暗的湄公河，闪着古代的原始之光。光芒来自天空、森林、石头、春天的花朵、野兽们的牙齿、部落中的火塘或者鱼群在激流中翻起的鳞——大部分时间，这条河流是黑暗的。"也正是因其黑暗，于坚深信，澜沧江—湄公河流域一定居住着许多神灵。"一条河流就是一条文明史，从源头到大海，澜沧江—湄公河产生过多少神灵哪，众神出没，各得其所。就像那句著名的印度箴言说的：'神虽唯一，名号繁多，唯智者知之。'"于坚发现，当主宰了亚洲文明几千年的黄河、长江在工业化的进程里尽显衰竭与败象，隐藏在南亚大陆腹地的湄公河却显得生气勃勃。席卷全球的技术主义的热浪并没有使守护大河的诸神稍许后退。扼守古老的习俗与价值，在大地上诗意而自由地栖居，不仅是来自神灵的昭示，它同时也是居住在澜沧江—湄公河两岸的原住民的终极诉求。在于坚看来，无神论者所谓的"美丽新世界"并不可靠，西方的上帝也仅仅是西方的上帝，而且显然已经进入耄耋垂老之年，"一公斤只有八两"。湄公河流域的居民并不需要上帝这位来自西方的神，他们有着自己信奉的神灵谱系。

因为有着诸神的护卫，为西方实用主义者所奉行的那一套价值观在曼谷以外的地方不起作用，仅仅是作为工具在使用着。在于坚看来，为西方所发明的价值无法彻底颠覆这个古老的人神共居的世界，一个在仰光大街上赤脚步行的僧侣，当汽车从他的身边驶过时，他连头都懒得抬一下。"湄公河的终极价值在寺院的深处……现代化事物在湄公河这边，只有工具的用途而不影响人们的世界观。"他这样描写曼德勒："巨大的生活之城，充满活力，使用着古老的家什，许多家具是柚木的。没有日新月异的迹象，也没有世界末日、落后于时代的恐慌。一切或者大部分都是旧的，火车站、办公室、锁、铁路、织布机、寺院什么都没有被抛弃，用了再用。赤脚而行的人随处可见……街头有一个戴眼镜的知识分子模样的人夹着一本书低头走过，不知道他在想些什么。"

即便是一片被毁弃的废墟，也仍然是活着的，神依然在里面住着，如伟大的吴哥。在于坚笔下，吴哥是诸神、人类、自然三者合力完成的一项超越了时间性存在的永恒之物，一座"众神之都""光辉之城"。"猛然，我看见了那光辉之城，屹立在古代的宝石蓝天空下，那么和谐，自然，灰黄色的群山，在广阔的平原上拔地而起。下面是世界旅游者的潮水，以最虔诚深厚的膜拜之心拍打着它。"

在有关缅甸、泰国、老挝、越南诸国的文字记载中,我还尚未看到哪一个作者对该地区所呈现出来的自然风物、历史古迹以及人们的生活百态如此津津乐道,如此充满了叙述的激情并加以细致的观察。《众神之河》就像是一条语言的河流,激情与诗性的感悟是其背后巨大的推动力。作者和盘托出、娓娓道来的细节是那样的丰富,即便是没有到过这些地方的人,读来也恍若置身在活泼泼生动传神的诸多细节的包围之中。写废弃的瓦普庙神殿:"荒凉得恐怖,天空阴晴不定,似乎也长满了青苔。神殿仿佛在昨夜的暴风雨中轰然倒下,雾气还在废墟间弥漫。切割成长方块的巨石已经发黑,表面有一层阴郁的光,仿佛暗藏着闪电。忽然间,草丛里伸出一双巨人的残腿,是从某座石雕上掉下来的,充满力量……""无数的蝴蝶在这个县飞舞。蝴蝶很大,可以堪称穿裙子的姑娘。"写芭提雅:"这边刚刚疲软,那边正在喷射……腐烂的热带之夜,空气里飞翔着精虫,塑料后面藏着干瘪的卵子,它们互不相干,却散发着冲天的腥气,与来自附近黑暗的大海中的咸腥气混合在一起,令人神魂颠倒、失魂落魄……""肉体、表情、微笑都经过了刻意的包装,目的地只有一个,那就是商业。"对芭堤雅的这种狂欢与纵欲,于坚把它归结为一种迷人的腐烂的症候。"只有世界的热带才会发生这种极端的腐烂。腐烂是美丽的,腐烂是生命的策源地。世界的北方总是产生清教、道德狂、正统、政治正确,而南方热带的黑暗把这一切都腐烂掉。缠绕、吞噬、沉湎、深渊、毁灭与繁殖是南方的本性……只有北方才假惺惺地解释生命,进行生命的种种说教。"于坚写道。我理解于坚的意思，他大概是想说，北方太干燥了，太理性，缺乏某种活性的地理基因，但南方不同，南方之南，炎热，潮湿，仿佛大地的生殖部位。那是永恒的欲望与生命之源头。于坚的名作《避雨之树》，表达的也是这个意思。

　　湄公河流域是一个阳光、雨水丰沛，土壤肥沃，植物每天都在像发了疯一样地生长的地方。"这不是河流和平原，而是无边无际的鱼米之乡，水稻一年可以收获两次到三次，如果再勤快些，四次也没有问题。黄金的土地……砾石地上的以色列人必然要出走，去寻找天堂彼岸，但湄公河边的老挝人、高棉人、傣人、越人、缅人、汉人将留下，不再离开。他们的业不是创造天堂，而是守护天堂。"由于炎热，在城市、乡村、河流、道路、榕树下、水井边、庭院里，随处可见光着上身的裸体。在于坚眼里，这些男人和女人的裸体都是大地上生长出来的完美造物，它们在空气里闪动着古铜色、黑色或白色的光，他写道："身体本身并不知道什么是羞耻，感到羞耻的应该是文明。""如果全球化是热的，湄公河两岸的众神和居民会选择拒绝。"的确如此。对居住在湄公河流域如同居住在天堂里的居民来说，以追求技术革新、效率、富裕和享乐为其宗旨的现代化似乎是多余的和不必要的，因为，东南亚诸国的神灵和居民从来都在耽于肉体的享乐。换句话说，任何技术的进步，艺术与思想的发明，如果其后果只是把人类的身体从大地上分离出来，妨碍了生命的享乐与舒适，那就是不可原谅的罪行。于坚所担忧的是，即便是如湄公河流域这般和谐性感的世界，有朝一日，或许也要被另一种更为强大硬邦邦的文明之光所照亮,到那时,湄公河像黑夜那样自然的黑,将会被另一种铁硬的、人造的、虚假的黑取代。我以为,这也是于坚之所以历时数年写就这本大书的首要出发点。

2010 年

历史话语的诗性转述与考据癖

一、并非题外

2008年初,我曾经作为一名枪手(通常所说的自由撰稿人)被某文化局叫去编写一本中华人民共和国成立六十周年的献礼书。本来,我对这一类的书籍从来都缺乏兴趣,更何况,根据那个文化局局长的意思,书籍的内容必须限定在新中国成立以来发生在本市的一系列重大事件。我想了一下,所谓的重大事件,其实各种五颜六色的志书上都有,而且通常都记载得十分详细,尽管那些记载并不总是像志书的封面那样引人入胜。我觉得这并不是一件难事,反正当时在家闲着,又暂时无事可做,于是就答应下来了。

很快,我就拉出了十几万字的初稿。我采用的是一种投机取巧,但通常也是十分有效的办法,即采用了《剑桥中国史》所惯用的那种大历史的叙事框架,从结构到语言,都好像是出自那个权威的编委会的某个成员之手(区别于文史馆的那些老朽)。我把稿子给那个文化局局长(他被一位朋友戏称为"全国最有文化的县级文化局局长"),结果他看过后,并不如我事先想象的那样露出一种在完成某件事情后的表情(在他那个级别上的官员身上通常都会出现的东西),而是很认真地沉思默想了几天,然后说:这样吧,再继续搜集资料,最好是在所有的书籍上都没有出现过的第一手资料。我们(他使用了"我们"一词)必须做出一本前无古人后无来者的书,别人无法超越的书。

这位可尊敬的、"全国最有文化的县级文化局局长"显得踌躇满志。据说,他平时就以自负和工作狂为人所知。他最推崇的书籍是《长征》和吴晓波那一类在读者中流行的企业史。果然,他要求我以充满激情和思辨的语言(吴晓波)来叙述一个城市六十年的历史。自然,这是我所无法做到的。结果是,我只好溜之大吉。后来听说他亲自上马,在我的原稿上日夜加工,把所有的周末都赔上了。当全国都在热烈庆祝六十周年时,书没有出来。听说他把电脑编辑后的书稿拿到出版社,没有被接受,理由是书稿版式不符合出版社要求。这样又过了一段时间,一直拖到春节前夕,书总算是印出来了。他没有忘记邀请我参加新书发布会。见到书,我发现是一本配文字的画册。我大体翻看了一下,发现他使用的是一种古怪的、类似于中学生抒情作文那样的文体。这个发布会在他邀请来的几十位专家依次说了一通场面上的话之后收场。

我所以不厌其烦地叙述这段短暂而不乏戏剧性的经历,是为了引出一个悬而未决的问题:在面对历史话语的书写时,我们究竟采取哪一种言语方式、从哪一种角度入手、采取何种结构、在何种语境之下说话……才更接近历史的本来面目？或许，这永远都是一个伪问题。因为不管是以任何方式存在的历史，都只是某种由书写者一手制造和一厢情愿的话语行为，是"作者"个人的，而非本来的那个"历史本身"（如果说历史有一个身体的话）。换言之，在历史话语的场阈，并不存在真正意义上的"唯物史观"，历史只依赖于具体的文本活着。司马迁的《史记》，可以被认为是一部以历史事件和历史人物为题材创作的文学作品。这已经是常识。我想，诗人柏桦正是有此认知的观念，才敢大胆地把他的长篇诗体叙事作品定名为《史记：1950—1976》。在这里，历史话语经过重新改写，呈现为某种形态的诗歌和注释的方式。

二、对历史细节的诗话语"转述"与"考据癖"

这么一来，谈论柏桦的这部作品在何种程度上还原了历史的真实，或是在本体论的层面上探究历史本身那个其实并不存在的"身体"，就会显得毫无意义。事实上，就连上面提到的那位"有文化"的文化局局长也明白这个道理，即：历史永远是无法还原的，即使还原出来也没有太大的价值，关键是，我们如何命令历史按照我们的需要，在我们所希望的方向上生长，从而满足某种政治的、现实的、阅读的、集体的或私人的意图。就柏桦的这部当代"史记"而言，我觉得谈论作者何以要在当代历史的话语遗产里去获得个人诗歌书写的资源，他何以会以诗歌和注释的方式写出这样一部令人惊诧的书，而读者在阅读这部作品时和之后所可能获致的感受，以及，隐藏在这部作品后面、为作者所审慎选取的作为某种书写策略的现象学的方法论……会比较的靠谱。

　　首先，我们先来看看这部作品的诗的部分，看看这些表面上各自独立的诗歌文本实际上是怎样为某种不言自明的、无处不在的大历史的语境所支配、所限制——我们来看看这部作品何以要被写出来，而且首先是以一种在我看来不可思议的、主观性极少介入的"诗歌"的方式——我们暂且把这种写作称之为"转述体"。

　　柏桦是一个在当代中国现代抒情诗领域有卓越建树的诗人，他的诗歌写作呈现出某种极度克制、内敛而又诗性张扬的品格和气质，透着一股浓郁的、源自中国古代传统但又被现代生活所浸染的书卷气和文人气。柏桦的诗歌文本通常都比较注重表达（他有一个著名的外号叫"柏表达"），对汉语词语有着一种近乎迷恋的"考据癖"。但就是这样一位诗人，却把笔触伸向了一段历史的横截面，从个人记忆与史料的残篇断简中寻求写作资源，以转述的、几近客观和不动声色的文本样式，实践了一次类似于罗兰·巴特所说的"零度写作"实验。

　　把稿子从头到尾通读一遍后，我的一个疑问是：这样的写作是否具备足够分量的诗学价值与分量？在个人书写发生的动机与源头上，它有无必要和值得花大力气去转述那些在过去时间中留下来的话语残篇？

　　柏桦书写指向的是发生于计划经济年代颇具超现实意味的一些典型的具体事件和人物。从这个历史语境中走出的过来人，对这些事件和人物应该说是记忆犹新而又耳熟能详的。问题在于，为什么柏桦对此产生了浓厚的书写兴趣？他心里一定很明白，这是一场充满了冒险的书写行为，因为只要有丝毫的闪失，其书写的遗产就很可能成为历史的副产品，成为那些无限繁殖的无效话语的一部分。再者，纯粹的诗意不可能不依靠诗歌的修辞学就建立在仅仅是依靠"转述"就能完成的那些客观事件和人物身上。

仅就诗歌书写的内容指向而言，对柏桦的写作动机，或许可以做如下的猜测：1. 无法摆脱历史记忆，不吐不快，基于某种历史叙述欲望的书写（认知的，心灵的，肉体的）；2. 达成某种表达欲或书写理想——试图以诗/注释的方式提炼出某种策略性的文本样态（经验的，职业的，技术的，一种建立在现象学、方法论上的诗学）；3. 考据癖、索引癖（释放书卷气、文人气，对词语迷恋和满足知性欲望）；4. 对书写材料的超现实特性过于信赖（狂热、天真，甚至迷信，以至于认为即使是在主体不介入的情况下，也能够让文本的诗意盈满——罗兰·巴特所说的"零度写作"？）。

以上四种，又可采取排除法。1. 不大可能，理由是柏桦始终坚持采取一种"转述"的、客观的、谈定的、坐怀不乱的书写策略，绝少主观性介入，更没有在既成事实的历史事件、人物身上生发某种带有价值判断的个人主观性情感、情绪。诗人采取了置身事外、从特定的历史话语语境中全身而退的策略（有意逃离？）。甚而至于，几乎每一首诗的叙事主体都是缺席的——我在这里使用"几乎"一词，是因为在极少数、个别的地方,当书写的内容远离一个时代的集体记忆,而是单独指向作者个人的经历、记忆、体验、身体感受时,柏桦还是忍不住自己跳出来说话(就好像在说:"我胡汉三又回来了"一样)。如《1966年夏天》《一瞥》《决裂与扎根》《好笑的声音》《说小人书》等。(顺便说一句,我以为这是诗中最为迷人的部分,我很难跟进到作者在大多数其他诗中抱定的那种超然物外的态度和书写策略。)

排除1,2、3却是可能的。2、3已经远离了诗人在诗歌书写行为中作为一名精神症候观察员和记录者的单一身份,使诗歌书写行为扩张到了现象学诗学的领域。柏桦在"后记"里君子自道,他说:"我必须以一种'毫不动心'的姿态写作,我知道,我需要经手处理的只是成千上万的材料〔当然也可以说是'扣子'(按:喻指细节)〕,如麻雀、苍蝇、猪儿、钢铁、水稻、酱油、粪肥……这些超现实中的现实有它们各自精确的历史地位。在此,我的任务就是让它们各就各位并提请读者注意它们那恰到好处的位置。如果位置对了,也就无需多说了,犹如'辞达则矣',这正是我为本书定下的一个目标。"

紧接着的一段话,柏桦解释了为什么要让所触及的事物回到"各自精确的"位置上。"……另,书中'左边'之事虽写较多,那是时代使然,但我取的立场并非'左边',在这个过程中(写作过程),我尽量像T.S.Eiiot所说的,我就是起一个催化剂白金的作用,我只是促使各种材料变成诗,犹如白金促使氧气和二氧化硫变成硫酸,但白金无丁点变化,我在整个书写中亦无任何变化,仍像永保中性的白金一样,我并不把自己的主观感情加进去。"

  我以为,柏桦的这一出发点自然是不错的,排除了任何情感、价值判断的写作,有时确实能起到超出想象的表现力和唤醒阅读的效果,比如说,古代历史上的那些诗歌先辈们,那些"小桥、流水、古藤、老树、昏鸦"……都是这一诗学的实践者,诗歌第一生产力以外的、另外的生产力被交出了给读者来完成。问题是,任何书写都排除不了特定的文化语境,"小桥流水"和"老树昏鸦"并非是纯粹自然的意象,而是已经被或松散或牢固地嵌进了文化诗学的坐标里,其能指和所指是依所属的点面而定的。新中国前三十年的话语体系,因乌托邦意识的强行进入,我以为,实际上只是一种悬浮的、缺乏上下文、前后关系的孤立现象,由于承载现实的个体已经被无情地抽空,无论是所发生的事件还是事件的制造者的种种情态,都已经沦为一堆在语义关系上不断重复的空洞符号——也正是因为这一点,柏桦的这个作品,如果撇开在文本中起到至关重要的注释部分,单就诗歌部分而言,尚不足以建立起他为自己的写作所设定的诗学坐标。毕竟,出身于那个年代的中国读者,对那一段历史的超现实性状并不陌生——单是这一点,柏桦的这一实验,他的诗学的方法论,已经处在了极为不利的位置上——尽管,他在还原历史事件的路径上确实做到了"精确"。

  在此,不得不回到我的猜测4:柏桦的问题在于,在素材上,他或许太信任他所搜集到的那些材料了。因为信赖,所以绝少技术的、修辞学以外的加工。

  在一个缺乏个人(与大一统、千篇一律的行为反应、思想觉悟、政治意识、共产主义的分配原则等相对）与身体性（性别、分工复杂的感官、人的各种七情六欲）存在的话语语境之下，这些事件、材料本身，足以构成"诗"的书写材料吗？且不说这些材料实际上只是显示了某种同质的语义关系（具有惊人相似的语境和意义方向上的一致性与重复性），已尽显诗意表达的"贫瘠"与"疲态"，就是材料所提供的信息，因其语境状态的孤立、悬浮（为1950—1976年这一时间段所特有），也已经没有给诗人留下多少诗意溢出的空间。比如说，我们今天只要一想到这个年代，就会联想到这个年代的服装（灰色、蓝色，款式是清一色的中山装，要不就是军装），这个年代的饮食、起居（满足最低限度的吃饱肚子、睡觉的功能），这个年代的艺术（革命样板戏、革命歌曲、革命诗歌和小说、连环画、革命电影），这个年代的行为方式（一窝蜂，步调一致的"集体主义"），这个年代的口号（除了非人性的、过剩的"能指"，"所指"呈现为某种贫瘠、单一的状态）等等。实际上，正如柏桦在一首诗中，从一位瘫痪的北欧诗人那里所借用的"铁硬"一词所体现的一样，这个年代留给我们的话语遗产，除了"铁硬"以外，再也不剩下什么"非铁硬"的东西。造成这一状况的原因无他，乃是这一历史阶段的话语生产完全弃绝了多元与开放的格局，把自己孤立在了作为历史排泄物的一种类似于琥珀的状态中。

　　柏桦也许是狂热地迷恋上了这种历史话语的单纯性，所以才临渊涉险，乐于做一个仅仅是建立在材料与记忆之上的转述者（诗）和旁观者（注释）。而在诗歌书写策略上，他又过于相信

T.S. 艾略特的"催化剂白金"。我以为，这一被后来巴特所建设和完善的"零度写作"理论，并不适宜于以诗的形式来书写发生于中国 1950—1976 年间的各种事件，尽管这些事件多半都发生在多汁的民间和老百姓的日常生活当中。

三、诗与注释的互文性衍生

　　事实上，即便是单纯地以一个读者的视线来扫描柏桦的这些系列诗文本，所获得的感受也是有限的。它们所唤醒的不过是一种业已掩埋在历史尘埃中并为时间所碳化的记忆触觉。如上所说，这些依赖于大同小异的各个历史细节所精确地转述的诗歌叙事，其本身很难获得诗意的文本性自足与满溢。

　　对"诗文本"先天不足的拯救力量来自于从诗歌语词中衍生出来的注释部分。注释部分表面上是从诗歌内部衍生而来，但实际上却是另一个独立的，而且在我看来其重要性、可读性要远远超出诗歌部分的一道话语的生产线。如果我们把诗看作是很难有语义空间延展性的"沙漠"，那么注释就如同是一道密植的"防护林"，它使得沙漠的部分看起来不再是那样的单调和无足轻重，而且由于两者之间显见的那种互相提醒、攻防的关系，即便是"沙漠"本身，也变得具有了一种语境的合法性，变得有意味和可忍受了。

　　如果说在"诗"的各个小单元里，柏桦只是有意识地使书写回到对历史事件、细节的精准表述，尽可能地使历史事件、细节回到缺乏主体性介入的零度状态中，进入到纯粹的书写以达成"作者之死"的书写理想,那么在注释的部分,文本的欢愉就开始了,这些连篇累牍的注释犹如是从满溢的池塘里流出来的水,水面的平静状态被另一场书写的风暴打破,开始了欢畅的流淌。

诗和注释在柏桦的这个文本中都不具有各自独立的合法性,它们是两个不断延伸、交叉、编织在一起的并行不悖的子单元。就阅读而言,尽管诗歌和注释呈现出前后的空间关系,读者的阅读顺序是被规定好了的,但先阅读诗,还是先行阅读注释,或者是干脆跳过诗,只专注于注释,或是跳过注释专看诗歌,都属于读者的权限范围。只不过,盯住 A 而对 B 视而不见,或是阅读 B 不理睬 A,都不可避免地使文本和阅读受到伤害。柏桦的这个作品的微妙之处就隐藏在两个文本之间,这正如父子关系图,我们可以把父亲当作是儿子的一个模型,或者反过来,把儿子当作是父亲的一面镜子,此正如俗话修辞语"有其父必有其子"一样,是一个道理。当然,我们也可以说,注释部分是诗的潜在意义的延缓性的到来。

《史记:1950—1976》,诗是炸药,注释是引线。若是单看诗,正如上文中我已经提到过的,由于受到书写内容单一性的限制,作者又采取了一种客观叙事的"零度"策略,语义的丰富性、诗意、色彩的饱和度便要大打折扣。在阅读诗歌部分的时候,我立即就注意到,诗的语言本身,属于表达的部分,除了明显感觉到作者对事件、细节采取了一种近乎克制的态度,真实而传神地转述、还原了具体事件之外,很难再感受到别的东西。开始时我感到奇怪,为什么会是这样?因为以前读到的柏桦的诗并不是这样的（柏桦的抒情诗里面往往隐藏着一个强大的主体，一个无处不在的发言者）。后来我明白了，无他，原来作者是有意从文本中退出，他要把诗意衍生的空间暂时空出来，让位于早已酝酿好的、随时替补上来的另一个话语语体——注释。注释是作者为读者准备好的高潮部分，一场自由联想的词语的盛宴。

诗歌部分的书写，仅仅是"浮一大白"而已，为的是搭建戏剧的舞台，直到注释的登场，这出大戏才算是真正的开始。在诗领地上被迫让出的地盘，现在由伪装成注释的散文来光复。

与诗歌部分的拘谨形成鲜明对比的最为突出的篇章，是柏桦对《掏粪工人刘同珍》一节诗所做的注释。这篇关于厕所和粪便的长篇论文，显得汪洋恣肆，一发而不可收，颇有些见好不收、将计就计的味道。全世界"厕所作家"（相对于"美女作家"？）中的大腕都到齐了——古畸润一郎、芥川龙之介、野孤山、李亚伟、虹影、尹丽川、塞利纳、拉伯雷、巴赫金……巴赫金的进入别有意味，因为他的出现，厕所和粪便，立即就上升到了哲学和美学的高度。

柏桦的这个长篇注释，使人类的排泄找到了一个通往自由境界的书写通道，显示了某种狂欢的性质，在一众男女作家的簇拥下，粪便话语成为一堆包含着人类丰富情感与复杂表情的珍贵的文学遗产。在此，几乎已经被逼到绝路上的诗人柏桦终于找到了宣泄的出口，而在此之前，掏粪工人刘同珍的先进事迹一定是把他憋够了。

类似的注释，我们还可以在《1958年的小说》《第一枚早稻高产"卫星"发射纪实》《一瞥》《教育与宣传从一枚硬币开始》《决裂与扎根》《女兽医》等章节中看到。在为《女兽医》一诗所做的注释中,柏桦干脆把《女儿经》全文搬了出来,文字的长度、体积远远超过了诗(字数达1596字,而诗只有10行)。

　　一面是对书写的克制、呈现(作为表征历史性状的"诗",服从于精确的考据癖,就像是书法中的小楷,一丝不苟,加法和减法都被排除了,总是小心翼翼地避免触及某个点,如履薄冰,如临深渊,如箭在弦,尽可能地迂回、延迟高潮部分的到来,这样做的目的是使事物回到本来的样子,回到原初的语境状态。我深夜潜入到那座看不见的、集体性的国家博物馆,但是我没有去惊扰里面的文物,只是使它们以话语的方式重新排列,在经过严格挑选的一份清单上留下令人不易察觉的记号),另一面却是书写路径的逸出(最初的愿望达成,现在可以赋予它另外的话语以便围着它环绕。柳暗花明,又一村。子在川上曰逝者如斯。"鲁迅,也可能正是林语堂")。主体建筑完工,但仍然需要在这里加一点什么,在那里放进去一点什么(一幅毛主席的肖像,一首魔幻、超现实的诗歌,姚文元的居所,以及,江青同志在延安时期戴过的草帽)——一种基于某个逻辑链条的历史的演绎。现在是审视那唯一的出口的时候了,就像是里尔克《秋日》中出现的诗句一样:

　　　　让最后的果实长得丰满,
　　　　再给它们两天南方的气候,

迫使它们成熟，

把最后的甘甜酿入浓酒。

索引，引文——有时，一首诗成为另一首诗的注释。（参看《南京之铁》一诗的注释，柏桦在这里引用了瑞典诗人特朗斯特罗姆的一首诗《东德的十一月》作为注释）如果诗的部分是小楷笔法，那么到了注释阶段，则是各种书体的自由杂陈，行草隶篆，书写的主体性回来了（电影旁白：我胡汉三又回来了！），粪便可以自由飞扬，黄庭坚也可能是怀素。柏桦的这个书写变奏使我想到颜真卿的《裴将军诗》和在朋友处看到的一副何绍基的对联，在同一个书法作品中出现了各种书体。

由于有了注释的部分，柏桦的这一历史话语语体变得饶有意味。在关于除四害的《1958年的小说》的注释部分，出现了欢快的、失控的诗歌形式的大量注释引文，柏桦的考据癖在此进入一种高烧状态，依照顺序，注释中出现了：郭沫若1958年4月21日发表于《北京晚报》的一篇《咒麻雀》，毛泽东在1963年1月9日这天写下的一首诗词《满江红·和郭沫若同志》，当代诗人雷平阳的诗作《屠麻记》的最后四行，拜伦《唐璜》第九歌中的句子，现代诗人穆旦的《苍蝇》，作者自己写于2004年夏天的《在猿王洞》，诗人布罗茨基的《苍蝇》，普希金的《欧根·奥涅金》，"美国仍活着的大诗人加里·斯奈德（GarySnyder）"的一首诗《给中国同志》（《To the Chinese Comrades》）。最后的引文尤其让人忍俊不禁："毛主席，你应该戒烟／不要理那些哲学家们／建水坝，种树就好／别用手拍死苍蝇。"

我以为，注释是柏桦这个文本中最有意思的部分（最有意思之中最出彩的，则首推关于苍蝇和粪便的引文注释），须臾不可或缺。但是，就我目前所看到的这个尚未最终完稿（实际上这是一本永远无法完稿的书，就如同杜甫的诗后面总是携带着各种汗牛充栋的注释版本一样）的书稿而言，柏桦也放过了大量添加注释的途径，如《一封信的漫长旅程》一诗，就让我想起卡夫卡的小说《城堡》，如果把卡夫卡小说中主人K的情境与诗中叙述的情景加以比照、叠加，就必然会给读者带来别样的阅读感受。又比如《说小人书》一诗中惊鸿一现的"她"，亦可作一注释——当然，柏桦也可能是考虑到把更多的注释部分留给读者来完成，以便给文本留出更为开放的"误读"空间。

在本文就要结束时，我心里突然有一个念头冒了出来：我们是否确定我们自己已置身于一个话语狂欢的时代？是否正处在一个早已被历史虚构了的当下现场？或许换句话说，柏桦的《史记：1950—1976》究竟昭示了一个什么样的话语场境，难道他对一个特殊年代的诸多细节的诗意发现与把玩仅仅是出于某种个人的动机？——或许，正如后现代哲学家波普尔所说，我们今天不复拥有世界1和世界2，我们与之纠缠、回环、往复的唯有世界3而已。所谓的历史，也只不过是"当下的历史"，不过是构成世界3的一个历史的幻觉，一场话语的狂欢游戏。

2010年

本土、个人经验及写作

在云南高原东北部的一些山冈上，有许多废弃的水渠，除了在雨季，这些水渠通常都是干的，里面没有一滴水。云南诗人雷平阳的老家就在这些山冈周围的某一个村庄，我想，他应该不止一次地站在山冈上这些遭到遗弃的水渠边，不然，他不可能写下这样的句子：

……可是，风声总要过去，水渠是真实而具体的，却没有水，山冈上被埋葬的一切，它们来不到我的身边，我的身边只堆满了短小的叶片和昆虫的翅膀，微弱的光，是水的魂。水的魂：只闪耀着微弱的光，它们来自枝条和肩膀，枝条断了，肩膀丢了。这正午的山冈上，风声也渐渐地停了，只有我的祖父和姐姐依然守在上面，泥土遮盖着他们，他们活得像死者一样。

"他们活得像死者一样"，这是智者的语言。阅读这段文字，我的几乎已被湮没的记忆得以唤醒,山冈,仍然是原来的山冈,废弃的水渠,枯枝败叶,昆虫的翅膀及其微弱的反光,来自于幻觉的水,亡灵和正午,以及渐渐停止的风——通过对以上这些记忆片断的重新还原和组接,雷平阳为我们提供了一幅跟现实有关的超现实画面,这是我所读到的歌吟山冈、水和亡灵的最哀婉、最忧伤的文字,丰盈的诗意几欲涨破文本的外壳,激情受到了书写伦理的克制,它被强行变成了一丛在身体的感觉、触觉和记忆里处于白热状态的神经,在怵然的冷处理之后,它变成了语言。

每年的三四月份,那些山冈上都没有一滴水,没有水,可是死者仍然守护着那片山冈。也就是在这样的时候,作为某种必要的、诗意的补偿,雷平阳的散文集《云南黄昏的秩序》(百花文艺出版社"后散文文丛")来到了我的手中。逐页读下去,我读到了与"下落不明"这个词条有关的《火车》,读到了《狮子》《蝎子》《本能》和《蜘蛛》,此外还有《山冈》《正午》和《教堂》……上面一段跟山冈、亡灵和水有关的引文就出自这本集子的一篇短章,精致的《正午》。雷平阳是一个诗人,他是用散文的方式来写诗。在另一篇题为《山冈》的短文里,他再次触及了"山冈"这个诗意的主题。他写:

没有人的时候,山冈的颜色非常单调,或者说非常纯粹。雪白的燕麦、褐色的石头再加上红色的泥土。树很少,绿色十分有限,树的影子是黑色的,也很少,阳光可唤醒很多东西,可是改变不了固定的颜色……

这是开头的一段。在这篇短文里，诗人雷平阳把自己故乡的山冈与美国现代诗人华莱士·斯蒂文森《坛子的轶事》一诗中出现的山峰加以比较，指出：美国田纳西州的山冈和中国云南省的山冈并无什么不同，只不过前者是来自于对一只"坛子"的阅读，后者则是某种来自于日常生活的具体经验。无意中，雷平阳在这里为我们提供了一把解读他这些文本的钥匙，同时，这也是他写作的个人秘密：他的写作所能够依赖的，完全出自于在云南这块土地上长久的生活所获得的个人经验。也正是因为如此，雷平阳才获得了第一手丰厚而坚实的写作资源。

　　使我高兴的是，《云南黄昏的秩序》里大量基于日常生活经验的片段式的书写，已经使雷平阳成功地进入了一个在当下写作的后现代语境中。这是一种更为自由的、符号化的写作，也是一种更为轻松、更易于抵达文本的彼岸的写作；而抵达文本的彼岸，这几乎就是所有写作的全部本质，是"书写"的这个动作停止在"写作"的边缘，是写作者的高空迫降和真正的缺席，是作者的死亡。我以为，这也是作为一名写作者的最高理想。我注意到，雷平阳这本书中的文字大部分都是纯书写的，有些甚至抵达了超验的临界点。比如，在一篇以"鸭子"为题的文字片断中，在写到一个总是在河流上寻找失踪的鸭子的亲戚时，出现了这样的句子："她常常在流动中用她的双手扒开水草，用她的悲伤止住水流。我踩着她流水上面的影子，阳光或者月光仿佛是我的同伙，它们都想阻止这徒劳的行为，一齐拉住她，给她制造数不清的关于结局的陷阱。"还有："鸭子，鸭子，你的黄色的蹼踩着哪儿的鱼背而浑然不觉？"我以为，就凭这样的句子，我们可以发给这个叫雷平阳的诗人和散文家一顶桂冠。一个总是在做着金子的梦的穷亲戚在日夜寻找她的鸭子，而一个写作者，他在生活和写作的现场寻找他的词语的金子。

2010 年

云南经验的现代性书写

2009年,雷平阳出版了他的第二本诗集《云南记》。很显然,雷平阳的书写正在以不易察觉的方式发生变化。首先是,书写的视阈、幅面比以往更加宽泛了;其次,书写的经验也更加趋于复杂化。

解读一个诗人的作品,首要的一点就是必须弄懂诗人的言说究竟指向何处,并在何种背景上发生。与雷平阳以往的诗不同的是,收录到这本诗集里面的大部分作品,在语义言说的落点与指向上显得更为复杂化,也更为明晰了。这一点使我多少感到有些措手不及。说它们复杂,是因为言说的指向性显然已经大为延展,一方面,尽管每一首诗的言语方式都是具体可感的,有所指的,在场的,甚至是短小的,具有被严格限定的体积和长度;但是另一方面,这种个体言说的方式又导致了语义的多义性与歧义的产生。实际上,诗人想要说出来的"潜台词",永远都比通过词语说出来的要多得多。对现代诗来说,正是由于诗歌书写本身所特有的这种品质,这种由词语细节所衍生出来的繁复性，导致了对诗歌语义的误读。也正是因为允许、提倡和鼓励诗人尽量为读者提供更大的误读空间，现代诗歌的书写亦随之呈现复杂化的语义形态并同时具备了某种开放性的结构。在人类情感、感觉经验趋于复杂化的今天，复杂而简单，暧昧而明晰，几乎是所有现代诗人都在力求达到的效果，而所有能够构成文本的诗歌也都同时具有这一特点。我个人以为，在现代世界，非复杂不能体现诗人的在场，非明晰不能显现出书写的唯一性。所说的个人风格，其实就存在于两者之间的悖谬与同一律转换之中，个人天赋与不断得到简化的个人技巧，亦经由此而凸显彪炳。

　　但是，在这一方面，雷平阳的诗歌体现在语义学的谱系上显然要复杂得多。这本诗集里面的任何一首诗均可为其注脚。《昆明到广州》一诗，书写的是诗人于两个城市之间的一次旅行经验，言语所展示的不外是抵达广州后的见闻与观感。应该说，这首诗的每一个句子都是具体可感的，甚至连时间也写明了是"丁亥年冬月"。意外的是，全诗读完，任何一位读者，只要他进入到这首诗营造的语境中，无论他是否被唤起了类似的经验，他都无疑会感到困惑：该诗的整体语义究竟指向何处？诗人的审美意图何在？正如诗里面被明确地传达出来的信息一样，诗人从"一派清凉，天空碧蓝，云朵低飞"的昆明来到广州，突然被"灰蒙蒙的，有着不低的气温"这一极度错位的情景搞懵了，以至于发生了有谁把"广州按在了海底／把昆明，丢进珠江／送到了海边"的时空幻觉。我以为，这首诗之所以会使人感到困惑，无他，乃在于诗人敏感、准确地捕捉到了时差所带来的强烈的身体反应，尽管通常为我们所熟知、习惯于接收的语义信息已经被更新，但诗里面经由词语事件所传达的经验、感觉却很轻易就被阅读唤醒了。

这首诗的结尾颇有一种超现实的意味："唉，在这个更加陌生的城市／不会有人果断地认出我，那个／受雇于我的人，他劫机返回了昆明"。爱尔兰诗人叶芝在20世纪早期发出的那句著名的感叹，在一个当代中国诗人的身体上再次得到感应。确实，"可怕的美"并没有随着叶芝的时代而遁去，它同样进入了一个中国诗人的内在感受力，以汉语的方式再一次复活。也正是居于此，我把雷平阳看作是一个其诗歌书写具有强烈现代性的诗人。

诗由心生。诗歌是词语的镜像，但更是时代与环境的产物。《云南记》里，类似的经验庶几随处可见，或者说，它也是现代世界留下给现代诗人集体的一份相同的遗产。当然，你要把它说成是现代诗人所共同面对的书写资源也未尝不可。这里，我所说的"类似的经验"是指现代诗人身处环境之中所感受到的那种离异与疏离感，这种疏离感，其实我们每一个人都无时无刻不在感受着，问题仅仅在于，只有诗人才最先把这种感受以书写的方式恰当地传达出来罢了。这也就是我们通常所说的诗歌书写的"现代性"。

这几年，不断有论者提及雷平阳作为一个"故乡诗人"的书写身份，这本身并没有错，问题是，如果不更进一步，经由阅读来获得今天所谓的"故乡"一词与古代的"故乡"究竟所指区别何在，那就等于是什么也没有说。更有甚者，有人以"草根写作"去套取雷平阳的诗歌，而对于何谓"草根写作"也只是泛泛而谈，那也没有实际的意义。对现代诗歌书写变化的观察，负责任的阅读态度应该是深入到具体的文本中去。就雷平阳的诗歌书写推进而言，我以为无论是"故乡"一词还是"草根"，都明显地偏离了诗人的书写现场。与其"故乡"，与其"草根"，还不如把"现代性"和"地方性"并置以读解雷平阳的诗歌来得妥当。或许我们可这样说，雷平阳在获得书写的地方性的同时，亦获得了一种显见的现代性。由现代性而地方性，或由地方性而现代性，并没有时间先后的问题，它们是共时共生的。问题的关键只在于，为什么是"现代性"的，可以同时又是"地方性"的？这一书写的背景究竟有何蹊跷？它们对于雷平阳，或者延而推之，广而推之，它们对于当代汉语诗人书写的有效性及合法性究竟起到何等规范的作用？我以为，就当代诗歌的书写价值或写作的合法性而言，似乎还没有什么是比获得"地方性"与"现代性"更重要的事情。问题只在于，这里所说的"现代性"与"地方性"，在诗歌书写中是怎么体现和在何种程度上体现出来的。

"地方性"与"现代性"，这两个精神特性在雷平阳的诗歌写作中显现，就像是一枚硬币的两面。换一句话说，雷平阳的诗歌书写，如果离开了这两面就无法言说。更进一步说，雷平阳的诗歌书写发生在当代的云南，非当代，非云南，亦无以说起。"现代性"比较好理解，即必须是基于当下写作，完全忠实于当代的感受而言，非是当代人的言说就一定具有"现代性"。至于"地方性"，则主要是指具体的诗歌文本中所体现出来的现时代的"云南特性"。云南的"地方性",《大观楼》长联里面也有极尽所能且不俗的体现,但《大观楼》里面的云南是古代的云南,非当代的云南,因此非具有现代性。所以,在言说雷平阳诗歌的地方性的云南的同时,亦有必要引入现代性这一时间意识上的范畴以规范之。

雷平阳诗歌言说里面的地方性与现代性,在《红河》一诗中可明显感觉到。在这首里面出现的红河,是诗人路过时所看见、听见的红河。起手第一句,即在红河的前面冠之以"自由"一词,暗示红河是当代的红河。红河岸上人类的日常生活场景,走私,拉来甘蔗的卡车,都是只有在今天才会发生的,若放置在古代,便是无此可能。"起床时,雨停了,太阳下的红河/在两排山峦中间,弯弯曲曲地流着/像一个没有睡眠妥贴的旅客"——这是只有在现代诗人的笔下才会出现的意象。敏感的读者会发现,作者言说的对象虽然须臾不离红河,但传统的红河因当下语境的植入已经荡然无存。这首诗的魅力在于,它所言说的全部细节无不指向红河,书写指向亦是当下的生活。若是抽空了这些显见的细节和时间指向上的当下性,那么这首诗最终只会是一具没有实际内容的空壳。实际上,正是这种在场的、对红河日常生活场景片段式的叙写策略使该诗获得了一种现代性。有意思的是,这首诗里出现了"雨打芭蕉"这样传统的意象。我以为此句乃神来之笔。"雨声很紧,打着岸上的芭蕉和桃树"与"春天,从越南回来,我在红河边住了一夜""有人划船归来/煮鱼,吃酒,谈论走私,直到天明"等句前后并置,既不显得突兀,又在当下语境中的红河与传统意义上的、古代的红河之间建立起了一种内在的联系，有了此联系，全诗便立显厚重，在语义层面上多了一层可资玩味的丰富性。有了此神来之笔，一个当下的、完整的红河便即呼之欲出。初读雷平阳的这首诗，我先是感觉困难，无法进入，再读，方觉隐藏于其内的深味。我以为，这首诗可与另一位云南诗人于坚早年写下的《读康熙信中写到的黄河》及伊沙《车过黄河》三诗并置，成为当代诗歌文本中书写河流的经典。尽管三诗人的个人特性、采取的书写方式、话语策略及处理当代题材的经验方面均显示了各自不同的趣味，但在践行诗歌书写的现代性上则殊途同归。

现代诗歌书写最显见的困难之一是语义、语境的脱出与破格，因为不如此便无以显出书写的现代性。反之，若是要在书写中建立起这种现代性，又必须自传统的语境、语义迷宫里脱出与破格。问题是，当下诗人的书写如何才能脱出与破格？前几年，"影响的焦虑"一度成为中国先锋诗人们谈论得最多，也最为棘手的一个话题，但努力的结果，似乎并非尽如人意。在这一点上，我以为雷平阳的诗歌书写不乏某些颇具建设性的尝试。雷平阳诗歌书写的秘密在于，他找到了处理当下地方性题材的钥匙，并进而建立起了属于他个人的一整套书写经验。上面的这句话里有几个潜伏的关键词，一个是当下，一个是地方性，一个是个人经验。非当下，无以获得现代性的自足；非地方性，无以显示书写的根本与个人化特征；个人经验则唯有在当下语境中经由对地方性题材持续不断的处理方能获得，这种经验当然也囊括书写策略。有此三者，便可庖丁解牛一般深入雷平阳诗歌书写的秘密肌理——这一点，我们且从《云南记》里随机拿来几首解读便可明白。短诗《荒城》：

> 雄鹰来自雪山，住在云朵的官殿
> 它是知府。一匹马，到过拉萨
> 运送布料、茶叶和盐巴，它告老还乡
> 做了县令。榕树之王，枝叶匝地
> 满身都是根须，被选举为保长
> ——野草的人民，在废弃的街上和府衙
> 自由地生长，像一群还俗的和尚

《荒城》只有七行，在雷平阳的诗歌系列里大抵属于体积比较短小的作品。但这首诗的容量却惊人地大，仿佛在一个瓶子里装下了看不到边的一重大海。初读此诗，我甚感奇异，为什么会这样？要做到这一点，结构当然居功至伟，但单有构思奇巧的结构显然也还是不够达成此放大的效果。那么，这首短诗为什么又会使人感觉它的宏大与深远？我以为，是对地方性题材的书写使它获得了语义、语境的丰富性，乃至于为极少的意象搭建了一个幅面宏阔的背景，有了此背景，词语意象的生长便显生机勃勃，语义的繁殖便有了深厚的水土。由于天马行空的奇异联想，这首诗从天上写到了地下，从北方写到了南方，从古代写到了现代，地理、历史、文化三者通过意象的快速转换、传递一气呵成，水乳交融，最终构成了一个有意味的整体，一种纯诗的形式。看来，雷平阳不但善于捕捉地方性生活的一个日常的场景、一个片段，他也同样善于在地理、文化的层面上构建书写的大场景。也正是因为如此,我把这首诗称之为"跨纬度与跨海拔写作"的典范,他在一个盆景里置入了大气象。

最后一点,就是这首七行短诗的现代性如何显现的问题。毋庸置疑,这首诗的现代意味也十分饱满的,它存在于书写的方式与语感之中,此为其一;其二,我一直试图在这首诗中找出作者所处的位置和书写的角度,我最后发现,作者书写的位置不在空间里的某处,而是时间与历史的当下。

《荒城》堪称一首奇异的现代诗歌,如果按照古人诗话的习惯说法,在雷平阳的这本诗集里,可称之为"神品"。不过,对其书写秘密的解读,有赖于对文本隐性结构的发掘,也许还要求助于结构主义诗学所发现的那一套方法。比如,我们可以尝试对文本中的意象进行编码,并在各组编码之间建立起一套繁复的语义关系图等等。

在长度上比《荒城》还要少一行,但同样耐人寻味的短诗是《曼陀罗花径》。这首诗显示了完全不同的书写意趣和写作策略。与《荒城》乾坤大挪移式的意象重组不同,六行句子只写了一个场景:

> 一个和尚的后院,栽满了
> 曼陀罗。我在花径上,总是神经质
> 听得见花开的叫声,像空空的
> 休闲山庄,下等人无所顾忌的野合

> 唐和尚显然没有听见，继续读着寒山子
> 戒疤，长出的一根根头发上，挂着露水

如果撇开言语的方式、语感，以及在语义义理方向上延伸出来的现代色彩，有意忽略言语所指的脱出与破格，这首诗活脱脱就是出自古代诗人之手的一首绝句小品。当下，现场，地方性题材，经由对一个生活片段的书写完成。

需要引起注意的是，《云南记》里有很多类似的作品，包括上面提到的《红河》。此外，《电线杆下的约翰》《高黎贡小景》《司杰卓密》《过怒江》《传家宝》等等，无不采取此一片段式的书写策略。

片段式的书写策略，在此又可放手一说。对于现代文学书写而言，片段肯定是一种有用，而且常常是有效的策略。影响的焦虑无处不在，书写的语境范式很难不落入前人典籍的渊薮，欲摆脱之，对片段的书写无疑是现代主义之后的作家们一致的策略选择。美国后现代作家唐纳德·巴赛尔姆甚至认为，只有片段才是唯一可信赖的方式。那么，片段书写究竟有何神奇之处？它是灵丹妙药吗？此又须放置在具体的诗歌文本中方能看出。事实上，片段书写确实能够起到提升语义的脱出与破格，并构建新的语境关系的作用，避免千人一腔和重复旧有的语境模式，但是，如果背后没有强大的感受力的进入，片段书写没有赖以生长的养分，缺乏背景支撑，片段书写亦不过是光秃而贫瘠的一道山梁而已。在这方面，《司杰卓密》一诗又可拿来一说。

《司杰卓密》是一首典型的片段式的诗歌。该诗以叙事的方式,起首就表明从某地到某地,要经过一些地方,然后,多余的话一句也没有,只是有意识地罗列了两地之间的一些地方,某处及某处,等等,最后,才点出司杰卓密是一个肉眼看不见的亡灵居住的伟大村庄。直到全诗读完,我们才弄清楚了作者的意图,原来不过是借助对日常的一个虚拟片段的书写以获得需要表达的诗意。另一个地方,司杰卓密,显然并不真实地存在,但经由书写,它成为一处令人敬畏的,甚至比现实的杰卓山更为坚定的一个存在。在这里,片段策略成为诗歌书写现场发生的一个主要手段,若是不借助于片段结构,此诗的言说便不可能,非现实的"司杰卓密",这一无处不在,然而却又无法被看见的亡灵的村庄,是建立在看得见的、众多卑微的、现实世界的场景之上的。

同样是片段式的写作,《集体主义的虫叫》则完全排除了任何虚拟性的场景预设,诗歌里面出现的所有事物都是现时存在的,所发生的书写事件也都全部建立在现场感极强的夜晚的黑森林。我以为,正是采取了这种受到严格限制的、片段式的场景书写策略,这首诗才有效地传达出了现代人在大自然面前的惊悚与战栗。听见,并把身体的感受经由词语传达出来,是这首诗的独到之处。类似的恐怖感与人所感受到的恐惧情景,我以前在康拉德描写大海的小说里见到过,但作为诗歌,尚不多见。

雷平阳诗歌里的片段式书写特征,有人亦看出,并归结为某种诗歌的叙事策略。在我看来,此说法无可无不可。但是,若单把叙事这一特性拈出,亦无助于从整体上把握雷平阳诗歌书写的精神性特质及诗趣指向。叙事,作为一种手段,本来就为诗歌所有,只是后来才被小说家窃取了用在小说的书写中,现在,尽管诗人又把它部分地找回来了,但仍然不能构成诗歌的特质和潜在的标记。唯有片段式的写作与言语书写的抒情性,才撑得起现代诗歌的精神维度,也才暗合当代诗歌写作的特质。事实上,片段从来都是诗人最基本的书写形态,只不过,在现代诗人这里,对片段式写作的重视超出以往的任何时候,这是迫于形势的无奈之举。若为一个古代的诗人,他是用不着考虑从日常生活的某个片段里去寻求诗意的,因为无论怎么写,他的书写旨趣的整体感、现场感都可轻易地获得。这种情形,在一个今天的诗人身上就完全不同,世界变了,古代所谓的大象无形、大美无言的感受方式,现代人显然已经无从感知。在一个以支离破碎、分崩离析作为其内在经验结构的现实世界里,诗人面临的挑战与压力,可能比一个传统的手艺人还要严重得多,为什么要写作,乃至于如何写作,常常考验着诗人的品质,因为只要存在着哪怕是稍微的妥协,书写的现代性,乃至于合法性便受到严厉的质疑。

2010 年

现代诗书写的复杂性及其宿命

1

大抵从白话文这种自由、松散的汉语形态进入诗歌始,与之同步的现代汉语诗歌就不可避免地陷入了胡言乱语的谵妄语境,无止境的抒情与自由联想,一度成为统治20世纪中国诗歌的纸老虎,此风气在大跃进、"文革"时期达到顶峰,诗歌这个破罐子,终于伴随着意识形态领域革命的寿终正寝而声名狼藉,假大空,成了这只罐子里的全部货色。

1977年以后浮出水面的朦胧诗,表面看来似乎是使诗歌的腔调回到书写的常识上来了,其实是不然的,政治话语仍然是笼罩在诗人潜意识的一道语言铁幕,所谓的我手写我心,其实还是不得自由,身不由己,言不由衷,心既龟缩成皱巴巴的一团,身体手脚也就无从舒展,体现在诗歌手法上还是要被迫做出变形、扭曲的妥协,所谓"朦胧与隐晦",乃是诗人不得已而为之的普遍出路。朦胧诗离诗歌书写的常识还有很长的路要走。

第三代甫出，中国白话汉语诗歌算是初露曙光了，意识形态的围墙既倒，以"身体性存在现场"为其中心的中国人的日常生活便开始逐渐恢复正常，这时候是真正地做到可以随心所欲了，无论是都市诗人日趋复杂化的经验表述，还是乡村诗人乡愁式的麦地情感意象抒写，都重新回到了书写的自然状态。第三代诗歌运动产生了许多来自当代的经典，因为恢复了个人书写这一来自古代的传统，一些从集体意识形态的藩篱里首先突围出来的诗人，便开始尝到了纯粹诗意的甜头。今天看来，开始于第三代的现代汉语诗歌的成果是丰硕的，由于成功地回到书写的常识上来，第三代诗人便幸运而有效地避免了朦胧诗速朽的命运。即便是再过一百年，这些诗人的作品也仍然不会过时。

　　但是，回到常识上来，并不意味着诗歌书写的全部问题就解决了。事实是，随着肇始于西方的这场新技术革命在日常生存领域的迅速渗透，诗人所面对的一大堆问题亦随之出现。首先是现代生存境遇完全改变了，诗人内心所感受到的情感、价值、经验，甚至是感受的方式也在日趋复杂化。在这种复杂化的语境之下，一方面诗人不可能再保持过去相对单纯、独立的心境；另一方面也严重威胁到诗人的心灵品质。其次，诗人书写的对象变了，这就需要诗人在书写策略上采取相应的应对措施，在语言形态、书写范式上另辟蹊径，以期在处理复杂题材、复杂主题时显得得心应手。

2

  雷平阳的诗歌书写近年来已经被众多的论者所论及,"草根性""乡村写作""故乡写作",都不乏见地,但若一味地停留在过往的惯性思维上,不考虑书写的时代背景,就很难为其书写的范式找到合适的阅读语境,容易陷入简单化的判断语式。

  生存的语境变了,以之相应的主题方向、书写方式也显示出种种不易察觉的迹象。这一点在雷平阳的诗歌中显得尤其明显。

  考察雷平阳的近期诗歌书写,首先让我感觉到的是来自于主题方向的变化。《山中迷路记》表达的是诗人在面对各种纷繁复杂的意象涌来时的不安与惊恐。这首诗写的是一次山中迷路时复杂的心理感受,全诗一共十七行,每一行写的都是迷路时所看到和感受到的意象与幻觉。如果光看前面的十四行,读者简直如坠云里雾中,根本不知道这首诗的意指何在。只有到了第十四行的末句——"我在那儿迷路了",书写的主题才乍然跳出。如此众多的意象纷呈与铺陈,有如《西游记》中孙行者一路上所不断遇到的妖魔鬼怪。"我在那儿迷路了"一句,无论是对于作者的书写,还是对于读者的阅读,都可看作是一个指点迷津的路牌。有意思的是,这首诗的主题是"迷路",在文本结构的构成上也具有同样的效果——文本的主题、形式都指向"迷路"这一关键词。作者在写作这首诗之前是否经过了有意识的巧施迷阵,还是完全经由无意识书写所获致的效果?是一个谜。不过从这首诗的起落、收放,意象群的跳跃、转接整个运思的过程来看,应该是水到渠成的事情。这首诗与作者一度引发大量争议的《澜沧江的三十二条支流》在结构构成上有异曲同工之妙。就我个人从前对诗歌书写的经验而言,我以为诗歌书写无他,乃是一系列意指密码的有序排列,似乎有神灵在暗中指使诗歌言语的流向,书写的节奏感几乎是一种受到无形控制的天成——诗歌的价值也主要由此而成就。

  使我感到好奇的还不止于此,仍然需要探究的是为什么这首诗中所体现出来的"迷路"这一主题显示出了如此多样的复杂性?围绕着迷路这一主题展开的诗歌,在古代诗人的笔下并不鲜见,而且其诗意通常都毫无例外地表现为单纯而淡泊悠远,它们在阅读的层面上留下的是一种放松、恬然的心理感受。可是雷平阳的这首诗给我们留下的却是另外一种陌生的阅读感受:那种置身于山水之中,即便是迷路也仍然处之泰然的反应没有了,而是代之以一种仿佛受到威胁的、极度紧张不安的惶惑感——

  ……我在那儿迷路了
  搭救我的人,在另一座山上
  不停地喊着我的名字,像喊一个
  我从来就不认识的人

  处理类似的题材经验,若是在一个古代的诗人那里,是断然不会发生这样的"迷失感"与"错乱感"的。如果"迷路"这一日常性的际遇发生在古人的身上,那么这首诗就会被替换为下面的句子:

> 适与野情惬，千山高复低。
> 好峰随处改，幽径独行迷。
> 霜落熊升树，林空鹿饮溪。
> 人家在何许？云外一声鸡。
>
> （《鲁山山行》，宋/梅尧臣）

在这里，迷路只是一个题眼，其诗歌书写的旨趣是为了把"霜落熊升树，林空鹿饮溪"的野趣牵引出来，诗人的心理感受是天然自得的。末了，也不过是悄然托出"人家在何许？云外一声鸡"的悠远意境。

又如，王维《蓝田山石门精舍》，书写的也都是闲适山野的自然情趣：

> 遥爱云木秀，初疑路不同。
> 安知清流转，偶与前山通。

耿沣的《仙山行》里也有类似的句子：

> 花落寻无径，鸡鸣觉近村。

为什么会这样？无他，乃是诗人书写的时代语境变了，与之相应的主题就只得被迫转向。其实，这样的诗歌现场在近些年来的当代诗人作品中比比皆是，只不过在雷平阳的书写中体现得更为集中，也更加极端。

3

　　诗歌书写的语境、旨趣变了，来自中国古代天人感应中的那个和谐、自然的世界业已消失，今天我们在现代诗歌文本已经很难再获得为古代诗人所独有的那种"世界的整体感"。在现代诗人的笔下，外在世界更多地体现为局促而支离破碎，传统诗意已经在不知不觉中消失。

　　写到这里，突然想起一个典故，说的是早期印象派画家惠斯勒在伦敦举办个人画展，当观众看到展出的画面上天空已不再是蓝色，而被画成了清一色的粉红色时，便纷纷指责画家为色盲。而当画家把观众领到室外，仰头发现伦敦的天空果然已经变成了画布上的粉红色时，顿时便哑口无言。

　　如果说这种来自当代诗人的诗学旨趣是势所必然，并非出自某一位诗人，而是一种普遍的现象，那么它体现在不同诗人的文本中则又显示出各自的不同的特色。在雷平阳的诗学坐标上，一个明显的标记是现实语境的大量植入。《山中迷路记》《渡白水记》《在某口岸日记》《在孤鹤亭》，无一不指向这样的现场。

　　《渡白水记》的书写，灵感似来自于游历傣乡版纳的观感。由貌似古代城堡的现代建筑联想到领着族人逃命的古代英雄，生发出某种原在精神的失落：

　　　　——生活在两岸的人，建立过城堡
　　　　却不会战仗。他们中间，没有产生过

视死如归的战神,所有的幸福

和悲伤,也不在刀尖上。

《在某口岸日记》的书写指向了"某口岸"这一特殊的现场。这首诗的主题指向看似隐晦,其实细心的读者并不难感受到。口岸,通常被认为是全球化时代的一个标记性的场所、一个象征。在云南边境,口岸承载的功能性一般比较单一,不过是两国之间贸易往来的一个物资通道,实际的交易并不在此完成,因此,其物质面貌以及日常性的生活景观往往与"全球化"一词的意指相去甚远。这种情形跟封闭的高速公路与沿途的居民的经济生活状况相类似。雷平阳敏感地捕捉到了这一落差,经由"口岸"见闻,完成了一次诗歌书写的行为。这首诗就像是一个纪录短片,以语言的方式还原了"口岸"一天的生活场景。口岸遭到全球化时代遗弃这一现实,在略显嘲弄的口吻之下,被拉近到了眼前,显得触目惊心。这首诗的书写深入到了我们通常对"全球化"的认知与"口岸"的实际现实之间形成的巨大落差,全球化时代一个超现实的场景被刻意放大,反讽的诗意可谓力透纸背。

雷平阳的诗歌书写中不时可见跨时空联想、自由转接的精彩段落,这首诗同样体现了类似的想象力:经由在口岸浓荫下睡觉的士兵的梦境——"梦见了一双数钱的手",插入成都一座叫"天涯宾馆"的四层楼的灰色建筑——

只有几个
穿皮短裙的女孩,在大堂,用纸牌算命
打哈欠,领口与裙底,有太多的春风
慵懒地吹拂:"好怪哟,天为啥子
还不黑嘛?"
声音,响起在几千里外
的成都。

然后,再回到口岸空无一人的小街上——

小街上空无一人,四周的
木材堆放场,树神在走动
掠起的尘土和风,打着漩涡
掀翻的虎牌啤酒广告牌上,一个
电话号码,兜售枪支和迷药……

  像这样跨时空的自由转接,在《荒城》一诗中也有精彩的表现(此诗超凡的想象力,我在拙文《云南经验的现代性书写》一文中已有论说,在此不必详述)。
  具有想象力的诗歌书写通常是奇异的,但是,若没有一个强大、坚实的语境作为想象力驰骋的背景平台,或是上下文关系处理失当,想象力便要大打折扣,甚或危及话语言说的合法性。雷平阳显然深谙此道,艺高人胆大,可保此无虞。《在蛮耗镇》一诗,亦显示了此等功力。这首诗想象力堪称奇诡脱出,然诗意密绵结实，并无逸漏之嫌。

4

就现代汉诗而言，现代主义的因子自20世纪二三十年代就已根植于穆旦、袁可嘉、卞之琳、冯至、李金发、朱湘、闻一多、王独清等人的书写文本中，然与中国自身的现代性结合，做出真正中国本土化的现代诗，还要耐心地等到几十年以后才能开花结果。20世纪70年代兴起、滥觞于20世纪80年代的朦胧诗，使用了现代诗的技巧，却无现代诗的观念与实质。真正本土化的现代诗歌应该是肇始于后来卓有成效的第三代诗歌运动。然而，第三代诗人从总体上看，早期亦存有横向移植西方现代诗观念、技巧的嫌疑，而只有到了20世纪90年代以后，随着中国现代性语境的获得，纯粹的现代汉语诗歌的书写才开始渐次成为可能。一般认为，云南于坚、四川柏桦、杨黎、吉木狼格、李亚伟、翟永明、欧阳江河、小安，南京韩东、朱文，上海吕德安、许德民、默默、陆忆敏、王小龙，北京西川、海子，天津朵渔、徐江，青海昌耀，西安叮当、伊沙等人对此都做出过重要的贡献。然而，长久地保持了旺盛的活力，并自觉地践行现代汉语书写的诗人还得首推于坚和柏桦。在这一点上，此二人雄厚的本土化诗歌书写经验值得总结。于外部获取西方现代诗歌的形式感，于内则自觉地回到古代汉诗的本体，使当代汉语诗歌真正地获得一种与西方现代诗人书写旨趣完全不同的现代性。这真是一件值得庆贺的事情。在建立起与西方现代诗人并驾齐驱的本土化书写经验方面，中国当代诗人的诗歌文本与理论贡献均已臻于成熟。

雷平阳的诗歌书写经历早在20世纪80年代中后期就开始了，然而，其书写本土化与现代性的完成却还只是近几年来的事情。今天回头看他早期的作品，受到西方现代诗影响的痕迹不亚于其他诗人，如发表在《诗歌报》上的《天堂守门人》一诗，那种"拿来"的、横向经验移植的书写特征就比较明显。雷平阳个人诗歌书写的标识一开始就具备了，但形成一套完整的诗学体系、拥有一整套属于个人的书写的方法论，还是进入2000年以后才发生的事情。他是一个大器晚成的诗人，蜗牛般的缓行与耐心，迟来的渐悟，缓慢而笨拙的书写方式，使他的书写品质在经历了大量、长久的书写积累后逐渐显露出来。在中国传统文化的生态和道统里，持久的修身不过是为了保住元神，以期有朝一日找到瞬息悟道的方法以打通关节。这几乎是中国传统文化中个体生命的一个必然轨迹。考察最近一两年来雷平阳的诗歌文本，其书写途径似乎与此暗合。我个人以为，一方面，雷平阳的诗歌途径不可避免地与西方现代诗相抵牾、交汇；另一方面，落实在书写的现代性经验与本土经验的获得途径上，他又更多地得益于整个中国改革开放后现实语境的急剧嬗变与全球现代性经验的植入。有一点在此大可一说，即：如果仅就在现代性与本土性的结合部获得书写资源并在两者之间建立起水乳交融的共生关系而言，雷平阳也许是少数做得最好，也是恰如其分的当代诗人之一。这一点，从最近一两年来他所写出来的大量短诗，可以看出端倪来——如《小学校》《关于老挝的小诗》《曼陀罗花径》《红河》《山中迷路》《荒城》《在孤鹤亭》等。

《在孤鹤亭》一诗中，读者可以直接感受到那种来自当代个体生命现场的坚硬质感，即便是置身于一个与全球化时代风马牛不相干的现实场景中，个体生命所感受到的处境仍然是孤立而尖锐的。作者手中有如持有一柄刀锋，以自言自语的方式对自我生命存在的现场完成了一次冰冷的解剖。

> 在哪儿，你都是一个人
> 你的自闭症，一种软暴力
> 赶走了身边的一切，只留下
> 一颗铁针落地的声音。爱过那么多人
> 做过那么多事，霸道，尖锐
> 用空了身体的鞭炮铺和冷冻厂
> 用旧了长亭和短亭、高塔和密室

在传统文化的语境中，亭子本来属于文人雅士登高望远、闲情散逸的佳处，但进入现代诗的书写系列，一切就变了。亭子通常的话语语境不再，而代之以现代人悲凉、空洞的心境——在这里，孤鹤亭所承载的所指、能指功能都被抽空了，成了一种被人格化了的象征之物。与此相应，置身于亭子间的人的身体属性也正在被抽离，孤鹤亭里弥漫着的唯有身体缺席、不在场的虚无感。无疑，后现代诗学中所倡导的"身体诗学"，在此遭到了颠覆。其实，在全球化语境中，身体犹如困兽，身体的原在性已不复存在，身体只不过是一个文化学意义上的符码而已。

身体诗学乃是一种乌托邦理想。

《在孤鹤亭》没有正面提供书写的背景，亦不展示并列的意象冲突，但却具有一种强烈的暗示性。将话语事件发生的现场置于古代意象系列的亭子间这一书写事实，本身就具备了广阔的言说空间。

5

就写作何为、诗歌存在的本质而言，我始终认为，无论是哪一种方向上的现代诗歌书写，诗歌这一文体都不可能在海德格尔所提供的诗学旨趣上有所建树。所谓"皮之不存毛将焉附"，正是一语说中了现代诗歌的处境。也正是因为如此，对所有的现代诗人来说，更大的、一种集体性的命运使即便是最出色的诗歌书写也被迫降格为一种二流写作。爱尔兰诗人希尼有言：一首诗不能够抵挡一辆坦克。全球化语境乃是一个庞然大物，生存及其书写，几乎都处于无处可逃的境地，人及其身体，不过是此一语境中的一种工具性的存在而已。这是所有现代诗人都逃脱不了的宿命。弗罗斯特，并非是唯一一个逃避现代性，然而却最终为现代性所俘获的诗人。垮掉派诗人斯奈德求助于古老的东方文化，甚至连生活方式、饮食起居也一概日本化，其诗歌书写的精神指向似乎是找到了归宿，到头来还是不得不服用为此一时代所生产的精神致幻剂。他的那些对中国古代诗歌、日本俳句持之以恒、不动声色的现场摹写，也只是勉力为之，聊备一格而已。

诗歌的黄金时代业已远去。即便是对于那些强有力的现代诗人来说，所有写出来的诗歌都是铁色的、调子低沉的哀歌，其断续的语调只能寄生于在词语与意象／物之间转换的魔法，雷平阳似乎对现代语境中诗歌书写的局限性有所察觉，因此，在《在孤鹤亭》一诗里，他才会有如此痛彻的感受：

> 你一度想依靠记忆活下去
> 遗忘及时地跳出来，像只绿色青蛙
> 它敲着小鼓，教你认字："爹"
> 你跟着读"爹"；"娘"，你跟着
> 读"娘"。太阳、月亮、村庄
> 城市、火车、旅馆……
> 越读，你越觉得你离开了，无影无踪了
> 白象群一样移动的群山之上，海浪之上
> 什么都是陌生的。但当你读到
> "孤鹤"，若有所悟，又说不准
> 到底是怎样的一种命运，命令你
> 向后转，却又怎么也转不过身来
> 像颗铁针，一直存在于一柄刀刃

这大抵上已经说出了全球化时代个体生命存在的惨烈境况。而《舞蹈》一诗的题旨，则可以看作是对这一主题的来自反方向上的呼应，既然，天、地、人的原在性已然解体，那么，经由现代性的书写召回某个来自旷野山林人神共舞的场景，留住那一刻的幻念，亦不失为某种招魂之举。

> 那群女人，扭动，吼叫，呻吟
> 佐之上下翻飞的长发、乳房和四肢
> 再佐之被彻底喊醒的活体里的鬼魅
> 她们的迷失与沉醉，则如浮世
> 预支的一场葬礼。

《舞蹈》巨细入微地描写了哀牢山深处一个原始舞蹈现场，所有跳舞的女人都有如神灵附体，像是一群来自天地起始处的女巫。《新约·约翰福音》开篇第一句话说：太初有道，道与神同在。或许，这些女人身上所保留下来的，正是逃遁了的道。

> 我只是哀牢山的一个过客，但我相信
> 那些女人肯定通灵，是不可
> 替代的信使，她们从那片林中空地
> 一定带回了我们生活的谜底

在这首诗里，"我"只是一个过客，我的身体里无"道"。事实上，作为现代人的"我"的身体是不在场的，即使是看见了那些女人的身体，有所感悟，仍然不能得道，因为载道的身体已经逃离现场。身体是什么？自从尼采宣布上帝已死，而东方的神灵远遁山林，人类的身体便已缺席。

2009 年

作为"出土文物"的诗人艾泥

在百度上搜到"艾泥"词条。词条里说：艾泥，1968年11月8日出生。云南曲靖人。1987年开始写诗。1989年以《八匹马》获云南省首届青年诗人大奖赛一等奖。1994年以后，忽然隐姓埋名，独自摸索，诗风渐变。2002年，上诗江湖论坛发诗，被沈浩波、金海曙、朵渔等诗人关注，疑为"出土文物"。云云。"出土文物"这四个字有点意思，尤其是用它来说艾泥。艾泥，爱泥。

艾泥从前不叫艾泥，叫杨志刚。杨志刚这个名字使我生出了一个联想：这个人即便是自愿入土，甘愿隐没于荒草（艾）丛中，也还是要被人挖出来的，不会自己烂掉。因为诗人杨志刚尚未化名为艾泥时，留下了几首脍炙人口的诗，其中的一首，《八匹马》，我以为可选入《当代中国现代诗经典100首》，排名还可以稍微靠前一点。

艾泥的诗视野开阔，但意蕴高古。他收得回来。他的一些作品，深得唐人三昧。我认为他是一个活在当世的古人。他的

《八匹马》，确实是一首不可多得的旷世之作，似乎受了天启，从具象的有形始，以抽象的无形终，高度浓缩的言语流动之美，有如盛唐诗人的绝句。二十年过去了，当初阅读的况味，并未为时代所带走，而是给我以一种新若未读的感觉。若按传统诗歌的主题来归类，我以为这是一首来自当代的罕见的玄学诗。

> 铺天盖地的阳光一望无际
> 最灿烂的地方最寂静
> 铺天盖地隆隆的声音从那里腾起
> 八匹马
> 我见过或者没有见过的
> 各自的颜色是呼啸着
> 擦过耳边的风的颜色
> 八匹马八种不同的姿势穿过阳光
> 乱纷纷鬃毛飘动
> 唯一的秩序是连成一片的
> 大地的回音
> 铺天盖地的阳光一望无际
> 八匹马的方向一望无际

1999年，我在《诗歌报》上开设诗评专栏，有一篇大约就是讲艾泥的诗歌的。那时，我读到他的《弥勒的葡萄》，几乎立即就断定这是另一首不会在时间里湮没的诗。语言仍然干净，简洁，没有多余的语汇。一组与葡萄有关的意象，干净，自然，它们在"葡萄"一词所营造的语境中以自然主义的法则恰到好处地获得了自身的位置。在这首诗中,艾泥几乎是很轻易地就使他笔下的这些意象性词语获得了一种包容性,产生了一种在视知觉与想象、虚与实之间自由转换的效果。

> 篮子里是弥勒的葡萄
> 最后的。立秋之后
> 我知道几万亩的藤子已经枯了
> 我知道我们的大雨也下到了那里
> 看这一串串,都扔下了叶子
> 都蘸了泥
> 这黑甜的
> 最后的
> 舌头就可以舔破的
> 葡萄
> 前不久怀着几个阴天的凉意
> 今天在市场上晴开了
> 仿佛阳光也有了汁液
> 这难得的果实当然用流水洗净
> 动作轻些,想象远些

如果说《八匹马》在艾泥的诗歌系列里属于飞来之诗,可以称为逸品,那么,《弥勒的葡萄》可以称为神品。《八匹马》的意境、写法是笼统的,印象派式的,《弥勒的葡萄》则是典型的中国意象诗歌。

《弥勒的葡萄》就像是一幅工笔写意画，读者完全可以根据诗歌所提供的意象、意境，在自己的心里画出一幅触手鲜活的画面来。视觉的、听觉的、味觉的、触觉的、想象的，都到齐了，而且是那样的水乳交融，那样的一个圆通的整体。

以意象入现代诗，中国当代汉语诗人一般都会提到美国诗人庞德。然庞德的意象诗极少有能够做到自由通透的。他的意象诗歌，词语的气韵比较生涩。同样以具体的意象入诗的还有现代女诗人毕肖普，毕肖普的意象诗想象奇诡，写景状物细致入微，然均以理趣胜，总赶不上中国古代诗歌空阔疏放的意境。其实，若以意象入诗一途论，中国古代的诗歌才是真正的老祖宗。

艾泥的这首"葡萄诗"，在意境营造上师法的显然是汉唐诗歌的传统，但又吸纳了现代诗歌的手法。能把两者融在一起且能够运用自如，这首诗堪称典范。

我所看重的艾泥的另一首诗是他作于1988年的《在乡下爱人的房间》。通篇大白话，然没有一句不落在实处，都是实写。虽是实写，写的又都是眼前的事物、日常的情状，意境却已脱出。这首诗简直就是现代版的渊明田园诗，其乐融融、自在自我的生命存在感，于天地、自然与人生的交汇中自然地流淌出来，当真是"我最满足的日子"。

好诗需要境遇。一串蘸了泥的葡萄足以在诗人身上唤起一连串愉悦的感觉，一次生活的境遇则把诗人带进了难得的现世体验。诗人何为？诗人不过是把自己瞬间获得的感受传达出来，并让他人也感受到同样的喜悦罢了。诗歌是语言投射在诗人身上的一次回光返照。在《在乡下爱人的房间里》一诗中,艾泥以白描的方式为我们简约地描绘了一幅乡村生活场景:

> 在乡下爱人的房间
> 钥匙显得很不重要
> 寂静的果园让我坚信
> 门一敞开
> 秋天就会漫下山坡
> 这是我最满足的日子
> 不需要出门
> 便可以了望整个季节
> 爱情是一件毛衣
> 在阴天
> 织进乡间少有的空闲
> 现在是好天气
> 阳光照亮简朴的家具
> 爱人在楼下唱歌
> 洁白的床单
> 晾在铁丝上

诗中所描述的这种质朴的乡村生活场景,令人向往,对每一个现代城市人来说,几乎是不可企及的。简单,然而不乏诗意,这正是我们今天所丧失的一种生活情调和生活方式。这首直接写出了传统乡村生活诗意在当代日常生活中的缺席,在古代社会,这本来是再寻常不过的,但今天却成了一种不可企及的奢侈理想,成了一种因环境变异而稀缺的"资源"。这首诗的意境也很有些古意。一些句子,如:"门一敞开 / 秋天就会漫下山坡","洁白的床单 / 晾在铁丝上",有得意忘言之妙。

  艾泥的诗歌作品,数量不多。他是一个写得很少的诗人。他似乎要等到天启的诗意袭来时才会意兴盎然地动笔。这几年,我一直很关注艾泥诗歌的走向。有论者在论及艾泥的诗歌时说:"艾泥作品引入中国古典诗歌营造方式,把传统与现代进行了有机结合,赋予了汉语诗歌一种新的气象与活力。艾泥诗风优雅,朴实简练,内蕴深厚,常在平静的言说中隐匿着惊心之处。其独到的美学风格越来越受到中国诗坛的关注和认可,成为 21 世纪初云南高原贡献给中国诗歌的又一个杰出诗人。"这个论点与我对艾泥诗歌的看法,庶几近之。

2009 年

物与肉身，一种指向当下与看见的写作

艾泥的这一组诗，我先拈出仅有三行的《圣诞》来说：

祖国的马厩一片黑暗
在没有神迹的光明里
我不想出生

读到这三行，我很是吃了一惊，因为这让我立即就想到了当年玄奘天竺取经的一个故事。故事说，玄奘一路向西，途中经过一座大雪山，四野白茫茫，就只有山顶上的一块地无雪，几根头发露在外面。从土里挖出一个人来。这个人在雪地里入定了数千年。玄奘问他为何在此打坐，那人说，我本是迦叶佛末法时代的比丘，自幼出家修行，立志修道成佛。因为预知释迦牟尼佛将来会降世，就来到此处修禅打坐等他，好向他请教佛法真谛。玄奘告诉他，释迦牟尼佛已经降生一千多年，并且已经坐化。那人便大声叫苦不迭，说既然错过了，那就再等下去，等到下一劫弥勒菩萨来到人世再向他请教。说完又要入定。玄奘要他往东去投大唐，投生在皇室人家，等二十年后西天取经回来了再度化他。玄奘回到东土后，在一个大臣家里发现转世投胎的这个人，就将他收为弟子。这个人就是后来玄奘的大弟子窥基法师，又叫三车和尚。三车和尚见玄奘要他出家修佛，就说：要我出家有三个条件，一不吃素，出门要带酒肉；二我要读书，出门要带书；三还要美女宫女服侍我。唐太宗和玄奘法师一概答应他，所以叫三车法师，出门带三辆车：酒肉、书、美女。

读艾泥的这首写得像是偈语的三行诗，我立即就想到了这个三车和尚。艾泥早年也是一个翩翩少年，喝酒吃肉，喜欢美女和阅读，慢慢地就变成了一个胖子，很像是这个三车和尚。我不知道他写这首诗的语境源自何处，不过也许完全就是关于现世和个人遭际的一个隐喻，并无其他的意指。他的诗，一路下来，浑然天成，用语宽扁，不造作，不带燥气，颇有些中唐、盛唐诗歌的气象。他写一根稻草捆住菠菜（《一根稻草》），很微小的事物，也能造出大境来。这首诗也不长，意象自由跳跃，点到为止，多余的，一句都没有。收尾的一句最是微妙醒眼："一根柔软的金条/捆扎着翡翠"。一首关于现世的、来自日常生活场景的诗。但是里面禅意具足，经由词语的点化，平常的事物奇迹般地被赋予了诗意。艾泥的诗，大抵都是这一路上的东西，看见，感觉，自由联想，这是诗歌发生的一个秘密通道，跟诗人个体的存在现场有关，因而具有唯一性。形而下，形而下下，然后，簌的一声，如同电流跑遍肉身，词语瞬间复活，

获得了神性。这个情形,可以用艾泥《激流涌过》一诗中的句子来作为脚注:

> 麻木或痛楚
> 呵,一次次的
> 轻擦
>
> 欣悦或沉睡
> 哦,一次次的
> 神迷

从这个意义上讲,诗乃是一种灵媒,世界之肉,骨中之骨,肉中之肉。

《弥勒的葡萄》一诗的书写方法论与身体美学也建构于此。庄子曾有言:物物而不物于物。进去,出来,无不与物相遇,但不宜与物纠缠得太久,太久则滞留不去。太久了不行,会导致自身与事物的朽烂,太短了得不到验证,也会带来不及物的毛病。所以艾泥笔下的葡萄,开始时只在眼前的篮子里,随后,跟弥勒县原野上的几万亩葡萄园里枯掉的藤子有关,跟秋天最后的雨水和泥土有关,跟气候、市场、流水、舌头、味觉、轻重,以及舔这个动作有关。在经历了一场漫长的词语再造及审美之后,眼前篮子里黑甜的葡萄终将被吃掉,现在篮子空了,我们于是听到庄子灵魂缥缈的声音远远地传来:"则胡可得而累邪?"寻找到窍门,就赶紧溜达出来透一口气,不要让词语长期处在黑暗的匣子里闷着。太黑了不好，太重了也不好，都不好——单就审美而言，这无疑就是一种来自时间混沌而终至抵达轻盈的美学。词语，自有某种神奇的、自我澄明的性质。

《弥勒的葡萄》，可看成是一首感恩的诗。当然你硬要把这些沉静清减的句子看作是一首献给大地的赞美诗也未尝不可。

读艾泥的诗，每每有动人之处。一如置身于云南高原的旷野中，开眼处，空阔无边，一览无遗。但总有一些什么隐隐地藏在背后，浅浅的，淡淡的，细若游丝，似有若无的样子。那些看不见的事物，时而来自烟火升腾弥漫的人间大地，时而隐没于无限遥远的高天流云之上，一阵风吹来，抬头便见云舒云卷，瞬息间，又归于无形。天空在天上兀自空去，只是在着。

艾泥早年的诗，最记得的是他为八匹马所搭建的那个巨大的道场：

>　　铺天盖地的阳光一望无际
>　　最灿烂的地方最寂静
>　　铺天盖地隆隆的声音从那里腾起
>　　八匹马
>　　我见过或者没有见过的
>　　各自的颜色是呼啸着
>　　擦过耳边的风的颜色
>　　八匹马八种不同的姿势穿过阳光
>　　乱纷纷鬃毛飘动
>　　唯一的秩序是连成一片的

> 大地的回音
> 铺天盖地的阳光一望无际
> 八匹马的方向一望无际

这首写于 1989 年的诗在艾泥的诗歌系列里堪称绝响，可列入神品一类。在我个人的阅读辞典里，它早已跟斯蒂文森的那首《田纳西州的坛子》一同被列为东西双壁。我以为，像这样的诗，一个诗人，终其一生，有一首就够了，用不着再写什么。

关于这首诗，我在另一篇文章中已经说过，在此不想再重复。我想要说的是，大约在 1989 年之后，艾泥的诗就写得少了。他的写作停顿了很多年。一个天才诗人，连续性的、不间断的写作似乎并非是必须的。20 世纪 80 年代中后期，是艾泥的第一个写作高峰期。他的第二个高峰期，被延迟多年后，以一首一百三十六行的长诗《登马雄赋》为其爆发点。这首诗发表在 2011 年第五期的《十月》杂志上，并获得了当年的高黎贡文学节年度诗人奖。诗人编辑谷禾在编辑后记里说："云南诗人艾泥新诗集《旧县诗稿》的压卷之作即是这首《登马雄赋》。我想，这不能说仅仅是编辑和诗作者本人的默契。《登马雄赋》显示了一种通达万物的气象。在诗人汪洋恣肆的书写里，尘世与幻想，瞬间与永恒，人与事，显得安静而又波澜壮阔。丰沛的诗意在不经意间溢满了阅读者的心灵。《登马雄赋》无疑是这一年最有分量的中国诗歌之一，我喜欢这样的诗歌。我不认识艾泥，也没有哪怕通一次电话。从他寄给我的诗集里看到他的照片，读他的诗，能感到这是一个活明白了的家伙。我喜欢这样的诗人。"

其实,何止是活明白,要我说,此人早就凌空蹈虚,乘着时代的夜色逃走了。他这组诗里面的《沙的夜晚》《烟火师》《福音塔钟声》《雨》《江源寺访僧不遇》等诸多篇什,都毋庸置疑地逸出了我们眼前的这个三维时空,指向的是一个无需轮回的三摩地境界。再度回到诗歌写作道路上的艾泥,所需要的不过是"那沉溺的/忘情的一跃"。套用诗人沈浩波的话来说,他是一个极不情愿的、被人再次从土里面挖出来的人,他唯一要做的事情就是像三车和尚一样无休止地等待,等到下一劫弥勒菩萨来到人世,才从雪地里蹦出来。

2015 年

对疾病隐喻的现代性书写

赵丽兰的诗于我有一种意料之外的、发现的惊喜。2013年上半年,我一直在持续不断地搜集有关云南本土诗人的哪怕一鳞半爪,那些隐藏在这座红高原上的一束束诗性之光,以期获得编选《云南诗选 1980—2015》所必需的养分和第一手材料。也就是在这个时候,赵丽兰的几首诗出现在了我的案头上。

阅读赵丽兰的这些诗,我立即就感受到了那种高度内敛而又逼近生命现场的穿透力,女性书写的细密与语言的张力被处理得恰到好处,令人侧目。显而易见,这是一个诗艺训练有素而又感受性极强的写作者,其驾驭语言的能力是超常的;而在此之前,我却对此一书写现象的存在一无所知。

有意思的是,在不久之后的一次《滇池》笔会上,我跟诗歌编辑李泉松谈到云南当下诗歌的场域和地理坐标,突然就谈到了赵丽兰和她的诗。李泉松告诉我,赵丽兰是澂江县的一个写作者,她还有一个胞妹叫周兰的也写诗,两姐妹守着抚仙湖那一面明净的湖泊和周边的旷野写作,两人互为激励,切磋诗艺,很可能还是彼此的第一读者,已然彰显出某种难得的品质和高度。再后来,李泉松寄来了两姐妹的这两组诗,说要在同一期的《滇池》杂志上推出,要我为她们的作品写一点批评文字。

为她们的作品写点什么,这当然是我乐意做的事情。因为我觉得,她们所提供的文本样态,在当下汉语诗歌书写的场域,不说是一种孤立现象,起码也与通常所习见的那种类型化写作拉开了距离。只不过,我读到的她们的作品实在是太少了,迄今为止,我接触到赵丽兰的诗也不过十几二十首这个样子。周兰的诗,还是第一次读到。不过,即便如此,她们的作品仍然激起了我放手一说的兴致,尤其是两人的书写,在我看来有一种同质化的倾向,这些作品仿佛出自同一个人的左手和右手——这一点,无论是作品的精神内质、美学趣味,还是从语言修辞学的幅面上来说,都颇具言说的意味;我感觉到,出于某种说不清道不明的理由,在两个个体诗人之间,那种冥冥之中沉潜一气而又不言自明的默契若隐若现,这种默契很可能来自于两人体内汩汩流淌着的同一种血液和基因,来自于两人相同的出生及大同小异的成长背景,来自于大致相同的书写场域与话语方式——而更为重要的是,两人的写作都具有鹊巢灌顶、芦芽穿膝般的抒情密度。复杂性在于,这种主体性强行进入,几近于孤立状态的诗歌书写抱负并非空穴来风,它一度在俄罗斯白银时代的天空下大放异彩。问题是,它偏偏就出现在我们这个主体性严重缺席的当下语境之中,出现在汉语诗歌地理中云南偏僻的一隅,以一种遗世独立的书写姿态来与时代抗衡。这一点,无论是从诗歌发生的隐秘角度,还是从历史形而上的巨大遗产中寻求线索，都很难获得必要的合理性的解释。如此，诗歌书写的伦理与书写身份的合法性就很难建立起来。

诚然，在她们的作品中，一种无法消除的紧张感无处不在，身体、疾病，爱与死，易逝的光阴与时间的灰烬，这些颇具宿命而又有着强烈暗示性的词语意象几乎同时进入了两姐妹的书写系谱。如果我们深入到两姐妹的作品，对具体的书写符码加以文本分析，我们会发现两者的差异性也是同样彰显的。或许，正是这种"书写身份"的趋同性，为两人在书写主题与范式上的相遇和交会埋下了契机。

在赵丽兰的诗中，生命的存在表现为某种极端的、形而上的身体性符码，往往伴随着医院、疾病、疼痛和药物，呈现为一次眩晕，一场大病之后的妥协与虚无。《酚氨咖敏片》是一首直接书写疼痛的诗，疼，这种身体的感受经由词语的魔法和受到严格限制的词语意象，进入到身体伦理与身体美学的范畴，在形而上诗学的层面上被一再提及：

　　倘若疼，能够以一种名义
　　无耻地纠缠在体内
　　呈现出来的必是破绽
　　细若游丝，如影相随
　　或火焰或灰烬

　　风寒水瘦这样的词语
　　倘若一定要追根溯源

不是因为季节本身
必是来自于体内无法蜕变的疼
如此均匀的呼吸

小心翼翼吞下的
是一粒酚氨咖敏片
此时,倘若有薄凉的暖
跌落于额头
疼,是否会
仰脸,以四十五度角的姿势

  赵丽兰笔下的疼是绝对的、排他的,压倒一切,令人动容;她为我们提供了一个孤立的受难者的形象,即便是关爱者伸过来的手"跌落于额头",病者也只能感受某种"薄凉的暖",成为多余的累物。很显然,当一种疼痛超出身体所能承受的限度时,受难便成为凌驾于身体感受之上的存在之物,它迟早要进入到心灵的层面,成为生命符码中的一个醒目的标记。《胎记》与《酒石酸美托洛尔》,书写的发生同样根源于刻骨铭心的病痛,疼,成为日常人生的一个无法摆脱的类似于"胎记"的常态。"亲爱,从昨夜到今晨,我的身体里多了一块胎记/长在了心尖上,一跳就疼,一疼就碎,一碎就死/临死,我有一个小小的要求/请求来世生我的那个母亲/一定要带着我心尖上的这块胎记/转世托生"。

  《儿子》一诗中,母爱这个主题仍然与疾病、药物、疼痛相

关联,成为身体疾病的一个隐喻和象征:

> 儿子,你是我身上掉下的一坨肉
> 给你36.8℃的体温
> 给你眼睛、鼻子、嘴巴、耳朵、手和脚
> 给你我的心我的胃我的肺我的肝
> 人形和温度,让一个小女人安下心来
> 做你的妈妈
>
> 儿子,妈妈还有什么没给你呢
> 你说,老妈,你早上赶着送我上学
> 没来及喝的那碗中药,给我喝了嘎
> 我要和老妈一起发热咳嗽流鼻涕嘛
> 亮闪闪的月光,照着你的回答
> 硌疼了我
>
> 汤药是我身体的一部分
> 疾病是我身体的一部分
> 从此,疼,是我身体里多出的一部分

赵丽兰的这一组诗,更多的篇什集中在对亲情的个人化叙事上,在这种叙事中,作为叙事主体的叙事者总是在场的,而且总是显得强而有力,不管叙事的对象是老爹、奶奶,还是爸爸妈妈弟弟妹妹儿子,也不论叙事者的现实身份如何变换,主体性的在场与存在仍然是绝对和唯一的。在赵丽兰的书写系谱中，读者总是很轻易就能够辨认出那个隐藏在文本中的发话者，这个发话者享有至高无上的权力，而且通常都是克制的，以一种毋庸置疑而又坚定的语气说话，具有某种偏执与受到抑制的激情——或许，我们可以把这种激情称之为冷漠。

赵丽兰的抒情天赋是罕见的，即便是书写的场域被放置在像"家乐福"超市这样的日常消费性场所和繁杂冰冷的医院，她也能够准确地捕捉到恰当的词语意象，使几近于零度的叙事获得满溢的诗性和抒情的质地。这种赋予日常性事物以抒情性特质的能力，我以为，除了写作者需要具备强大的心灵驱动力和来自于本能的与词语的亲和力之外，尚需长期的书写训练与对形而上美学的洞见作为助力。赵丽兰的抒情诗之所以显得张力十足而兼具覆盖性，实是得力于对象征诗学用词法的熟练运用。

相较而言，在周兰的笔下，铺天盖地生长的"野草"，与赵丽兰另一组作品《燕麦草》一样，同样被指认为自我生命存在的一个活生生的现场，一个与荒凉、孤寂、死亡、疾病、疼痛相伴生的虚无之地：

> 我的头，扎进无数的芒刺
> 一道魔咒，来自地狱
> 附着，灵魂和肉体
> 我的耳朵，灌满奇怪的声响
> 一条河流，浩浩汤汤
> 穿过，现实与虚幻

在另一首诗中,扎进头颅的芒刺再次被提及:

> 我病了,我知道的
> 我的头颅,横插进无数的芒刺
> 医生说,是美尼尔氏综合症
> 也或许是,白血病,脑膜炎
> ……
> 可是,我才二十七岁!

对疾病的隐喻与象征性书写,一直以来都是西方现代文学的一个挥之不去的传统,很可能跟基督教文化中"原罪"的观念有关。耶稣基督受难的形象,一直以来都是西方话语叙事中一道显赫的屏障。具体到某个诗人的书写行为,一方面很可能更跟书写者个人的身体境遇有关,另一方面也可能来自于对自我的身体性迷恋以及隐藏在历史话语中的隐形机制。在《疾病的隐喻》一书中,苏珊·桑塔格(Susan Sontag)把疾病看作是"生命的阴面,一重更麻烦的公民身份"。在她看来,几乎所有的文学作品都是对疾病的隐喻性书写,文学书写的对象不外乎是书写者的身体和自我。在书中,她引用了一则凯瑟琳·曼斯菲尔德写于1923年的《日记》:

> 这一天糟透了……疼痛难忍,虚弱,等等。我什么也做不了。虚弱不仅仅是身体上的。在我治好我的病以前,我必

须先治好我的自我……必须把它分开来治,而且事不宜迟。我老不见好,它才是根本的病因。我没有控制好我的情绪。

曼斯菲尔德不仅认为"自我"是致使她催病的病因,而且认为,只要她能治好"自我",安抚好情绪,她就有可能治好自己的肺病。

在赵丽兰姐妹的书写中,正是曼斯菲尔德所说的这种强烈的自我意识,赋予了疾病以一种隐喻和象征的色彩。这也就不难理解,为什么两姐妹的书写总是伴随着医院、病痛、药物等这样一些象征生命阴面的词语意向。或许,对她们来说,身体的疾病是一个不可回避的写作现场,同时又是构成自我的一个书写身份,一个话语的乌托邦。

"我的秋天／从一次复发的旧病开始／躲在一罐浓黑的／汤药背后……"(赵丽兰《理由》)

周兰的组诗《野草》,借助"野草"这一荒凉意象的不断延伸来强化疾病与死亡的意识:

> 点燃蓄积已久的温度
> 星火,已烧成燎原
> 春天的耕者
> 把锄头架在太阳的顶端
> 此刻
> 我所有的退路都被统统烧断

就像爱情一样,文学书写的发生常常需要深入到生理病理学的范畴才能得到合理的解释。在文学书写的神话中，写作或许真的具有一种治愈功能，能够为身体/灵魂患者提供一种精神疗法。有一种说法认为，因为写作允许你基于生活中及过去的所有大小事情，来思考自己从哪里来和现在身在何处，而这种做法能把你的感情、恐惧、梦想、幻想和回忆连结到一起。换句话说，写作不但能够在情感上加深自我意识和自我洞察力，而且还能提高智力水平，由此促进自我痊愈。

不过，写作也是一柄双刃剑。当写作带着医生的使命来到我们的生命中之时，它也完全有可能对我们的身体构成威胁。对赵丽兰姐妹而言，对疾病隐喻的现象学书写似乎与生俱来，因为写作的在场，实际上也就是身体性的在场，在写作中，如果企望书写与强大的现实语境达成和解，或是获得某种对抗性的平衡，那么，身体及其有关疾病的隐喻就是不可或缺的。

感伤情调——深沉、抑郁、敏感，陷入沉思和恍惚，赵丽兰姐妹的诗不乏动人之处，其中有些篇什还显得相当美妙。赵丽兰早先发表在《滇池》的一组作品《燕麦草》，与赵兰的《野草》，可视为互文性写作，语调凄艳、决绝，恍若是迟来的、盛开在象征主义荒原上的两朵奇葩。

1963年，桑塔格在《作为英雄的人类学家》一文的结尾把她对列维·斯特劳斯的感受，归结为"体现着一种颇有英雄气概的、煞费苦心的、复杂的现代悲观主义"，我以为，把这句话用来印证赵丽兰姐妹的写作，也同样是贴切而又恰如其分的。

2013 年

消失在视线尽头的河流

外面下着雨,我坐在书房里读老朋友何松的诗歌。在这个时候读何松的诗,是再合适不过的了。1988年夏天,何松在他的一首诗里面写道:"下雨的时候你最好找间小屋躲躲/在雨中待久了/身上会长出青苔"。写的是云南的雨季,真好。在另外一首关于夏天的诗中,他又再次写到了雨和雨水:"二十分钟过后/雨过天晴/这支庞大的蚂蚁军团/在雨水中消失得无影无踪"。

作为一个云南诗人,终其一生,他是不可能不在他的诗歌文本中触及雨季和雨水的。云南的雨,美丽而抒情,尤其是在雨季,云南的雨总是让人百看不厌。

何松的新诗集,命名为《云南的河》,河流,跟雨水有关。何松这个名字,在云南的文学圈子里不算陌生。20世纪80年代,他就已经是成名的校园诗人了,在当时昆明的大学里,只要是喜欢诗歌的,大抵上都读过何松的诗。他早期的作品,如《童年》《南方只有春天》《都市的黄昏》《十九岁的女孩》,在当时都是脍炙人口、广为流传的名作。这些作品,即便是在今天看来，也还是意味深长的，它们并没有随着时间的推移而褪色。像他当年写石林的这一首《石林》，今天如果有人再写，未必比他写得漂亮：

> 洪荒的世界
> 一切都已死去
> 只有你在不安地挣扎
> 后来因为世界变得热闹
> 你独自站立着
> 选择了缄默

在诗集里找到这一首，注明的日期是 1985 年。1985 年，当时还在大学里、今天年纪在四十岁左右的许多人，那时候都在尝试写出自己的第一首诗。何松的第一首诗是《童年》。打开诗集《云南的河》，开篇第一首就是：

> 童年
> 想来真有意义
> 我们都是木偶人
> 不能说话不能动
> 为了一场游戏
> 我们竟呆呆地坐了很久
> 醒来时童年已离我远去

刚开始写作，就写得这样好，是很了不起的。我发现，何松的这首处女作，技巧方面已显示出相当的成熟，除了"意义"一词和尾句人称"我"似嫌欠妥外（"意义"改为"意思"，"我"沿用前面的"我们"更好），其他没有留下硬伤。就跟那个年代过来的大多数诗人所遭遇的情况一样，何松早期的写作在 20 世纪 90 年代也遇到了困难。从时间上看，《云南的河》里面收录的诗歌，从 1991 年到 1997 年这中间的六年是空缺的。1991 以后，何松作为一个诗人消失了。直到 1997 年，我又才在《诗刊》上惊喜地看到他的一组诗。不过，总归是产量少了。《云南的河》里面的作品，基本上还是 1991 年以前的东西；写于 1997 以后的，仅占了这个集子的五分之一。但是，尽管写得少之又少，诗人的才思显然并没有枯绝。写于 2005 年的《他的死悄无声息》《诗人早已经死去》，可视为我们这个时代的警世之诗。

> 三月的午后
> 大腹便便的房地产商某
> 来到新开发的小区
> 他从大奔上走下
> 他用精制的牙签在剔着牙齿
> 这时正有微风吹过
> 楼盘前的十亩水池起了几圈涟漪
> 某一高兴对身过的小秘说
> 有了这期的广告就叫

> 面朝大海 春暖花开
> 小秘说这诗真美
> 某说不用付版税的诗人早已经死去
> ——《诗人早已经死去》

  时代不同了,语境也跟着在变,几乎只是一瞬,属于抒情诗的岁月就已经一去不返。后现代为今天的诗人们准备了一场最后的晚餐,酒足饭饱之后,诗人不再赋诗,而是起身离去。在何松的这些诗里,已经看不到早年间的那种形而上迷思和价值指向,有的只是自我解嘲式的冷幽默和反讽,对日益扁平而平庸的现实世界,采取的是一种客观、冷漠的态度。按何松介绍自己时跟人开玩笑的话来说,就是"随便活活,越活越轻松"。
  何松早年有一首诗,《孩子》。这首诗写于1987年,那时候,他正在上大四。如果把它和上面的两首放在一起,不难看出其中的差异来:

> 一颗果子
> 在夏天
> 成熟了
> 落在地上
> 一些日子过后
> 腐烂了
> 露出
> 核来

这首诗意在言外、得意忘言。自然脱出，无一字多余。这是禅的境界。

我经常说，何松是一个极善于在平常事物里洞见玄机的诗人。他早年的《等待戈多》《孩子》《握手》《爱情》等诗，跟写于2005年的《他的死悄无声息》《诗人早已经死去》，凸显的都是同一个主题，都是对生命的大感悟。经由诗歌，何松缓解了个体生命与外部世界之间的那种紧张关系，这是一个把人的个体生命存在看得很透彻的诗人。

严格地说，我们这个时代并不需要诗歌，而诗人，也总是与他的时代显得格格不入。诗人和诗歌存在的价值何在？在我看来，不过是在，在着罢了，玩玩而已，自娱自乐。当人类自身的存在与世界不再发生冲突，诗歌方可返回自身。诗歌的终极是道。道，得道，乃至有德。感于物，发于心，心中有物，及物，最后返诸己身，无物，无我，物我两忘，天地人生融为一体，白茫茫一大片，就算是可以了。"行到水穷处，坐看云起时"，就够了，无须再像陆放翁那样，还说什么山穷水复，柳暗花明，心中有路无路的。

屈指算来，何松的诗歌年龄也已经有20年了。他已经是一个老诗人了。这20年，他写的并不算多，《云南的河》，全部也就115首诗。拿在手里掂量，你实在很难把这本诗集跟20年这个时间联系起来。但是写得多是可耻的，尤其是在这样的一个喧嚣的时代。有一天我对何松说："著作等身是可耻的，一个人一辈子有一本书就可以了。"这不是安慰，乃是对写作本身的某种身份认定。孔子写了多少？这个人一个字都没有写过，就像他自己说的,他只是"述而不作"。我们要向夫子学习,把诗歌发表在风中、水上。语言从哪里来,还回到哪里去。写作是修身的一种,诗歌有体无用,诗人合一。天地万物皆诗,到达了那个境,那个界,诗人的在,就是大在了,也可以不在。俯仰伸合,菩提境界。

何松在《云南的河》一诗中写道:"在云南 / 有很多这样的河 / 它们诞生在高山 / 然后一直往下走 / 直到最深的低谷 / 消失"。"流动只是岸在退后降落只是山在上升"。

2009 年

后工业语境之下的中国古典诗意

> 诗,可以兴,可以观,可以群,可以怨。迩之事父,远之事君,多识于鸟兽草木之名。
>
> ——《论语·阳货》

1

中国当代诗歌书写在经历了西方现代诗歌的洗礼之后,终于转过身来,有意或无意地回到了汉语写作的抒情性传统上来。这一转向,在近年来许多汉语诗人出色的作品中都可明显地察觉到。

我以为,这是比当年西方现代诗歌集体涌入还要重要的一个变化。西方现代诗歌的强势进入,可以说利弊均摊,有利的一面是使得汉语白话诗歌至此找到了一条获得现代性书写的话语可能性及其言说方式的通道,不利的一面则是,在通常情形下总是以翻译体面目出现的西方现代诗歌,使汉语诗歌的书写变得不纯正了,它所导致的后果几乎是灾难性的:白话汉语语体身体性的缺席和诗人失语症的泛滥。

本来,现代汉语白话诗就比较脆弱,其书写的内部机制远未建立,经过西方现代诗歌这一外来继父的强行管制,就出现了鹊巢鸠占的局面。《诗经》以来的伟大的汉语书写传统被拦腰斩断了,虽说在今天看来,这一阶段还是必须要经历的。

自觉的本土意识进入诗歌书写还是2000年以来的事情。接上中国汉语诗歌的香火,就其总体而言也仍然是最近一些年来才发生的——当然,也有个别的诗人,如四川的柏桦,早就在其孤独的个人书写生涯中有意识地向传统靠近,但对大多数诗人而言,却要在全球化时代真正到来之后才有可能意识到这一点的重要性。

今天的情况显然与过去不一样了。首先是语境不同了,书写的主体、对象改变了;其次,来自于西方经验的话语方式也已不再可靠。当代汉语诗人正在集体面临着如何回到汉语诗歌的书写传统与建立当下写作的合法性问题。

2

王黎明的诗歌书写可以看作是后工业语境之下一个哀婉的发音,从他的发音里我们很少听到那种来自于为时代所强加给个人生存境遇的不协调感,他就像是一个活在当代的、对各种时代噪音充耳不闻的古人,他的灵感、写作资源更多的是来自自然世界而非为现代性所包裹的物性世界。在他的诗的意象里,我们可以看到与四季草木、花鸟虫鱼相对应的感应之物。他大约是一位靠接纳地气与传统写作的诗人。他的诗安静,语言自然,质地几近透明,具有某种受到严格限制的抒情性。

如这首《早春即景》,完全就像是一首来自古代的绝句:

> 越冬的腊梅枯萎在枝头
> 不凋落也不褪色
> 隐秘的香气,正从暗处
> 向明亮的地方聚集……
> 一冬无雪早春的花枝
> 照亮了湖面上细小的薄冰
> 如此沁冷的气息
> 在水光波影间萦绕、消散

初读到这首诗,我的内心立即就被触动或唤醒了一下。立即,我发现,诗里面隐藏着一个非常核心的东西、一个关键词——咏梅。诗人试图以现代书写的方式传承一种中国读者都非常熟悉的古典意象情怀。这首诗的命名被冠之以"早春即景",显然,"咏梅"这一传统的、受到局限的主题被放大了,而且书写的指向也有所偏移,不再局限于纯粹古代士大夫文人式的"诗言志"。试把该诗与陆游《卜算子·咏梅》比照阅读:

> 驿外断桥边,寂寞开无主。已是黄昏独自愁,更著风和雨。
> 无意苦争春,一任群芳妒。零落成泥碾作尘,只有香如故。

王黎明的这首《早春即景》与陆游《咏梅》的不同之处在于，在陆游的诗歌言说中，"梅"这一中心意象是被人格化了的"梅"，它不自觉地进入了古代的文化语境，其落点或诗的旨趣只能是作者的一种自喻。《早春即景》则仅仅是一种情景再现，诗歌言说的主体已经不再是人，人已经从文本中退出，摹写事物并使之获得一种存在的现场感，成为全诗的唯一旨趣。这也就是我们通常所说的"零度写作"，其目标是达成一种预期的纯诗的效果。

　　由这一书写旨趣的变化，可看出现代诗歌与古代诗歌审美场阈的分野。两者的言说都旨在达成某种"意在言外"的书写效果，然此意非彼意也，语境不同，所传达的东西便不一样。总体而言，现代诗的这一转向意味着作为抒情主体的人的缺席。在古代诗人那里，人在世界中，天地人是三位一体的，所谓的"恍兮惚兮，其中有象"，现代的诗人则无从获得这种存在感，因此只得经由无限地扩大诗歌的语义维度以便在自我生命与世界之间建立起某种联系。

　　类似的以自然物象入题的诗，在王黎明的作品里占了不小的比例。其他的如《四月的麦地》《解冻》《冬天的杨树林》《咏菊》等，也都是属于这一类的作品。一般说来，这一类型的诗歌在诗学旨趣上多少都有一点纯诗的倾向，一个中心意象出现，紧接着又会跟着出现其他的意象，最终构成一个完整的意象系列。诗意，不言自明，意在言外。这也是中国古代诗歌的传统写法。最典型的如马致远的小令名作《天净沙·秋思》。

　　以意象入诗，在此不妨放手一说。本来，这种诗歌方式完全属于地道的中国古代的方式，诗三百，古诗十九首，唐诗，宋词，元小令，无不以意象感应入诗。进入 20 世纪，意象诗被美国现代主义诗歌运动纳入了纯诗的概念，出现了像毕晓普的《鱼》那样著名的作品，人们才发现原来这种古老的诗歌方式也能够传达复杂的现代经验，因而显赫一时。在西方诗人那里，意象诗的一个特点是隐喻、象征手法的大量使用，不过西方现代诗歌使用意象的经验多少还是有些生硬，与中国古代的诗人比起来就差远了。

王黎明的诗歌旨趣有中国古代传统背景作为支持，诗意联想空间大，再加上他的技巧纯熟，比起外国意象派诗歌来更显圆润通透，但与明以前的中国古代诗歌比照，又缺乏必要的整体感。当然，整体感的获得不是个人问题，而是时代问题。在古代农业社会，天地自然与人生的关系是一体的，彼此均无今天这样强烈的孤立感，只有到了工业化强行进入的现代社会，浑然一体的原在世界才不复存在。王黎明似乎有意在书写中获得这种原在性，但已然乏力。这是语境的问题。在现代语境之下，人要获得像汉乐府里面出现的"江南可采莲，莲叶何田田。鱼戏莲叶间。鱼戏莲叶东，鱼戏莲叶西，鱼戏莲叶南，鱼戏莲叶北"这样极其自然的空间感受已不太可能，顶多也就是通过词语的虚构与对世界的想象，如华莱士·斯蒂文森所做的那样，经由文本建构，以语言暴力的方式捕获到某种抽象的现实感。

其实，现代诗歌封闭性的心理感受特性已经使得诗歌言说越来越文本化。诗人被迫从最不能够获得纯粹诗意的物象中寻找诗意。如王黎明的《峡谷》这首诗就是典型的例证。这首诗力图通过自然/非自然的两组意象连接来获得某种诗意,但却不得臣服于现代语境之下的逻辑链条:落日/战栗的小鸟——闪烁的斑马线/时光的刻度——春天/螺旋桨——月亮/鼠标——汽车/甲壳虫——塔吊/长颈鹿——燕山/反刍的老牛……像这样的组合,总是不免显得有些局促与尴尬。

相较之下,《落花》的书写就变得顺畅多了,尽管诗人采取的是同一种方式:

> 青苗吐出麦穗
> 松果跳进了灶膛
>
> 火焰穿过身体
> 秘密熄灭了心脏……

无论是对于诗人自己还是对阅读到这些诗歌的读者来说,书写与接受的差异仅仅在于"怎么写",而不在于"写什么"。必须承认,白话汉语诗歌在经过最近三十年来的严格训练之后,现代性书写技巧的获得已不成问题,问题只在于:白话汉诗如何在现代语境之下建立起一整套话语言说的合法性?以及如何在语义的层面上更有效地迫近生存的现场?

3

如果把王黎明的诗歌放在当代中国汉语诗歌的坐标上加以

考量，我以为，他是一个内心少有冲突，而且总是能够在自我与外部环境之间获得平衡的诗人。他对古代诗意的认同与自觉，使他在现代语境之下获得了一种我称之为"当代的士大夫情怀"。

王黎明的诗歌里有一些是直接以古人为题材的，在他的书写里，孔子、老子、庄子的身影不时闪现，是其倾心歌咏的对象。譬如《一个人的肖像》，完全就是以诗歌的方式在为孔子立传；《遇见》写的是孔子，向孔子致敬；《终点》写的是孔子墓；《乌鸦》写的是孔子生活的一个片段，歌咏的主题是孔子一生都在躬身践行的"仁"；《白日乌鸦》则是孔子题材的一个变奏，三个段落，分别写了孔子、庄子和老子三个人。三个人，中国古代精神的三个核心意象。

对王黎明诗歌中的这种价值趋同我并不感到意外。处在今天这样的全球化语境中，很显然，与古代传统精神反向而行的西方的价值并不具有普适性，它与中国当代的相遇仅仅只是一种建立在事功之上的泛科学主义，甚而至于只是扮演了一个充满着戏剧化的小丑的角色——站在人本的立场上，我甚至认为西方的泛科学主义不过是一场闹剧而已，它与 19 世纪兴起、在 20 世纪终于成为滥觞的马克思主义和给全球带来灾难性后果的法西斯主义在本质上并无任何区别。

王黎明诗歌中的这种价值趋同同样表现在类似于《到陶文瑜家里喝茶》这样的大量的诗歌文本中。在《到陶文瑜家里喝茶》一诗里出现了一组颇具古典意味的意象，似乎是随手拈来的。依照出现的次序，它们呈现为：青石弄小巷、毛笔字、树叶、雨点、小桥流水、唐装、紫砂壶、碧螺春、小鸟等。

> 穿过青石弄小巷
> 我见人打听,认不认得
> 那个把毛笔字写成树叶
> 把诗写成雨点
> 把散文写到小桥流水里的人?
> 一个女孩拦住我:
> "侬说的是不是陶文瑜
> 伊有个妹妹叫碧螺春?"

这首诗如果单读第一段,简直活脱脱就是来自于古代的一个场景。料想当年张岱走了老远的路访闵汶子于南京桃叶渡,一路上经历的情境大概与此略同。张岱访茶留下了千古绝唱的《闵老子茶》,王黎明得此一古逸之诗,可无憾矣。我以为,在承接中国传统诗意的途径上,此诗在王黎明的文本系列中可位居首席。"一个女孩拦住我:侬说的是不是陶文瑜/伊有个妹妹叫碧螺春?"——此乃神来之笔。个人化的诗意在何种程度上被唤醒、呈现,并进而充盈,需要运气。

王黎明似乎并不缺少这样的运气,他的挑战仅只在于:在面对汗牛充栋的来自于古代诗人的经典时,如何使自己的言说获得与古代诗人泾渭分明的旨趣,也就是我们通常所说的现代性?在这方面,我以为他的短诗《蝴蝶》更耐人寻味。全诗只有三行:

"如果智慧像蝴蝶……"
说这话的人更像一只阴沉的食肉鸟
蹲在地上。旁若无人

  就我个人的阅读期许而言,我更愿意读到类似于《蝴蝶》这样的诗歌。他的另外一首诗,《咏菊》,也表达了类似的期许。不过《咏菊》太精致了,思辨的语调,过分细腻的语言质地,以及现场事件的缺如,导致了这首诗表达风格上的文人气与书卷气。词语的虚构若非置于当下的、具体的现场语境之中,诗意的充盈就未免显得力有不逮,且有失通透。当然,如果这首诗看成是一幅文字版的工笔写意,它仍然是无懈可击的。实际上,这首诗的缺点正在于它在技术处理上的完美无瑕。

2009 年

时代、肉身与凌迟

这是我初次读沈鱼的诗。我立即就发现，这些诗在我身上唤醒了某种一而再、再而三不断去重读它们的欲望。类似的阅读经验，在最近的三十年里也一度来自另一位我特别喜爱的当代诗人，四川的柏桦，只不过，柏桦的倾向要复杂得多，也更为犹疑、缓慢。

这种在两个活着的、年纪相差了二十年的诗人之间建立起来的联系并非空穴来风，其中暗含着某种为个人阅历、文化熏染所长期培育起来的私密性与唯一性。柏桦的诗，我早已耳熟能详，但是沈鱼，他来晚了一步。尽管他与柏桦大抵属于同一个词语的谱系，但又是出自另一个支头、另一个在话语坐标上暂时还显得模糊的点位。我意识到，在当下纷乱的汉语语境中，如果仅就推助诗歌发生的文化生态而言，沈鱼的诗歌书写已经来到了一个临界点上，他所提供的这些文本，或许我们可以从中捕捉到若干进入当下汉语诗歌所特有的契机。

中国现代新诗一路走来，百年中一代一代诗人前仆后继，到

20世纪80年代，终于有了些气象。我们今天所说的现代诗，严格说来还是80年代以来的事。先是地下的朦胧，然后是地上的第三代，在那十年中很是热闹了一阵子，堪称那个年代最为醒目的一道人文风景。热闹过后就定型了，至今没有太大的改变。我现在很是怀念80年代，因为那十年真是一个属于诗歌的年代，长歌可当哭，而且可以哭得痛快。尤其重要的是，这十年中，出了许多杰出的有创造力的诗人，今天的现代诗，尽管物是人非，在语境的生发上有了剧烈的转场，但基本形貌并未脱出80年代划出的路线与范式。

在经历了90年代的寂寞后，最近的十多年，诗歌又慢慢地走出来，虽说也算不得什么不得了的东西，但有些回潮的意思。网络的畅通，使得诗人间彼此的交流变得容易，喜欢诗的读者也容易看得清楚。以我个人的视野，我觉得今天的现代诗在写作上更加随性了，也更为本土化，甚而至于，很多诗人都不约而同地转向传统，以便获得地域性书写资源，不再一厢情愿地唯西方现代诗是从。这里我所说的传统，指的是诗三百以来的传统，汉魏以降，唐宋明清。这两千年，中国式的文学书写，乃至于诗歌发生的方式，实是有一个中国的身体在里面起作用，小看不得。实际上，这种回归本土文化，将现代写作与传统连接起来的做法，80年代就有人开始做了，而且卓有成效。比如，四川的柏桦。柏桦求助于对传统文脉与地气的接纳，他写于1984年的《夏天还很远》，写于1986年的《在清朝》《望气的人》，1989年的《苏州记事一年》，已经由现代诗的书写还原出地道的中国经验与汉语之美。柏桦的古典情结，最终发散在

2007年创作的长诗《水仙绘侣》中，冒辟疆与董小宛的情爱生活，以一种质朴、唯美而纤细的语体方式呈现，令人侧目。柏桦的多数诗歌，字里行间弥漫着旧书、中药、节气和美人的香气，一个现代诗人的躯壳里，藏着的乃是与中国传统文人一脉相承的血肉和骨骼。

时光匆匆，河流迅速。在当代汉语诗歌多维嬗变的圆面上，沈鱼姗姗来迟，以一介草民布衣的形象——或者更为确切地说，是以一个身份颇为暧昧的游吟诗人的形象加入了诗人合唱团。沈鱼的诗歌嗓音华丽、哀婉、柔美、低沉，像是自言自语，又像是时代暗黑之夜里传来的一声叹息，听来有一种听天由命的顺从与漠然，然而，他又是沉痛的，形单影只的，其身体性经验，大抵来自于草根群落中沉默的大多数。他的这些词章华美、低吟浅唱的诗歌，在汉语修辞美学的层面上，活脱脱就是早已没落的南宋婉约一脉词赋的现代翻版。

这一倾向，我们并不难理解。一个活在今天的中国诗人，当他敏感到现代性的活性资源濒临枯竭并感同身受到其贫乏所带来的危机，他唯一可做的事情，就是回过头去，从根深叶茂的传统文化和古代诗人那里寻求心灵慰藉与精神庇护。在这方面，沈鱼的书写并非孤立现象，在现代性语境之下，古代的月光也同样照临其他许多现当代具有古代情怀的文人。比如，上面提到的柏桦之于清朝，于坚对李白、苏东坡的呼应，海子、李亚伟对农耕语境的转述，艾泥的登高情结（艾泥身上的古代情怀，主要保留在长诗《登马雄赋》中），等等。更远的则是民国时期的那一大批对现代性心怀恐惧与龃龉的所谓"遗老遗少"（南社同仁、废名、沈从文、汪曾祺）。当然其中最为引人注目的是今天看来特立独行的胡兰成。胡是一个对中国道统有着独特表达的作家，民国时期中国式的文人气，在他身上最为集中，也最具现代性。胡的国际视野与学理背景均不狭窄，对于处在大变局中的中国文化和与此紧密相关的群体性命运，他似乎看得比同时代的任何人都要深远，而且，即便是局限于汉语身体性的在场表述，他也堪称独步。也正是因为如此，我对于现代汉语语言生态中不乏诡异与一意孤行的曲折观察，得以初见端倪，在下文中，我将试探着从远处把焦距拉回来，进一步展开这个话题。

普遍的一个常识是，任何文学书写都具有特定的语境，这个语境既来自外在的不可抗拒的时代症候，也潜伏在我们身体的场域里。概莫能外。这就好比时代之于卡夫卡的写作，在他的那个时代，他并不是唯一感觉到身体困顿的那个唯一的人，解决身体的出路问题，远远超过了他在美学上的目标。我们甚至可以认为，人类进入现代以后，文学书写的一个使命，就是使命悬一线的个体命运获得身体性的救赎，也正是因为如此，卡夫卡最早把首先是作为一具肉身的人变成了一只甲虫。这是处在工具理性时代初期一个西方作家不得已的选择。卡夫卡有一句话，可以用来解释为什么他要写作："你可以避开这个世界的苦难，你完全有这么做的自由，这也符合你的天性，但正是这种回避是你可以避免的唯一的苦难。"对悲观主义者和文学苦行僧的卡夫卡来说，文学书写的第一个身体性反应就是挣扎和反抗。既然上帝已经被宣布为缺席，起而代之的是科学理性与工具理性这样的庞然大物，那么，不管人的反抗是多么的乏力与微不足道，也不管人是不是能够获得最终的救赎，"挺身于世界"并最终"成为世界之肉"（梅洛－庞蒂语）就成了唯一的选择，成了一种无法逃避的时代命运。

　　时代汹汹前往，真是让人始料未及，即便是刚刚过去的20世纪，也恍若一出浩大无边的游园惊梦。远的不说，单是近三十年的本土现代化与全球化，毕竟是逐渐把一个完整的家国故园无情地撕碎了。与胡兰成、柏桦、于坚们拼死保卫的中国身体不同，沈鱼的身体下场在彻底科学理性的时代似乎突然就有了凌迟的意味，身体所受到的考验，比卡夫卡的时代有过之而无不及。如果说胡兰成还可以在自己的笔下从容而淡定地还原出一个完整的"山河岁月"与"今生今世"，柏桦、于坚们的诗学表达尚属庄严与自持（受一种还原汉语身体诗性的文学理想的推动），那么到了沈鱼一代，身体书写全然已是失范的肉身与时代的激烈冲突，是无条件的退却、忍让与对身体孤立性事件的形而下表述。在沈鱼颇富于现世宿命意味的话语表述里，身体的受难与死亡几乎是如影随形，一边是流水和月光，是被虚拟的古代唯美意象，一边却又是迫在眉睫的死期，是朝不保夕的肉身的寂灭。"死期若在明日，则尚有一夜月色可观"，身体性存在的现场，时刻面临着被自我清算和毁尸灭迹的潜在冲动。对沈鱼而言，时空是错乱的，既没有过去，也没有未来，有的只是个体存在感的完全抽离、节节败退与步步为营。诚如《清明贴》里面所写："我其实已不期望葬身之地／正如我不奢求立锥之居"。

沈鱼的诗打动我的地方，并不在于某种略显阴柔、隐忍的修辞美学，而是他言说的语调，他自言自语的方式，以及在面对生命存在现场时那种决绝的、一心赴死却坦然的态度。死亡意象，在每一首诗里面畅通无阻，就像是一枚隐藏的、经过了伪装的炸弹，近在咫尺，随时都可能引爆，随时都可能销毁肉身的证据，成为某种不断被延迟的直接指向死亡的神话和直接针对肉身的暴力美学。

  她们还要在世上活很多年
  这样的话让人流泪
  如果我已无法看护她们
  我希望她们的悲伤与欢喜都少一点
  只要平静地过
      ——《她们还要在世上活很多年》

这是最为直白的一个生活场景，"她们还要在世上活很多年"——在沈鱼看来，这个事实单是想想就令人抓狂，活着之累与他人之累，体现为一个独自醒着的厌世者与"睡姿横陈"的妻儿之间的一场让人伤心绝望的秘密告白。

但是，在人性挣扎与维护生命底线（而非道义）的层面上，沈鱼仍然具备自我救赎的能力，告白在"感谢今夜，没有突如其来的雨"一句上戛然而止，如释重负，一个惊心动魄的夜晚，竟成为现世生活的一个充满了谵妄与精神错乱的隐喻。在这里，诗歌成为干预生活、平息内心混乱的一重砝码。（"我借几个汉字，给贫贱的魂魄／安身立命"——《借命》)写作,对沈鱼来说等同于身体的受难与凌迟,它在诗歌发生的源头上如同生病的身体里起了一场大火,考验一个人的心智和与当下和解的勇气。

在书写的路径上,沈鱼所致力于实践的,正是梅洛－庞蒂所说的"挺身于世界","身体成为世界之肉"。这一现象学的还原路径,显然也是中国式身体一直以来的存在现场,只不过,对于沈鱼来说,他所置身于其中的现时语境要粗粝、野蛮得多,也更少通融的余地,更少退路。对一个生活在当代的并被物质边缘化的中国诗人来说,活着最要紧的事情,其实并不是写诗,而是低至尘土的生存。生存的诡异之处,就在于即便我们以形而上的方式否定了它,与之决裂,它仍将继续并存在。逆来顺受吗?是的。这时代,已全然是受难的肉身筑成,肉身站起来抵抗时间之轮与时代命运。问题在于,我们意识到潜伏在暗处的敌人,敌人却从不现身。这或许是一场永无休止的猫与老鼠的战争,一个巨大的虚拟指向存在的语言场。在这个场里,博弈的过程不过是不断重复的一场漫无边际有始无终的游戏。生死问题,悬而未决,沈鱼所能够做的,不过是像普鲁斯特所曾经做过的那样,把它交给时间。他就如同是一个被搁浅在当代荒漠里的古人,因为水土不服,只好借古代的月光寻找还乡之路——然而,路途多舛,或许,还乡的可能性早已不复存在。我们都不过是一些离乡背井的孤魂野鬼,像一堆摇晃在风中的纸人。

2015 年

留下来的不仅仅是记忆

余斌的这本书，十多年前首版时我就读过，当时一面读着，一面就很感动。我心里想，总算有人不辞辛苦，把联大八年的那一段往事挖出来了。不仅仅是挖出来，还挖得很深，算得上是掘地三尺，连根都刨出来了。刨根问底，做学问，写文章，要有这个精神，有了这个精神，才谈得上本事。所谓本事，是盯住一个事情不放手，几十年只做一件事，即便是再小的事，也可以做出大文章来。

西南联大八年，当然不是寻常小事。这个道理怎么说呢？不了解这一段历史的人，读完余先生的书，大抵上也可明白个大概。在这件事上，余先生是下了大工夫费了大力气的，他大约是从五十出头就开始注意这个事了，算起来，是在二三十年前。这些年，出来了不少讲述西南联大的书，余先生的书算是比较早的一种。余先生那么早就关注西南联大，是不得了的事情。他关注西南联大，二三十年下来筚路蓝缕，刨根问底，还有一批这样那样的学者专家也做这个事情了，西南联大都成了研究的热点了，所以我说，这个事情了不起。余先生研究考证西南联大，不说先人一步，至少也可说是参与开风气之先吧。最近这十来年，联大的影响慢慢扩大，现在是连整个民国都热起来了，读书人，先要看了民国那一拨人的做派、著述，才知道民国是中国文化史上一个承前启后的黄金时代。20 世纪 80 年代根本不算什么，从文化上讲，顶多也只能算是启蒙，而且启的还是西方近现代的蒙，至于说到我们自己的传统，那是彻底的断层了，讲承前启后，那真是无前可承，启后，谈不上，因环境气候的关系，基本上也没有启出什么好风气来。因为搞现代化，一切都围绕着经济转，其他的，跟功利性的实用主义不沾边的，暂时放到一边，靠边站，以后再说。你要是站到中间来了，就想办法把你挤出去。这个是我们时代的一个价值取向的问题。

西南联大热，因为环境气候思想意识的关系，出现得有点晚。也不是有点，是太晚了。这个情况多少是令人感到遗憾和沮丧的。原因太复杂了。三十年前我在云南师大就读，那时候进校，我连沈从文在西南联大教授写作课都不知道，更不用提穆旦、冯至、卞之琳、汪曾祺这些人了。当时只知道四烈士和闻一多先生。我报考中文系，是因为读了沈从文先生的《月下小景》和《边城》，读了以后，才知道汉语写作原来可以是这个样子的，可以不是高中语文课本上那个样子的。至于陈寅恪、冯友兰、金岳霖这样的大儒，大学毕业了才知道一点点，但也仅限于他们的大名和逸事。以后接触到他们的学问，才猛然明白大学四年，没有学好，损失惨重。这个是教训。为什么会生出来这样的感慨呢？原因就是那时见到的人，几乎没有了解西南联大的，知道的人，大多数都死了，活着的，知道的，我想是因为被整怕了，知道了也不跟你讲，更不用说著书立说。

　　余先生的这本书，初版时是分为三个小单本，我见到的时间是 2003 年岁末，当时书刚出来，我一口气读完，吓了一跳。我说怎么有人对联大的了解这般详尽，如数家珍，那些大文化人，仿佛一直都活着，就像他们一直都是作者的隔壁邻居一样。后来又想，一个人花费多年心血，又是考证，又是寻访，又是实地勘察，好不容易写了这样的一本重要的书，又好不容易出版了，书出来以后却又为什么没有在全国发生相应的影响呢？这个现象我想了很久。我认为余先生的这个书是超前了。后来因为写了一篇小文在报上鼓吹，机缘一到，就见到余先生了。见到余先生，才知道余先生是昆明人，甫一出生，就跟西南联大的那些文人学者住在同一个城市了，也就是我们今天凭吊的那个五光十色的老昆明。那时候余先生都已经是快七十的人了，但是见面也没有隔代的感觉。交往深了，又才知道，余先生 20 世纪 50 年代毕业于川大。80 年代中国如火如荼的西方现代文化启蒙，余先生属于元老级的播火者那一辈，因为他当时是全国最新潮的文艺理论刊物《当代文艺思潮》的创办者和主事者之一。《当代文艺思潮》1982 年创刊，1983 年第一期发表徐敬亚的《崛起的诗群》，在全国文艺界引发了一场火药味浓烈的大讨论。之后，朦胧诗才算是浮出水面了，才具有了合法性。在此之前，北岛、顾城他们是处于"地下"的，黑暗中的一群。

　　话扯远了。但也不算远。实际上，我想要说的是，在文化视野上，余先生是一位眼光并不限于时代的知识人，而且文化知觉极为敏锐。西南联大之于后世中国文化传承与教育的独特价值,他早就看到了。不仅仅是看到,意识到,他是一个行动派,立即全身心投入,他为此投入的时间精力,可说长年累月,耗时日久。看他后来写成的书,我估计他参阅的有关文献、书籍、史料,恐怕不下千万字。掌握的文献资料少了,拿不下来。因为余先生的这本书,在写作风格上是举重若轻的、在场的,他是把自己整个地放进去了,人文的、情感的、审美的,乃至对故乡老昆明的家园情怀与童年记忆,统统投进去了,不是简单的资料汇总。像他这样的文风,我觉得既有学者的严谨,又有田野调查和文献考据的功夫,在文风上又有属于作家主体个性的一面,所以比较难写,不把材料先消化了,并作了那么有深度的思辨、情感和记忆的强投入,是无论如何也写不出来的。

　　说到做学问的态度和文风,乃至于一个人的文化品格、学养、品性,还可以讲几句。我觉得余先生在这些方面跟他笔下走出来的那些人物是一脉相承的。像他这样的老派文化人,我因为出生晚了,见得不多。余先生话少,坐在哪里都身板挺直,这是只有在受过传统文化熏陶的旧派知识分子身上才能见到的一个标准坐姿。旧,不是贬义词,旧事物、故旧之交、老朋友、旧文化,让人感到亲切、愉悦和安慰。跟余先生见面,我每次都嗅到一种旧旧的气息,这种气息,同时也是民国一代文化人身上所特有的。读他们的文字,感觉他们身上也是这个气息。这种气息,在余先生的这本书里保存下来了,它们隐藏在字里行间,细心敏感的读者,并不难捕捉到。我认为,这种气息不是哪个人想有就有的,培育出这种气息来,恐怕需要有过去的那个特定环境,那个特定的文化气场。一个字,养。一辈子都用文化养起来。一代一代传习,耳濡目染,方才成就气息。我们在这半个多世纪里长大的这一代人,不能说有文化了。从经典那里偷来了一点文化,看起来是肚子里面有一点东西了,但还是算不得数,因为还没有吸收成为你身体的一部分,你一说话,一行止,就露馅了,呼出的气息不对,都看得出来。生命气息,文化气息,个性气质,都不对。从民国过来,或者最迟在五十年代成长起来的一拨人,跟后来的人不同,一望就望出来了。有经验的老中医看人,一看就知道你有什么病,病因在哪里。余先生的书里面,弥散着的是另外的气息,干净,纯正,不阿,不计得失,天下公心,昭昭然,朗朗然。写西南联大的书很多,但有余先生这个味道和情怀的,稀罕了。

今天我们已经知道,中国文化的体统,"五四"新文化运动的时候,被狠狠地砍了一刀。"文革"破除四旧,又狠狠地砍了一刀。这两刀砍下去,骨头断了,但是经脉还连着那么一处两处,还有些气息。再后到了最近三十年,说不准经脉是不是完全断了,说气息弱了则大致不差吧。余先生书里面探访到的联大人旧居,在经历了三十多年的造城运动之后,如今好些只剩下旧地,旧居已少之又少,且难觅。要看的话,也只有在老照片上才能看到一点。所以,我看余先生的书,是当回光返照一类的东西来看的。西南联大的精神,老一辈人的学人风范,在今天活着的人身上,是难得见到了。不过我最近看南怀瑾先生阐述传统文化的书,又有了一点信心。一半是信心,一半也是自卑。一边看一边觉得自己对老祖宗留下来的东西很无知。也很感慨，怎么老祖宗发明出来的高明智慧，在现在中国人的身上少之又少呢？我看到南先生在课堂上，说未来的两百年，地球人的文化命运，是往中国一边倒的，因为西方那一套，不怎么灵了，再依着西方百年来的老路走下去，人类恐怕就要灭种。南先生掐指头算算，说东方文化智慧，过二百年都不会衰竭。要不要信这个？我自己是信的。有人说南先生，你老人家得道了，是通人。九十多岁的南先生说，通个屁，我只是把自己的身体打通了，上面这个道通，下面那个道也通。这个看起来是开玩笑的话，但有大学问在里面。

佛经言"交臂无故"，是说这个世界变化快，每天、每时、每刻，都在发生变化。《大学》里面说的是"苟日新，日日新，又日新"。我理解这个话的意思是，没有旧的支持，新的新不起来，也活不起来。余先生的这本书，算是旧版新出。我十多年前读，当真是醍醐灌顶，这次再读，算是温故知新，又有诸多感受。有关西南联大的研究，可谓方兴未艾，一浪高过一浪。联大热，民国热，这是一件大好事。我觉得，在历经了半个多世纪的文化断层之后，我们这些后来人有责任和义务把中国文化业已微弱的那一口气接过来，使之发扬光大。

2015 年

被遗忘的历史

如果不是因为读到彭荆风先生的《滇缅铁路祭》，或许我就永远不会知道，在云南近代史上曾经有过一段大规模修筑滇缅铁路的历史。其实，我想不只是我这样的一个后生小辈，恐怕就连年长我十几二十岁的人，也不一定能就此事说出个子丑寅卯来。

记得十几年前读捷克作家米兰·昆德拉的小说，有一句话给我留下了深刻的印象，他说，记忆的本质即遗忘。当时，我对这句话颇为费解，不知其深意何在。今天看来，昆德拉写下这句话，是有其现实所指的，捷克的现实如此，人类其他地方的现实又何尝不是建立在遗忘的历史之上的？别的不说，就拿60年前修建滇缅铁路来说，当时可算得上是云南省的头等大事，出工人数达30万人之多，还调集了当时全国最好的铁路建筑工程师，其声势之大，触及面之广，远远超出了先前由法国人修建的滇越铁路。可悲可叹的是，由于前者在铁路史上胎死腹中，以悲剧收场，后者却幸运地留了下来，乃至今天的人们只知滇越铁路，而不知云南近代史上曾有过比滇越铁路更浩大的工程。

对于这段尘封的历史，彭荆风先生在书中感叹道："这体现了云南边地几十万人民和当时全国最优秀的工程技术专家爱国情怀和创造力的伟大创举，就这样湮没了，过去怎么没有广为人知？就连那部资料较翔实的《云南简史》——书'云南人民对抗日战争的贡献'一节中，也只字未提及这条近30万人参与修筑，前后历时4年、土石方数量超过'滇缅公路'一倍多的'滇缅铁路'，难道在抗战救国的建设事业中也是成则王败则寇么？"

作者的感叹自然是有道理的，大凡了解滇缅铁路修筑始末的人们都会产生同感。只是，使我感到不解的是，为什么这本书恰恰不是由别的青壮年作家，而是由一位年逾古稀的白发老者来完成呢？对此，彭荆风先生的解释是，年轻一代的作家不一定了解这段历史。作为长者，彭荆风先生是宽怀大量的，他这么说也确是实情，但是，如果进一步追问，为什么仅仅事隔60年，修筑滇缅铁路这样一件在当时牵动"朝野"的大事就被整个儿地遗忘了呢？如果把滇缅铁路与滇缅公路在今天现实处境中的荣辱地位相对照，我们就不难理解作者为什么会发出这样的喟叹了。

历史是无情的，而人类健忘的天性尤其令人尴尬。这正应了昆德拉的那句话：历史是在遗忘的夹缝中得以存在和呈现的。从这个意义上讲，《滇缅铁路祭》一书能够呈现在我们的面前，实在是一件值得庆幸的事，或许它应该算作是不幸中的万幸吧。关于这本书，老作家彭荆风在自序里说，他之所以没有采用较为自由的小说的虚构笔法，而是采取了有着严格限制的纪实文学的方式，乃是为了填补云南现当代历史描述滇缅铁路的空白。其实，何止是填补空白，作者写这本书是满怀着对过往历史的无上崇敬的。修筑滇缅铁路，以当时严酷的条件和情形，完全就是对艰险的自然环境和人类自身能力极限的双重挑战，由于种种原因，滇缅铁路最终没有建成，但蕴含于整个事件过程中的历史悲剧感和庄严感却是时间淹没不了的。我想，正是这一点，促使彭荆风最终选择了纪实文学这一更为艰难的形式。

据说，为了还原修筑滇缅铁路这一历史事件的全过程和真实性，作者单是采访就历时数年，几乎走遍了当年修筑滇缅铁路留下来的遗址，中途又查阅了所能找到的全部资料，之后又几易其稿，才得以最终完成此书。我以为，以作者七十几岁的高龄，在资料浩繁而又散乱各处、当年参与修筑滇缅铁路的大多数知情人都已不在人世的情况下完成此书，其精神尤其令人感佩。

2002 年

从驿路梨花到杏花如雪

最早读到彭荆风的短篇小说《驿路梨花》，是在 1980 年上初中的时候。那时，只感觉这篇小说语言优美，跟语文课本上其他课文反差很大，至于真正认识到作品的语言何以优美，何以在一口气读完之后，还意犹未尽地想再重读一遍，则是很多年以后的事了——更何况，选入初中语文课本的那个文本，还是删节本，并非小说原貌。

最近由云南人民出版社出版的彭荆风短篇小说精选本《驿路梨花》，共收录了作家 1977 年至 2010 年创作的 23 个短篇小说，《驿路梨花》即是这部集子的开篇。短篇小说《驿路梨花》的全本，我在几年前就已经找来读过，这次连同其他篇什一起重读，感受又自是不同。我觉得，阅读这个精选本，有助于读者从总体上把握彭荆风短篇小说的艺术特色。

在彭荆风的中短篇小说里，大量篇什的中心人物都是女性，《驿路梨花》里的姐妹、《今夜月色好》里道班战士的妻子、《旅途风尘》里的复员女兵、《小站停车三分钟》里的列车员、《错位》

里的女记者、《雷的回答》里不具姓名的"姑娘"……这些女性，大多都被描写得很美，她们要么是跟军人有直接关系的军嫂，要么是到边境采访的战地女记者，要么本身就是军人，要么是边境少女——也许我们可以这样说：彭荆风的短篇小说中处处漫漶着的乡土气息和唯美意象，乃至他作为一个乡土小说家的审美视阈，远远超出了他作为一个军旅作家的身份认同。

小说家往往是一个旁观者，非旁观者便无以得其仿佛。得其仿佛，大意存焉。这里所说的"意"，当然说的是小说的意味、意境、意趣。在彭荆风的短篇小说里，尽管所描写的人物都跟军人或是军营有关，但叙述者的身份往往都不是具体指明的，即使作为一个军人参与到故事情节中（《旅途风尘》），也时隐时现，只是作为小说中人物、事件的旁观者，绝少亲自赤膊上阵或是站出来滔滔不绝地表白或对虚构的人物指手画脚。事实上，这些小说的作者或叙述者永远都是中立的，也很少对小说中的人物做出价值评判，有时候，叙述者的身份甚至是全部隐藏起来的，如《今夜月色好》，小说描写一位妇人前去探望自己的军人丈夫，开始时对丈夫和他的战友们常年在深山老林里护路很不理解，但在经历了与丈夫班组一起抢修公路和一场炮战的种种经历后，最后心甘情愿留下来和道班战士一起筑路。小说采取了白描式的叙事手法，半是描写半是叙述，笔调非常缓慢优美，自始至终，小说的叙述者都没有出现。

关于小说的不偏不倚的主体性，契诃夫说过一句耐人寻味的话。他在一封信里说："艺术家不应当自己作品人物的裁判官，应该做个公平的证人。""写东西的人——尤其是艺术家，应该像苏格拉底和伏尔泰说的那样，老老实实地表明：世事一无所知。"世事一无所知,这也是彭荆风对待小说艺术和生活的态度。也正是因为如此,彭荆风的短篇小说里很少出现"正面"或"反面"的人物,他笔下的大多数人物都显得质朴而普通,完全是按照他们和她们本身所是的那个样子还原出来的,尽管这些男男女女都是被虚构出来的人物。在《紫米》中,小说的主人公是一个好色成性的弄权者,一位中年美妇为了女儿的前途以自己的身体作为交易,当两人睡觉的事被弄权者的老婆发现后,她非但不慌张,相反地显得镇定,而且还流露出优雅与从容的仪态,小说是这样描写的:

> 她(弄权者的妻子)发疯般地扑过去想厮打那女人。
>
> 这女人为了保养容颜,平时练气功,练剑术,也不止和一个男人幽会过,哪里会慌乱。她轻轻一掌把麦兴旺妻子撂了个四脚朝天,撞得柜子上那只花瓶也摔成碎片。
>
> 她已穿好衣裙,又对着镜子顾盼了一下,头发鬓角都没有乱,才冷冷地说了一声:"你闹什么?是你男人勾引我,要闹,先把你男人的乌纱帽抹掉。"然后抓起手提包走了。

这个情节,如果按照小说的常规逻辑,中年美妇人通常都会被作家置于道德的天平上,会将她写得狼狈不堪,落荒而逃,让她觉得做出这样的事,是自己理亏了。但小说家却反其道而行之,用的正是契诃夫所说的"世事一无所知"的飞来之笔。

彭荆风是一位唯美而又乡土气十足的作家。因其唯美,因其乡土,他的短篇小说才显得这样经久耐读。

2011 年

以河流的方式走进大地

周勇的大地随笔集《以河流的方式》来到我手上有一段时间了，断断续续地读完收录在书里的27篇文章，已是到了2014年的岁末。读完才乍然意识到，这本书竟然陪伴了我将近两年的时间，这在我的个人阅读史上，不得不说是一次汗漫而又被无限延迟的阅读旅行。

周勇的散文，以前读到过一些。喜欢他语言的方式，饱满、节制、专注、练达，用语清减，有着一种刻不容缓的直接性。这是一个将自己的肉身投入到语言的场域并由此感知到大地存在的作家，其书写的方式，大抵建立在与事物之间的那种既沉潜又脱出的语境关系上面，抵达，然后看见，书写与叙事，已全然是如在眼前一般的真切，所谓的文章见性，文字初心，是需要对笔下的世界加以现场性的体悟方能获致的。

《以河流的方式》对云南西部旷野的存在现场做了个人化的解读与还原。如同一条大河对其流域所带来的改变一样，这本以亲历者的身份写就的书也在某种程度上改变了我们对于滇西的认识。在近代史上,滇西总是被人们一再提及,它总是提醒我们,一条被称为天险的大河如何改变了战争的格局,大自然对于人类的影响,为何总是具有某种"横断"的意味。但是,对于人类活动与地理形态之间长久存在着的那种隐秘的关系,那绝无仅有的唯一性,却很少引起注意。事实上,云南西部地区的高山大河,早在秦汉时代就已经被纳入到了"前全球化"的早期构想,它一度作为通往西方世界(印度洋北部地区,今印度、阿富汗、巴基斯坦一带)的隐秘通道一再地吸引着探险家们。与局限于一时一地的历史决定论相比,周勇的目光要深远得多。在他看来,唯有时间才是并非冷漠的大自然的真正见证者。也正是因为如此,他跨越时空的行走,在穿越横断山区的蜀身毒道上若隐若现,成为书中或明或暗的线索。但周勇的行走和书写又是随性的,因为他更为关注的是目光所及的世界,更偏重于眼前和当下,书写的是当个体侧身于大地之中并与大地相遇时所获得的诸多印象和感受。他写高黎贡山,写澜沧江,写怒江,写横亘在怒江上空的"西南第一桥"——霁虹桥,写隐藏在大山之间热闹了数百年如今却已是人去楼空的古代驿站,写散落在茶马古道上人迹罕至的残垣断壁,写昔日商业繁华而今却已破败的小镇、生生不息的坝子、人迹罕至的峡谷……这些分散于滇西大地的种种自然与时间性的存在,在他笔下以一个亲历者的视角和行走的轨迹得以重新命名。这些片段组合起来,一幅纵贯古今、细节纷呈的滇西全息图已然在读者面前展开。

在历史叙事中,有关滇西横断山一带广大区域的话语向来语焉不详,因极少有外人涉足,历来都被看成是一片蛮荒的、远离所谓人类文明的"化外之地",似乎它从未产生过进入和参与人类文明进程的潜在冲动与契机。但事实的真相又如何呢?阅读《以河流的方式》一书,我吃惊地发现,滇西的荒野里,竟然隐藏着诸多与国际接轨的"大事件",比如,开篇写到的明光峡谷,因为富含白银,峡谷里到处都是闪烁着"神的光芒的石头",很早就吸引了大批追逐财富梦想的淘金者。在徐霞客的时代,这里已经是一座大炉小炉交相杂陈、"炉烟勃勃"的银矿。到了19世纪初,白银的气味引来了英国的冒险家们,"明光峡谷,这个亘古以来由岩石、悬崖和森林构成的世界,第一次响起了钢铁的声音"。周勇在书中感叹:"我在想那些最初进入峡谷的探险者,当他们看到峡谷中发光的岩石时,他们的眼睛肯定和岩石一起发光。我相信这种来自石头内部的光芒,只会使他们坚信,这是神的光芒,他们与神一起栖居在这个闪光的峡谷里。"在实地探查和目睹了外来工业文明所遗留的痕迹之后,他写道:"现在,除了峡谷里像山一样的矿渣之外,谁也不知道这些金发碧眼的英国人从峡谷里消失的细节。更没人知道他们究竟从这个峡谷里带走了多少财富。峡谷中的矿渣犹如一堆英国人的粪便一样永远地遗留在峡谷里。"在这里,周勇意识到,一个以人类文明进程为其中心坐标建立起来的世界其实并不可信,只有原在的大地才是永恒的存在之物。

时间往后推移大约一百年,在另一篇考察文章里,周勇的视线长久停留在一个叫作乔治·福瑞斯特的英国人身上。与冒险进入明光峡谷的英国淘金者一样,这个嗅觉灵敏的英国人也嗅到了高黎贡山上稀有植物的味道。周勇考证后发现,乔治·福瑞斯特从 1904 年开始由缅甸进入高黎贡山采集生物标本。从这个时候起一直到 1932 年他猝然去世,他先后 7 次进入中国西部的高黎贡山,为英国爱丁堡皇家植物园采集 31015 号、10 万余份植物标本和相应的种子及大量的鸟兽、昆虫标本。在他所采集的 6000 多种植物中,有 1200 种为科学新发现的植物种类,3000 多种为地理新分布种。除了干制标本,他还为西方园林界收集了 1000 多种活性植物,其中不乏大量的杜鹃花。乔治·福雷斯特采集的中国杜鹃花标本曾被作为新种描述过的达 400 多号,经过近百年的研究至今仍被接受的名称有 150 多种,这些种类的模式标本主要保存在英国爱丁堡皇家植物园标本馆,是从事杜鹃花分类、区系等领域研究的重要材料和依据。

作为一个对高黎贡山怀有强烈家园情怀的本土作家,我发现,周勇对乔治·福瑞斯特的兴趣,如同后者在面对高黎贡山丰富的物种时一样,显得持久、狂热而又充满了敬意。这是一种在面对大地造物时所持有的相同的情怀。跟许多民族主义倾向激烈的作家不同,周勇把乔治·福瑞斯特主要看作是一个"大地上的漫游者",一个满怀激情与冒险家的天性书写传奇人生的"植物猎人",一个类似于哥伦布那样的伟大的梦想家和发现者。周勇写道,因为出现了乔治·福瑞斯特这样的植物猎人,高黎贡山上默默生长了亿万年的植物物种,首次出现在欧洲的花园里并向全世界的许多地方引种蔓延。"如果说,一座没有被人类发现的山,对于人类而言它是不存在的,犹如哥伦布发现美洲之前,美洲是不存在的。一旦人类发现了一座山,那么这座山就开始进入了人类的视野和人类的所谓'历史'之中,如果这个假设能够成立的话,高黎贡山应该是中国最早进入世界视野的山。"当写到乔治·福瑞斯特对植物的感情时,周勇这样描述:"'当他发现大树杜鹃后,喉咙里发出了像狗一样的叫声。'这种小说家的虚构对于这位伟大的世界植物学者是没有意义的,我们需要的是真实的乔治·福瑞斯特,哪怕是'标本'与'切片'式的乔治·福瑞斯特。"尽管只是"切片",周勇还是尽可能地为我们还原出了一个如其所是的乔治·福瑞斯特,因为,"我发现将近一百年,这个人仍像一具幽灵一样在高黎贡山游荡"。借助于可信的资料,周勇详细地描述了乔治·福瑞斯特在横断山区的一次非凡的冒险经历,在这次历险中,这位植物猎人几乎没有逃脱原住民的围杀。但冒险是值得的,也是不可避免的——1932年,高黎贡山成了这位植物猎人永远的居住地,而高黎贡山,似乎也乐意为这位来自另一个大陆的漫游者提供庇护。

"人身虽小,暗合天地"。对于一个有理想的写作者来说,身体性的在场(而非仅仅是形而上的在场)永远是必须的。一个写作者如何在他所描写的事物与自身之间建立起身体性的联系,考验着一个写作者在其书写活动中的合法性及其诚实的程度。唯其如此,人的身体才有可能在文学书写的多维层面上敞开并构成"世界之肉"——诚然,语言并非某种虚拟的存在之物,而是"口中开出的花朵"(海德格尔语)。在这方面,《以河流的方式》一书堪称典范,它的作者显然并不满足于仅仅是如同一个旅游者沿着现成的观光线路那样去打量眼前的世界,而更多的是以一个亲历者和见证者的身份去探寻、发现——如果有必要的话,他还得把自己看成是一个大自然与人类生活的考古学者、一个探险家,在没有道路的地方开辟道路,以便进入一个少有人涉足的世界。这一点,正如同《笼罩在白银光芒下的峡谷》一文开篇所写的那样,通往原在世界的道路永远都不是现成的,道路只存在于我们身体的隐秘角落里,唯有身体力行,此在的世界方才显露出来。对于周勇来说,通往秘境的道路"在一片绵延起伏的火山台地之上"。为了探明高黎贡山一侧的明光峡谷,周勇采取的方式是从一条河流进入。他写道:"这条河叫明光河。我将沿着这条河一直抵达它的上游——一个叫明光的地方。高黎贡山分布着众多的河流,每一条河流都是进入森林里的道路。这也使得我的每一次叙述都只好从河流开始。"

  从河流开始,也就是以河流的方式。在周勇看来,唯有河流才是大地上永恒的道路,只有具体地深入某一条河流,才能真正洞悉大地存在的真相。就像四百年前明代大旅行家徐霞客所做的那样,周勇的大地书写也始终根植于与大地亲密无间的身体性存在之中,他所信赖的是自己的身体及其身体性的在场,而非任何一种来自形而上世界的理念之物。《以河流的方式》一书的书写之所以是引人入胜的,原因就在于它的原始冲动与灵感全然来自于对可见的存在之物与人神共居的大地的无限敬畏。

2015 年

零时代的身体叙事与身份书写

当代汉语诗歌流转到今天,呈现出繁复而又多样的个人化书写途径。其中,从隐喻到转喻、从对历史乌托邦的命题式书写到回归日常身体性存在的现场表述,从形而上抒情语境的式微到主要是建立在本土经验之上的个人叙事的最终取而代之……汉语诗歌,正在全球化时代各自为政的叙事中获得相应的书写资源及其作为现代性书写的伦理与合法性。此一书写的现象学,我们不妨称之为"零时代的身体叙事与身份书写"。

展读《滇池》这期昆明新生代诗人作品专号,从文本本身所传递出来的诸多信息,我们不难获得如上的印象。在他们的叙写中,"身体"显然占据了文本书写的中心位置,身体性的在场,经由词语的不断派生、转喻、引义和话语的置换,身体性的症候即便被纳入到某个片段式个人化书写的场域。胡正刚的《在江边》是一首高度浓缩的诗,一下笔便将身体存在的现场置于江边,"身体"和"江水",是该诗的两个核心意象:

> 流水确实从我们身体里取走了一些事物
> 当我们来到江边,身体就会成为
> 河床的一部分。江水彻夜不息,带走了
> 泥沙,鱼骨,石头与流水撞出的火花
> 我们站在岸上,内心巨大的空,一点点
> 向外蔓延,像极了一群渴望成为江水的囚徒
> 却又不甘心交出自由的流亡者。

全诗虽然只有短短的七行,但传达出的个人感受却是复杂而多维的。在此,"身体"和"江水"显示出某种异质同构的相互关联性,静止的身体与流动的江水,既处在同一个时空语境中,又显示出分离的、对抗性的紧张关系。如果我们把这首诗与他的另外两首放置在诗歌发生的场域来加以考察,我们便不难发现,作者正是以一种"依形躯起念"的方式来构造自己的诗学理念,以人自身的身体的发生生成机制来催生诗歌的发生生成机制。形上之玄思命题,恰恰以形下之人身得以体现。胡正刚的另一首诗《渡江记》,同样将身体放置在有关江河记忆的三个现场,在这里,三个场景中的身体分别呈现为三种记忆时态,红河对应的是作为流亡者的身体形象,金沙江则与故乡、淘金者这一形象关联,而在瑞丽江,身体所感受到的落日下江水浑浊、荒草蔓延的荒寂景象,则被转喻成为"一个负重前行的搬运工"的形象,溢满的江水,只不过是"为下游的缅甸/源源不断地输送着黄昏"。在这里,诗人采取了一种转喻性的身体在场的文本叙事策略,所暗示和传达出的信息却相反地呈现为现代

生存语境中人的身体的真正"缺席"和"不在场"。如果说，在上述所引用的两首诗中，诗人有意营造一种"主题疏离"的效果，那么在《还乡的可能性》里，则是直接将书写的主题摆到桌面上来了：一群人置身于恍若回到故乡的现场，但结果却不得不堕入面对故乡荒芜的虚妄谈论之中，成为一群永远都回不到故乡的"孤魂野鬼"。所谓的"还乡的可能性"，在此不过是某种形上的超乎肉身的乡愁理念而已，身体本身是不可能获得有关故乡消息的任何指认的。

与胡正刚对身体身份的自我证伪和企望对真实的身体加以虚拟性的叙事还原相比，祝立根、铁柔、温酒的丫头、张翔武、易晖、胡兴尚等人的身体性叙事则更多的是近取诸身，将现代文明对人施予的离间暴力以各自不同的方式直接作用于人的身体。祝立根的《体内的声音》与其说书写的是一个背砖妇人在面对外部生存环境时所做出的极端反应，不如说是对现代身体体制之下密不透风的人类生存法则的生理性内省和反讽。阅读他的这首残忍度几已抵达临界点的诗，我条件反射般地首先想象到的是"预应力混凝土"这个现代建筑语汇中经常使用到的专用名词。在现代水泥工艺学里，预应力混凝土指的是为了避免钢筋混凝土结构的裂缝过早出现，充分利用高强度钢筋及高强度混凝土，设法在混凝土结构或构件承受使用荷载前，通过施加外力，使得构件受到的拉应力减小，甚至处于压应力状态下的混凝土构件。祝立根的这首有关身体叙事的诗之所以令人动容，不仅仅在于他对背砖妇女超越身体极限的行为施与了无以复加的词语性联想，还在于——很显然，他发现并复述了一个只有处在现代身体体制之下才可能出现的现代神话——人的身体的物化程度，实际上要远远高于人类对钢筋混凝土的技术改造。严酷的生存法则对人的身体的剥夺，或许真的已经到了只差最后一根稻草就完全有可能导致身体哗然倒下的地步。"小心翼翼，我一直掂量着身上的担子／和内心的负累，对一根稻草的重／保有足够的警惕，有些事物／不能加码，再多一点点／轻易就会听到玻璃的碎裂声。"诗人在这首诗的结尾处以一种预言的口吻写道："我只是听到了哗的一声。"

生于20世纪80年代的诗人，似乎是不约而同地回到了以身体为其核心意象的现场书写策略，而且身体总是不同程度地呈现为某种与原在的大地相离异的悬浮状态。在张翔武的诗中，身体行为成为无所归依的孤立事件，身体的存在显得极不真实，甚至缺乏必要的可指认的个人身份，"这里或那里，身体是一条船／没法靠岸／或许从来没有靠岸的时候"。他笔下的回乡之旅，表现为某种被放逐的末世情怀："每次走进火车车厢，窄小的窗外／这座城市的味道渐渐远去，变得陌生。／越接近老家，各种久违的事物迎面而来：田野、大堤、桥梁、口音、房屋／在返乡路上像是临时接待，又像等候多时。"(《渡口》)回乡所见，就连在老家"村庄上空散步"的炊烟，"祖坟和曾经荫庇我的树"，也"在夜色降临时逐渐模糊"，"越走越远"。(《祖坟》)传统意义上的大地与故乡，在此不复存在，故乡一词所指代的，实际上只是一种类似于理念的乡愁那样的、与身体性在场无关的异己之物而已。

与张翔武的回乡记相呼应，另一位80后诗人胡兴尚传达给我们的故乡消息则来自于童年记忆中消亡的麻雀。麻雀、喜鹊与乌鸦，长久以来一直都是表征大地原在性的自然症候之物，似乎只在一夜之间，它们就消失得无影无踪，音讯杳无。对此，"我们纷纷猜测，它们是死于／地头的鼠药，还是武装起来的麦粒／或者，它们在这片灾难的大地上／活够了，早已办好了绿卡／集体移民，远走他乡"。（《麻雀灭亡记》）麻雀远遁，紧跟着亡失的是青春。铁柔的《致青春》表面上看像是一阕哀婉的与青春告别的离辞，实则是一曲与时代的身体性缺席有关的献给80后的绝望的挽歌。在诗里，铁柔以充满激愤的证词宣告了一代人青春的死亡。青春在哪里？在80后一代的身体现场，青春不过是一堆摆满在"时光桌面上的空酒杯"，"邀谁，谁都可能制造／他自己的时间：他已经死去"。这首诗一开始就以一个悬疑的句式出现："我得到了什么？"在列举了大量的证词之后，诗人自问自答："我得到的，仅仅是／一个秋夜的安静，置身星空的杯盏中／我盼望得到原野的宽恕／一个奔走他乡的人，一个从小／看着父亲打铁的人，再也不能，借来／火种，让月亮为萧瑟的秋风摆一桌。"80后一代的青春无疑是残酷的，其残酷性在于，这一代人似乎是一生下来就老了。终其一生，他们都处在时代的轮下一刻也不能停留地向前奔走，背负沉重的小学、中学、大学，好不容易毕业了，却又不得不面临自谋生路、自生自灭的逼仄与尴尬。青春，在80后一代的身体图景中，不过是用来换取和赎回最基本的生存权利和向死而生的一枚冰冷硬币，一口变质的残留在空杯杯底里的酒，不想再抽第二口的香烟，青春就像是一袭灰色的幕布，幕布揭开，才发现自己已然进入千疮百孔的中年。在铁柔致青春的悼词里,死亡的意象连续出现,身体救赎、大地救赎与灵魂救赎三个主题,伴随着有关青春死亡的诸多细节而逐层展开:青春"死于闯南北,捣江河,划船/去天边,请落日大夫为母亲治病/一心向善,死于染毒,偷渡/死于不常回家看看/死于回到家,什么也看不到/死于没给奈何桥一个微笑/你唯不想让激情和纯真/也死去,在金沙江边/一个旧躯壳,悔恨无情流淌的金子……"而在女诗人温酒的丫头的笔下,青春的身体性存在直接来到了死亡现场,成为一场伴随着情欲消费的不乏喜剧性色彩的告别仪式。在《冷的情歌》中,说话者被置换为一个躺在殡仪馆接受美容并最终进入焚尸炉的年轻女性:"我抱住过自己/翻左翻右/挺立的乳房/颤栗着接近过黑暗/今天赤条条/翻来翻去/只有一点盐霜/从入殓师的手上融化/他哼着歌/拿棉球沾清水/擦拭眉头和牙床。"而随着自我身体的化为乌有,对他者的祈愿也仅仅只是这样的一场告白:"允许一切热爱从嘴唇上滑落/允许青春老去肉体衰竭/耳际摩擦着白发/允许安魂曲的尾音/有扛起棺木的/最后一丝力气。"

  人类无论身处何种时代,所谓"安身""守身""返身""省身"的问题永远是第一等事,但是,执迷于"身外之物"的那种所谓的"以身为殉"的原始的焦虑却始终阴魂不散、如影随形地伴随着我们的肉身,显得忧心忡忡。如此,孔子在川上发出"逝者如斯夫",苏轼在《赤壁赋》里发出"逝者如斯,而未尝往也"这样的千古之叹也就一点都不奇怪了。这种根于身体的书写美学,除了表现在中国古人对生命的终极性思考不是发端于对世界的"惊奇"而是始于对人自身处境的"忧患"之外,还集中地表现在其以一种"切己自返"和"返身而诚"的方式,把人自身的身体既看作是宇宙万物的一部分又把它当作是个体生命之旅的起点和本源。这种对身体的现象学式还原,把诸如人与物、内在与外在、主观与客观、本我与非我等对立项经由一种亲历性的身体真正融为一体。"人身虽小,暗合天地",整个宇宙都被视为人自身的身体场。如是,中国都市新生代诗人群的身体性书写,则可理解为人之"挺身于世界""向死而生"这一生命之旅的彰显,是"口中开放的花朵"(海德格尔)。只不过,随着整体主义时代的终结和甚嚣尘上的现代主义对古典时代和大地的毁灭性颠覆,诗人何为?或者说"何为终极之诗?"——这个问题仍然难以在80后一代年轻诗人的书写中找到答案。海德格尔所谓的"诗意地栖居于大地"的普世理想,究竟很难在人类荒芜的后院里落地生根。究其原因,人的存在的整体感的丧失是人类被西方理性主义、科学主义集体诱入现代之后,一旦进入现代,人的主体性便即被迫抽离、缺席,显得支离破碎,身首异处,个体的人沦为工具时代的拥趸,"思想的疾病"俄而转化成"身体的疾病",所谓倾巢之下,焉有完卵。

在此一时代,诗人当如何面对自己的写作?又如何经由写作来完成身体性的救赎?我以为,这几乎就是一个天问式的悖问。

2014年

基于常识的写作

当代文学写作存在着两种倾向：一种是妖魔化的写作，离奇、夸张、变形，把老鼠写成猪，猪写成大象，大象则遁于无形。这样的写作我们并不陌生，它们在当代的文学杂志上，大学的文学教科书里，甚至是在小学生语文课本的必读书目上，都占据着主要的位置。另外一种，也就是基于常识、身体和个人记忆的写作，我称之为"看见"的写作。在这种写作中，写作者书写的态度是老实的，甚至是谦恭的，对世界是怀有感恩的，就像卡夫卡在日记中所写下的那样，"当你跟世界搏斗时，你要帮助世界"。

胡廷武的《九听》，显然属于后一种。《九听》的大多数篇目，在《十月》和《大家》杂志发表时，我就看过一些，这次以书籍的方式发表，我又看了一遍，原来没有看到了，也都看到了。这里所说的看，不是走马灯式的浮光掠影，不是电脑扫描，因为在这九篇以人的耳朵，或者说声音为核心意象的散文作品里，作者感知世界的方式是异常缓慢的，以此相对应，当来自于感官的视听经验被书写还原时,文本书写的节奏和语调也就相应地趋于平缓,我以为,正是这种在书写节奏和语调上的缓慢和柔软,构成了胡廷武这批散文的特质,使《九听》区别于时下我们所习见的大多数散文作品。在这样的文字面前,阅读是不可能快得起来的,一快,就什么都看不见了。胡廷武写白马镇上的风物、季节变化、人、事,写白马镇人的吃饭、睡觉、玩、喝酒、打架、争吵、赌博,白马镇上发出的各种声音,都是有过程的,眼睛看见的和耳朵听见的。这里面有使我们感到陌生的缓缓流动的时光。这个时光不是我们今天所处的大街上汽车穿梭的时间,钟表咔嚓一声就断掉一截的时间,白马镇上的时间是小镇居民屋顶上冒出来的炊烟,是小镇戏迷们完整地听完一出戏之后慢慢地走回家去的一个夜晚,是从小镇豆腐世家嘴巴里吆喝出来的,卖豆腐的走到哪里,钟表的时针才会跟着走到哪里。也就是说,这是一个人可以看到另一个人生老病死的小镇,一个人,看到了另一个人的一生。阅读这本书,读者可以追随书中的叙述者在白马镇上找到自己,因为《九听》里的白马镇,从某种意义上讲,也就是我们每个人的精神故乡,而要回到这个故乡,作者的方式是写作,读者则是通过阅读。

《九听》讲述的实际上是关于一个人的记忆和光阴的故事。正如该书的作者在自序开头所写的那样:"奉献给读者的这本新书,写的是一些旧人旧事,对于一个人而言,那个时代已经相当久远了;但同样对一个人而言,这其中包含的人生体验和生活哲学,则又是不朽的。"这里所说的不朽,其实也就是沉淀在一个人的时间记忆里的光阴的不朽。不朽这个主题，许多中西方作家都在自己的作品中有过不遗余力的探索。在博尔赫斯那儿，时间是循环的，记忆是一座迷宫，人通过对记忆的追寻乃至迷失自身才获得生命的意义。昆德拉找到的不朽则是记忆的敌人——遗忘。在昆德拉看来，任何记忆都是靠不住的，人活在他自己的遗忘中，舍此无他。胡廷武的《九听》表达了与此相反的意趣，而且要乐观和温暖一些。他说："大体说来，孔子的哲学主张入世，而老子和庄子则主张出世，但他们又互有相通之处，这是大家都知道的常识。我所写的人物，就是生活在这样一种常识的包围之中，他们生活在简单、朴素、淡泊的外表之下，体现着一种平民的幸福，这种幸福几乎是每一个人都可以追求到的。"且不说我们是否能够追求到这样的幸福，白马镇人的活法倒是叫人十分神往。在白马镇，不管是平凡与不平凡，识字还是不识字，在缓缓流动的时光中，他们都活得那样自足、自在，他们中的大多数人，可能一生的活动半径还不超过十公里，但世界却并不因此而变小，他们的一生也不因此而少掉一些什么。相比之下，生活在今天这个时代的人们，要体验到白马镇人那种活着的感觉，还真是一件困难的事。

  该书的一个优点是非常写实，可读性强，对生活在那个时代小县城的各色人等、各种风物的记述可谓细致入微，作者对那些根植在我们记忆中，然而却已消失不见的事物一个都不放过，豆腐世家的作坊、说书人、戏子、玩画眉者、不得志的生产队长……九个故事，就像是九幅来自于20世纪四五十年代的人间风俗画，打开这本书，又像是打开一本沉甸甸的发黄的旧时代的影集,那个时代的人、岁月和生活,那个时代的过往时光,在今天看来尤其使人怀念。阅读这本书给我的一个感触就是,我们身边失落的美好事物,可能比我们实际所意识到的还要多。

2004 年

朝向故乡的写作

在一个以游戏、猎奇的信息交流作为主要阅读方式的时代，做一个诚实的写作者和阅读者同样都是困难的。不知从什么时候起，我们都已身陷于由干巴巴的符号与象征编织的语言之网中，成了"皇帝的新装"里的同谋者，没有记忆，没有故乡，也不知身在何处。因此从物性的角度来打量和审视我们时代的文学，冷漠就成为某种必需的常态。也正是因为如此，当我读到《必须有那样一个人存在》这样一本具有亲和力和女性笔触的散文作品时，我的心里咯噔了一下，某种久违的乡土情结就此打开，经由对故乡消息缓慢而又细微的传达，我的跟大地有关的身体经验被唤醒，又再次被放回到泥土之中。

如同流水与风，土生土长的云南女作家叶浅韵将她笔下的乡土世界娓娓道来，关于童年，关于成长，关于故乡，关于岁月，也关于写作者个人诸多的生活记忆。这是一个从滇东北偏僻的一隅一步一个脚印走过来的女性写作者，因此在她的笔下，世界呈现为一面逐渐展开的扇面，她在这个扇面上描绘她所看到、感知到的一切,多少显得有些迫不及待,就好像是如果不立即形诸笔端,就害怕它们会从自己的记忆中永久消失一样。有时,这样的人与事可细微到童年时初次尝到一块蛋糕的味道,有时,它们又直接关乎一个个亲人的生死、失踪这样的大事。但不管怎么说,书中的人与事,都与作者个人的生命历程有关。有一篇,是叙写一位从来未尝谋面,只存在于长辈传说中的亲人——"我爷爷的哥哥,也就是我的大爷爷"。这位大爷爷在家族日常生活里的缺席不是因为发生了什么了不得的大事,而仅仅是因为居住的房子被新婚促狭的小爷爷霸占而负气出走。"一个月过去了,两个月过去了,我爷爷(二儿子)还不见他的哥哥回来。这时,爷爷做了一个决定,他要去找寻他的哥哥。"弟弟对哥哥的寻找历尽千辛万苦,结局也是一波三折。等到爷爷好不容易在千里之外一个叫龙武的地方找到他哥哥并劝说后者回家时,却遭到了拒绝。非但如此,哥哥还反过来劝说弟弟留下。故事的结局是,弟弟跟哥哥生活了一个月,见哥哥一意孤行,再无回转的余地,自然伤透了心,只好告别哥哥走上还乡之路,几乎是一路乞讨着,衣衫褴褛,赶在大年三十这天回到了家。大爷爷呢,他从此以后就成了异乡人,并永远失去了音讯。表面看来,类似这样的家庭故事,实在是微不足道的,事情的起因也显得鸡毛蒜皮,它还远不足以构成具有社会普适性的家族命运。但我发现,这个故事打动人的地方也恰好在于此,正因为其事件起因之小,之不值一哂,反而令人唏嘘,那种存在于人性隐秘处的说不清道不明的东西,根本就不分大小,不定在冥冥之中,于不经意间就电光火石般地闪亮一下,足以让人眼花缭乱,手足无措,成为潜伏在人生命运中的一个诡异的拐点。在此,我突然记起了1934年陈寅恪写在《王静安先生遗书序》里的一段文字:

> 寅恪以谓古今中外志士仁人,往往憔悴忧伤,继之以死。其所伤之事,所死之故,不止局于一时间一地域而已。盖别有超越时间地域之理性存焉。而此超越时间地域之理性,必非其同时间地域之众人所能共喻。

《龙武》一文中所写的大爷爷,自然与陈寅恪所谓的志士仁人相去甚远,不在同一个价值评判的坐标上,甚而至于显得可悲亦复可笑,但其中端倪,实隐然"别有超越时间地域之理性存焉"。这里所说的理性,或可理解为流淌在一个人血液里秘而不宣的秉性与心结。"一生负气成今日,四海无人对夕阳",其实也是因果宿命中必不可少的一环,没什么不好,甚而至于可说是一种不乏孤绝的大境界。仁人志士也好,寻常百姓也罢,都不必为命运中必然会有的遭际挂怀,以其忍辱负重地活着,倒不如铁了心,横竖一条路走到天黑,一走了之或是以命相搏,都是由不得人的。

叶浅韵的散文,大抵取材于为我们所习见的那一个根深叶茂而又枝蔓横生的乡土世界。这个世界是如此生机勃勃,如此蛮横霸道,如此不讲道理,它每天都在溃散、朽坏,然而,却又以潜移默化的方式获得新生。生老病死,悲欢离合,生生不息,日日夜夜,年复一年。几乎每天都有意想不到的事情发生,所谓"日新，日日新，又日新"，是拿了新命去换旧命，把自己变成一个新人。但是，太阳底下无新事，作为一个写作者，唯一可做的事情，不过是把人世的沧桑冷暖化为一纸烟云，顺带，也为了对生命感恩。

　　叶浅韵是一个有心的人，且心是圆融的。她写的都是心平气和的性情文字。她写从未见过面的大爷爷，一面是为了追回自己身上血脉流淌的路径，一面也为了缅怀寂灭在时间岁月里的那段不堪的往事，抒写的是积郁在胸中不吐不快之人间过往。世间之事，当真是无一件不要紧，只是到了涉笔成文，那就要看是不是拿得起放得下了，是不是都随了横陈在天地间的那条大道在走，倘如此，则诸事遂顺，文事与心事皆太平。叶浅韵的文章里，有气象，中正平和，全无有才华的女性写作者通常都免不了的暴气、戾气、骄气，她是把文字当作自己身上的肉来爱惜了。古人所说的文似看山喜不平，在她这里是山气日夕佳，一览众山小。要的是宽扁、正大仙容的美学气象。她的这本集子里，有两篇文字都写到了剪刀，一篇写母亲，一篇写自己。母亲的剪刀，是伴随了她大半生的老伙伴，一件宝贝，与柴米油盐酱醋茶等量齐观，常常化腐朽为神奇，在家庭生活里充当着帮手、守护神的角色。自己手上的剪刀呢？则是一件凶器，伴随着悲伤、泪水、内心的委屈和纠结。同样的一把剪刀，同样的书写道具，在母亲那儿呈现为一派祥和之气，到了她的手里就变得杀机四伏，总是想要剪断那根维系着婚姻、家庭与庸常生活的红线，剪断凡俗的无奈与烦恼。一个中年已婚妇女微妙的心理危机，经由手握一把剪刀的形象暴露无遗。然而，根深蒂固地存在于祖母、母亲、孩子之间的那根血脉相连的脐带，才是永远也剪不断的，它就像是一条隐藏在地底深处的河流，悄无声息，却永远都在默默地流淌。叶浅韵的这篇散文，如同是一篇关于婚姻、家庭与爱情的女性告白，又像是一篇写给自己的忏悔录，尖锐，激烈，直言不讳，然而又随时保持高度的警觉、内省和隐忍。文章的结尾告诉读者，这是一场有惊无险的、只是偶尔发生在一个女人内心深处的隐秘的战争：

> 当我把这些文字敲打完的时候，我似乎忘记了我最初的心意。一把剪刀安然地摆放在我的枕边，而他从来不会误以为我要用它来结束自己的生命。

"这把剪刀"，不过是偶尔掠过情绪天空的一朵乌云，待到天青月圆，生活又会重新恢复常态，尽管，生活本身总是不时地呈现出它狰狞的那一面。

中国文学书写的合法性，历来都离不开一个"道"字。道可道，非常道，道法自然。以笔修身，化人育人，文以载道。只有己身修正了，笔才站得直，文章才立得住。文学一途，当作如是观。也正是因为如此，我觉得，叶浅韵的文学生涯，因为她的这本书，开了一个好头。

2015 年

文化寻根、求证与考据癖

那年我在省文艺评论家协会编杂志，突然就收到了几篇郑祖荣用文言写的方言考据文章。一看之下，当真是满心欢喜，没想到平常耳濡目染习以为常的方言土语，经了郑先生一番筚路蓝缕的考据功夫，非但不见丝毫土气，展现在眼前的竟然都是一些古拙得直追汉唐的大雅之词。我记得其中的一则，专表一个"压"字。"压"在云南方言里土得掉渣，"压酒、压饭、压菜"，原是乡野村妇、贩夫走卒的口头俚语。郑先生考据说，"压"字的此一用法古已有之，唐人李白《金陵酒肆留别》句云："风吹柳花满店香，吴姬压酒劝客尝。"李白诗里的"压"字即此之意。清初李渔小说《拂云楼》云："万一人不像人，鬼不像鬼，倒把个如花似玉的女子上门挜去，送与那丑驴受用，有什么甘心？"此处"挜"与"压"相通，为当时民间使用的方言，与现今仍在使用的滇中方言"压"是同一个意思。近人周作人散文《石板路》一文中亦有句云："俗语曰：挜卖情销。"

吴姬压酒，挜卖情销，原本是风流古雅之事，但若是一粗心，或是想当然的望文生义，就俗了。郑祖荣在文章里说，《辞源》释"压酒"，竟将"压"字说成是"米酒酿制将熟时，压榨取酒"，此说"压"字本意尽失，"盖不知其为吴人方言，故所释牵强非是"。李白"吴姬压酒劝客尝"句，是太白初客金陵，以金陵方言入诗而成佳句也，非太白创意。清王琦《李太白全集》注引《渔隐丛语》所谓"好句须要好字，如李太白诗'吴姬压酒劝客尝'，见新酒初熟，江南风物之美，工在'压'字"一说，是不知太白以吴中方言入诗。郑先生引赵彦卫《云麓漫钞》来佐证自己的看法：李白诗"吴姬压酒劝客尝"，说者以为工在压字，殊不知乃吴人方言耳。

郑祖荣的考据文章类于古人笔记，好看好读，博雅而不乏机趣，书卷气十足而少巾箱味。他是把考据文章当作小品文做来赏玩了，玩的是见识，是性情，是发现。《写韵斋札记》里有一则短文专门考据"男左女右"的由来。这个事典很难考证，典籍上鲜有这方面的记载。于是，郑先生干脆采取了田野调查一类的考据方法，文章开头他写道："夫世有所谓'男左女右'之成俗而未知起于何时何故。民间传言：女子而有妊者，跨门槛起左足而生男，起右足者生女，而世事恍惚，终难认定……"

那么郑先生是怎么考证的呢？郑先生妙人，他考证的材料居然是从观察蟑螂交媾的细节上得来的，因"格字"而转为"格物"：

  有友人告余云：尝细观蟑螂之交媾，雌雄相遇，两头相向，不即不离，有顷，各出一须，此左彼右，相近而不触，微颤以示爱,而另一须则侧垂,不与焉。久之,弥近,两须乃勾曲相缠,可谓为"须成",于是雄者跃进相叠,雌乃受之,始交合焉。故世间有歇后语谓:灶阿马虫谈恋爱——牵须(谦虚)。余听讫,追问:两虫之须,孰左孰右?曰:两须同在一侧,雄者左须,雌者右须。余因言曰:是矣。世所谓男左女右之俗,必根于自然而非人类之主观杜撰。此两虫之交合,殆是天成,即人有男左女右观念,源始于自然之显证也。

以此方式稽考男左女右之来历,可谓独到,既幽默又长见识,读之令人解颐。"须成"一语,堪称神来,其情态行状,有如世间男女行人伦之礼一般,"礼成,乃入彀合欢"。

《写韵斋札记》里有一则笔记讲佛陀苦修之境,郑先生直接把明嘉靖大理文人李元阳"鹊巢灌顶,芦芽穿膝"八个字拈出,说历来状写佛家苦修的词句,无有出此语之右者。郑先生考证说,状貌释者的语用,初见苏东坡《记所见开元寺吴道子画佛灭度以答子由》诗里"柏生两肘乌巢肩"句时"已觉骇目惊心",及见李元阳在《大理府志》里状写释迦苦修之地点苍香岩的这八个字,更则有"震撼心魄"之感。他以为,"咀嚼玩味再四,李句犹较苏句为警策也。"末了,他感叹道:"吾滇学术,大局远逊中原,细节处则有以过之。"

郑先生此感,当属不谬,实是他长久经营云南地方本土文化所获致的切身体会。"鹊巢灌顶,芦芽穿膝"——这有如心灵告白的八个字,当初我在郑先生的书里见到,也是吃了一惊,当真是如露入心、醍醐灌顶一般。暗想，辞海章句苍茫无涯，但如这般电光火石，直击本质的用词，依然是百年罕遇的；一旦遇到了，便即刻骨铭心，仿佛某种立在地上的锐物，猛然间坐进了足底不设防的肉里，连灵魂都要跟着颤动起来，当真是有一种于无声处的隐忍和缄默——只不过，大理文人李元阳终于还是忍不住写出来了，他以一道射进时间深处的犀利目力，一语道出了释家修道的大秘密。原来佛陀苦修的大乘境界，竟是从一具已然入定物化、看得见摸得着的肉身的漫长受苦开始。

郑先生有考据癖。他考据的对象大多是词语的本源，范围很广，经典巨著，诗词章句，方言掌故，文渊故实，只要合他的胃口，一概收入囊中，无不细加把玩。他把苏东坡说成是喻圣。"喻圣"这个说法，我还是第一次听到。郑先生很有意思，他说像苏东坡这样的一个全才，文章诗词书画样样都很了不起，但是呢，诗圣、史圣、书圣、画圣、词圣等，都被他人捷足先登了，先生晚到，因而缘悭一面，竟然都没有占到一个，"为弥补这一缺憾，给坡公一个实至名归的圣者之位，吾人宜另辟圣域，另创圣号，以其诗文中最擅长之比喻此一大法，膺以'喻圣'之尊号"。郑先生博雅，他说："《诗经》六艺，风雅颂赋比兴，向为经典要义……《礼记》云：'不学博依，不能安诗'"；而"西哲亚里士多德《诗学》亦谓：'比喻是天才的标识。'以故，宜以圣名，尊以圣号，是谓有据。而先生亦实至名归，未致辱没"。随后，他举了很多例子来说明苏东坡在这方面的过人天分，文章诗词，自不必说，即便是日常用语，也都显示出东坡先生是如何擅长比喻的。"有子如轲"四字是苏东坡用来赞颂欧阳修之母的，郑祖荣的评语也只有八个字："一喻之褒，高与天齐。"

学界历来对《红楼梦》后四十回的作者归属问题争论不休，莫衷一是，有说是曹公原著，有说为高鹗狗尾续貂。对此一桩悬而未决的文学公案，郑先生亦颇为热心。他的结论是：《红楼梦》一百二十回均出自曹雪芹一人之手笔，后四十回实非高鹗染指之续貂赝品。郑先生得出此结论的主要依据即是对后四十回文本书写的方言考证。他的《写韵斋札记》一书，约有三分之一的篇目，即是从方言使用的情况来考据《红楼梦》。在《红楼篇》导语中，他写道："余读《红楼梦》，始于'文革'后回乡务农时，是后续有所读，感慨纷纭，而莫之能文。读之既细，始识曹公雪芹书中所用方言，即属明、清之际之南京方言……曹公方言运用，系统贯穿于全书一百二十回中，其全书之著作权亦由是而可确定。今世所谓后四十回为高鹗所续，为毫无文本依据之臆说也（朱按：高鹗系东北满人，不谙南京方言，故郑先生有此一说）。而《乾隆抄本百二十回红楼梦稿》的发现，更使所谓'高鹗续书说'归于彻底的破产。"

对于红楼梦尤其是后四十回的方言检索与考释，郑祖荣的工作做得很细，所列条目数十条，每一个条目下面都有专门的文章。如"打谅"（亦作"打量"）一词，郑先生统计，《红楼梦》后四十回里共出现四次，前八十回"打量"出现的频率更高，不胜枚举。对此，郑先生发问道："高鹗东北旗人，能熟用此南京方言且特写作'打谅'达四次之多以续书耶？大奇。"

郑祖荣书中枚举的例子甚多，如"塞言倒语""撞客""冒撞""散闷""醒（擤）鼻涕""嚼舌根""仗腰子"……不一而足，在郑先生看来，这些都是板上钉钉的证词，所谓高鹗续书一说，经了这些证词的旁敲与侧击，便要露出无数的破绽来，不能自圆其说了。一部活泼泼地敞开在乡土中国舌尖上的活字典，就这样被郑先生用来为皇皇巨著《红楼梦》的真正原作者曹雪芹张目。

《写韵斋札记》一书的着力点是词章考据。他对《红楼梦》方言用语的稽考，可谓探幽发微，探骊得珠。他寻得的这一条路子，为红学诸家所无，当视为独家首发。他考证这些语词，其目的不外乎是为了溯源求真，扶正固本。但似乎又不仅止于此。读完《写韵斋札记》，我对于郑先生的一个总的印象是：他大约是一个能够在文字的脉动里自娱自乐以获得清和趣味与儒家道统的人。以小文章来做大学问，且多有创见而不失理趣——当今之世，博雅如郑公者，鲜矣！

郑祖荣善联。他的这部札记里，就收录有许多他为别人撰写的联语。云南老作家彭荆风八十寿龄，他撰书一联往贺，联曰：彭祖寿高八百岁，老聃文馥五千言。盖以联之首句嵌入"彭老"二字。此联用典精当，词工意切，当属佳对。又有为人师者，年八十有四，友人夏君求联语于郑先生。先生曰："但告以生平，吾试为之。"言讫，联已成：兢业为良师，桃实李华四十载；齐家称典范，德隆寿遐八旬翁。又有为燕京某贵人母米寿联云：慈舆鬈凤鸾，海屋添筹，瑶池益算，齐天鹤寿三千岁；淑德裕家国，相夫贤助，教子义方，心翼鹏翔九万程。其才思如此。都说滇人善联，看来郑先生是把这个传统接续过来了，所谓潜移默化,薪火相传,传递的乃是泱泱五千年来渐次细下去的那一口兰香蕙气。在一个文踪杳然、人心不古的时代,倘能如此,夫复何求?

2014 年

丁集　身体的诗学

身体、写作与在场

我们这个时代和这时代的人，出了许多问题，这些问题纠结在一起，比此前的任何一个时代都要严重，足以构成我们的命运。有些问题，我们能够化解，不是一下子解决，是慢慢地、有耐心地解决。有的问题，我们化解不了，要让问题本身自己去解决自己，或者，我们把这些问题抛入到无涯的宇宙时空中，让它们自己慢慢地烂掉，化解于无形，归于尘土。现在我们试着来解决一个我们力所能及的问题，一个关于文学书写的问题，我们讲身体和写作，以及作为一种写作的方法论和现象学——书写的在场问题。

一说这个题目，大家可能马上就会想到"身体写作""下半身写作"，想到尹丽川和卫慧，想到所谓的"暴露文学"。但是，我们在此讲到的身体，跟身体写作、下半身写作远不是一回事。我们的话题要严肃得多，也重要得多。有多重要呢？这么说吧，对身体的认知，直接关乎每一个人文学写作的成败得失，以及写作这一行为本身的合法性问题。非正身，不足以正文。在此，我们有必要来回顾一下身体的历史，以及身体在意识领域扮演的角色及其命运。鉴于我们当下所处的语境关系，我们先来回顾一下西方视野里的身体，回顾从西方思想的源头柏拉图那里，一直到近现代欧洲现象学理论出现以后，身体如何一步步地演变为知识界的中心话语，如何在当代思想中脱颖而出，并进而从幕后走到前台，乃至于身体理论如何对当下的文学书写、现代艺术产生举足轻重的影响……这样一个过程。最后，我们要把身体弄回到中国来，身体是如何决定和支配中国文化的走向和规范我们的文学传统的。

身体的缺席——从柏拉图到孔子

身体是人生之根本，是人进入世界、与世界发生关系的基本途径。但关于身体的问题，长期以来却被遮蔽了，从古到今的哲学家，他们关注的不是身体问题，而是直接越过身体，关注所谓的"心灵"或"灵魂"问题。

梅洛-庞蒂说过这样一句话，他说："世界的问题，可以从身体的问题开始。"他的这句话，如果柏拉图听到，肯定要从墓穴里爬出来跟他大吵一架。这个梅洛-庞蒂是什么人呢？胡塞尔的学生，与萨特一起主编过《现代》杂志的哲学家，由于观点分歧，两人断交。他被称为"法国最伟大的现象学家"，"无可争议的一代哲学宗师"，在西方思想界和文化界，是执牛耳的人物。萨特和他的存在主义在今天已经没有多少人关注了，但是梅洛-庞蒂，却如同刚刚被发现一样，因为他，"身体性"问题从"遮蔽"逐渐走向"澄明","身体性"成为近些年来西方学界最重要的关键词。为什么说柏拉图要跟他吵架呢？我们知道，柏拉图在西方的地位就如同孔子之于中国文化，西方的文化思想，一直以来都没有越过柏拉图划定的版图的边界，直到胡塞尔、海德格尔、梅洛－庞蒂等这些20世纪的现象学大师出现，柏拉图的思想才第一次遭遇到危机。柏拉图这个人呢，他是很看不起诗人的，他认为诗人太感性，太肉欲，远离世界的本质。因为柏拉图认为世界由"理念世界"和"现象世界"所组成，而诗人，乃至于一切艺术、文学作品，体现的都不过是感官的、偶然的、非本质性的现象世界，只有理念的世界才是真实的存在，才能永恒不变。如此一来，在对世界和人的认识上，身体的地位就被贬低了，甚而至于是可以忽略不计了。在柏拉图的理念世界里，能够表征人的东西不是身体，而是灵魂。他把人的肉身与灵魂对立起来，认为人的一切活动、行为，都是灵魂与肉身的一场永无止境的战争。如果是男人和女人恋爱，那么，也不是两个身体在恋爱，而是两个灵魂的交集、对话。性爱和肉欲，柏拉图是排斥的，他主张禁欲。这个是认识论的问题，不是伦理问题。柏拉图说过这样的话，他说："只要我们固守在身体之中，使灵魂受到肉体的污染而变得不完满，我们就无法令人满意地去把握对象，这些对象也就是我们所谓的真理……我们无疑相信，要想获得纯粹的知识，必须摆脱肉体，用灵魂注视事物本身……从这种观点来看，我们所期望和决心获得的智慧，只有在我们死后而不是在我们活着的时候才有可能……看来只要我们活着，除非绝对必要，尽可能避免与肉体的交往、接触，这样我们才能不断地接近知识。"

因为仇视身体，柏拉图就提出了一个关于人生的哲学命题："死亡练习"。他借苏格拉底之口宣称，真正的哲学家一直是在学习死亡，练习死亡，一直在追求死之状态。这个"死亡练习"是非常可怕的，柏拉图以后几乎所有的西方文学，都顺理成章地成了"死亡练习"的一个巨大的排练场，生死问题，老是在西方文学里纠缠不休，就像是一条毒蛇一样盘踞在文学书写暗黑的丛林里，随时都要跳出来咬人一口。就连莎士比亚《哈姆雷特》的主人公哈姆雷特遇到麻烦时也要思考这个问题：活着，或死去，这是一个问题。这真的是个问题吗？不一定。中国的诗经、古诗十九首、唐诗宋词，就没有这个"死亡哲学"。孔子说：不知生，焉知死？孔子的智慧可能比柏拉图要高出来一大截，孔子是从来不谈论死亡的，也不信鬼神，相反，孔子是非常重视身体的，连怎么穿衣服、怎么走路、怎么吃饭、不同的人应该具有什么样的仪表，他都注意到了，有严格的一套礼仪垂范。中国文学跟死亡、跟身体的关系，容后再说，现在我们还是回到笼罩在柏拉图死亡哲学阴影下的一整个西方文学。

现代西方作家视野里的身体：普鲁斯特、卡夫卡、纳博科夫

因为柏拉图蔑视肉身，提倡死亡练习，所以从他以后，西方文学就变得鬼气森森了。浪漫派作家，象征主义诗人，20世纪的西方现代主义文学，都是要死要活的。一个西方作家，如果你的写作不涉及死亡这个主题，你就完全可以被视为不是一个深刻的作家,甚至称不上是一个作家——嗨,你看,深刻这个鬼也自己跑出来了,写作,不是越深刻越好吗?我的答案是"NO"。这种死亡意识的阴影,到了普鲁斯特、卡夫卡、乔伊斯、卡尔维诺、纳博科夫,总算是被甩掉了。没有死亡为文学奠基,这些作家写什么?他们写身体,把最华丽的修辞美学加诸活泼泼优美的肉身,一个十三岁的小姑娘,洛丽塔,比死亡要可爱多了,比死亡更加吸引人。为什么呢?是因为身体回来了,身体被西方的作家重新发现、重新找回来了。这里我要着重讲讲普鲁斯特和他的《追忆似水年华》,讲讲普鲁斯特的身体性写作。有很多人都把他的书视为天书,很少有全部读完的。我想,出现这个情况,原因之一可能是这部小说很长,长达七卷,两百六十万字,拿在手上掂量,怕是两公斤还多,两公斤的大米,一个人几天也就吃完了,但是一部两公斤的书,即便是最厉害的蟑螂和老鼠,恐怕也不好对付。原因之二,是这部书级别太高了,我不说高雅,我说级别高,因为形容词从来都是不可靠的。普鲁斯特写这部书,很少用形容词,他只是叙事和描写。描写什么呢?描写他一生的身体感受,他把所有经历过的往事、场景,全都拉回到现时、眼前来,然后又重新结构它们,以不同的人称方式,不同的视角去展现它们。因为这部书是属于自传性质的,所以普鲁斯特在写作的时候,也是非常主观的。但是,我们一定要注意到一个事实,普鲁斯特他写的是小说,不是回忆录,这样一来,关于写作的问题就不请自来了。如果是回忆录,你爱怎么写就怎么写,但是小说,尤其是长篇小说,它首先要求有一个结构存在,你要先把结构确定下来了，才写得下去。许多写小说的作家，以为结构就是编一个故事，虚构出大致的情节提纲，然后照这样写完一个故事，并且尽可能地叙述得精彩，所谓的引人入胜，就算是小说了。但严格意义上的小说不是这样的，永远不会这么简单。一个有理想的作家，他在结构一部小说的时候，首先是要考虑把自己放进去的，其次他可能要解决一个很大很大的命题，自己的问题，世界的问题——这两个问题，最后都可以归结为一个身体的问题。身体命题其实也就是生命命题，存在命题。没有柏拉图分得那么清楚，非要弄出一大堆灵魂、生死来纠缠不休。普鲁斯特是不管生死的，他不纠缠这个，他写活着和活人的细微感受。至于死，他也是感受得到的，人终有一死，他不是不知道，但是他把它交给时间。小说的世界，是一个无中生有的世界，所谓的有，不是别的东西，就是看得见摸得着的客观世界——物性的世界。从无到有，从有到物，从主观到客观，最后回到人上面来，这就是文学。

普鲁斯特是很热爱生活的，他一生锦衣玉食，香车宝马，住在几百年的庄园里，满可以心安理得心满意足地享受生活，本来是可以这样的，但是普鲁斯特的身体出问题了，或者说是他的身体出现了障碍。他在童年就得了哮喘病，像个小病人一样，不能奔跑，闻不得花的香味，中年以后，甚至连晚上睡觉都不能开窗，怕闻到花的香味引起恶心。所以嘛，普鲁斯特这个人，一阵茉莉花的香气就足以把他杀死，花香对他而言完全就是一种凶器。因为这个身体的原因，普鲁斯特就变得比一般人都要敏感，不仅是对气味敏感，也包括对世界、人生，甚至是时间敏感，事实上是他的这种敏感已经发展到病态的程度了，他的小说的大量篇幅，都用来描写他记忆中、他经历过的社交生活，那真是事无巨细、不厌其烦啊，任何一个场景，任何一个人的言谈举止，衣着打扮，他都要记下来。大多数读者之所以无法忍受他的叙述，原因就在于此。如果他描写的是一朵玫瑰花，那绝对就不会是一朵月季。普鲁斯特的文笔，既主观又客观，两者水乳交融，真是难以分清哪些是主观的，哪些是客观的。这是一种高度的物与我的统一，一般人很难做到。法国小说家，福楼拜是追求绝对的物性世界，主观性向后退却，或者说是把写作的这个主体伪装起来隐藏起来了，写作者从文本中全面退出，但同时又是在场的。普鲁斯特不是这样，因为敏感，他笔下的世界是他自己的身体真真切切地感受到的，从他的文字里，读者能够听到一张睡了几百年的床在夜里裂开的声音，那个声音不会比一道雨线在墙面弄出的动静大多少。普鲁斯特还有一种一般作家都不具备的神奇的本领，他有强烈的交感，不同的时间、空间环境里出现的任何一点有关联性的蛛丝马迹，他都能够以一种交感的方式感受到。读过小说的人都一定会记得小玛德莱点心的味道，对普鲁斯特来说，某种食品的味道就足以引发一场漫无边际的来自记忆深处的连锁反应。我们看普鲁斯特的小说，时间并不是自然的时间，场景也经常变换，这个跟他身体的敏感和感受世界的方式有关。把写作拉回到现场来，把写作置于身体所在的现场，或者换句话说，让写作获得一种身体性的在场，这是普鲁斯特给我们的启示。

事实上，在普鲁斯特之后，身体性在场就成为整个西方现代文学书写的基本要求和一个总的出发点。卡夫卡的文学事业，也是建立在身体上面的，他的全部作品，在我看来都是关于现代工业时代人的身体的受难和身体的困境。卡夫卡笔下，人的受难和耶稣的受难不同。耶稣是灵魂的受难，身体不得救，身体被钉上十字架，但是灵魂可以得救，灵魂是不会死的，它失去了一个身体，又可以钻进另外一个身体里寻求活路。佛的世界也是一样，佛是要转世的。但是卡夫卡不一样，卡夫卡感受到的痛苦、绝望全然是身体性的，是属于尘世间的，是身体的行动的不自由和处处碰壁。身体感到痛苦，不舒服，但是又没有办法，那就只好绝望了。卡夫卡笔下的那只大甲虫给我们留下了深刻的印象，你作为人感到绝望，那么把自己的身体变成一只甲虫或许是一种出路。但即便如此，甲虫也没有能够获得救赎。在《变形记》中，甲虫的行动也是严格地受到限制的，那只甲虫始终爬不出它居住的那个房间，这又是为什么呢？这个小说最了不起的地方，作为叙事的艺术，还不是把人变成一只大甲虫，而是卡夫卡把人的绝望赋予了空间性，或者说是一种精确的空间体积。纳博科夫是少数深谙小说艺术的作家之一，他称赞卡夫卡在《变形记》中那种对房间布局、家具摆放的位置，以及房间空间结构的精确描写。纳博科夫说，卡夫卡手中的笔仿佛是一把尺子，他用这把尺子把大甲虫的活动范围全部丈量好了，把大甲虫的所有出口都封死了，然后才动笔去描写这只大甲虫。大甲虫也是一个身体，因此我们可以说，卡夫卡在这篇小说里把身体的叙事艺术发挥到了极致，他发现了身体的空间属性，把人的命运与身体的局限连接起来了，在此，身体的命运,第一次成为人的命运。

那么,纳博科夫自己的写作呢?纳博科夫与卡夫卡和普鲁斯特都不一样,他有着属于自己的文学命运。纳博科夫的文字色彩斑斓、悦目,他的小说世界可以被比喻成一个开放的大花园,而不是卡夫卡的狭小、逼仄、让人喘不过气来的地下室和城堡,也不需要像在身体上受到限制的普鲁斯特那样,整天躲在散发着老家具气味的房间里,依靠穿越时空交叉的记忆来解救自己。纳博科夫是一个彻头彻尾的感官主义者,一个享乐主义者。他说福楼拜的高明之处,是福楼拜写的不是善恶之争,而是一种丑恶与另一种丑恶纠结在了一起。他是在往色彩上添加色彩,直到让读者心花怒放。纳博科夫本人又何尝不是如此,他的《洛丽塔》,堪称一种绚丽的文体,也是在色彩上堆积色彩,但却是通过身体的反应及其逼真的细节描写来加以呈现的。

《洛丽塔》的开头一段:

> 洛丽塔,我生命之光。我欲念之火。我的罪恶,我的灵魂。洛—丽—塔:舌尖向上,分三步,从上颚往下轻轻落在牙床上。洛—丽—塔,在早晨,她就是洛,普普通通的洛,穿一只袜子,身高四呎十吋;穿上宽松裤时,她是洛拉;在学校里她是多丽;正式签名时她是多洛雷斯;可在我的怀里,她永远是洛丽塔。

这是现代小说中一个著名的开头。从这个开头里面,要看出名堂来才行。纳博科夫的文学书写,是身体的一个变调,色彩、声音、味道、体温，在《洛丽塔》里，全都有。不过首先是色彩，纳博科夫给语言着色的天赋，无人能及。《洛丽塔》的语言，色彩，节奏、语气的轻重、词语软硬的拿捏，都叹为观止。阅读这部色彩斑斓的小说，你首先要读里面色彩斑斓的语言。当然还有别的。

纳博科夫的语言为什么是这样的呢？为什么如此感性和性感，乃至于与卡夫卡的那种铁硬的、火砖式的语言大异其趣？说到这一点，我们又要回到身体性上来了。我们说文学的命运，实际上也就是作家身体性命运的一个展示、展览的出口。如果说卡夫卡是一个文学苦行僧，那么，我们则完全有理由把纳博科夫看成是一个享乐主义者，他的这种享乐，文学是一方面，但不仅限于文学，也包括其他方面。我们知道，纳博科夫是一个狂热的蝴蝶谜，一个蝴蝶标本的采集者和蝴蝶标本学家，他的这个身份，并不比他作为一个作家逊色。他自己说过一句话："似乎世界上再没有什么东西对于我会更加甜蜜，胜过能够凭着一次好运，给早经别人命名的凤蛾的漫长名单增加某些值得注意的新种类。"

纳博科夫对蝴蝶的狂热直接影响到了他的文学写作，他的语言色彩斑斓，颇具视觉感，他的文学书写的修辞美学，是贴上了蝴蝶翅膀的标签的，是一种典型的纳氏风格，别的作家不会有这样的风格。他的这种风格，别的作家创造不出来，想模仿也模仿不了，原因就在于，纳博科夫有一个跟别人完全不同的身体，他的这个特点，在《洛丽塔》里面体现得很充分。

身体是如何被发现的——从笛卡尔到尼采

　　还是让我们再次回来谈谈柏拉图。刚才我们说柏拉图是一个仇恨身体或身体性存在的人，柏拉图看见的身体，是一个被阉割的身体，可有可无的身体，一具臭皮囊，灵魂理念的监狱。在柏拉图以前两三百年出现的希腊神话，不是这样的，不是光有一个发光的灵魂理性在那里空转，那是人与神的身体合二为一，与别的神和人在厮杀，在比拼身体里爆发出来的力量。身体和大地的力量，合在一起了，堪称人类最完美的时刻。希腊神话里的那些英雄，那些美女，个个都是有身体的，男人肌肉饱满、俊美、有力量，就连奥林匹斯山上住着的小祭师、那些侍童，都一个个俊美的不得了。女人呢？也美艳无比，海伦完全就是一道真理闪过的白光。柏拉图他不懂得真理其实就藏在身体里面。他是到人的肉身外面去寻找真理，将肉身直接打入了十八层地狱。

　　柏拉图把身体流放了两千多年，那么，西方的身体又是什么时候、被什么人找回来的呢？除了上面提到的几位作家，在书写的领域充分展露身体的魅力的，这里还需要提到几个关键性的思想者的名字，一个是笛卡尔，一个是尼采，一个是胡塞尔，一个是海德格尔，另一位，身体现象学的最后一位大师，也就是我们前面提到过的梅洛－庞蒂。这几个人首先揭竿，从认识的、真理的层面，首先解放了西方的身体。

　　我们先说笛卡尔。这个笛卡尔是个什么人？敢第一个跳出来造有两千年根基的理念王国的国王柏拉图的反？我们说，自柏拉图以后，西方世界的文学、艺术就阳痿了，只有抽象理念，只有死亡，所谓的向死而生。这个死气沉沉的局面，一直要等到文艺复兴时代才显出生机。文艺复兴开始有身体了，但仍然是羞涩的，遮遮掩掩的。古希腊古罗马的雕塑，我们看得见强健的体魄和生殖器，文艺复兴，有人的气味了，但在对待身体的态度上，终究是有所保留的、暧昧的。提香算是比较大胆的，但是他画布上的女性身体香艳，情色味浓却不够自然。文艺复兴的那几位大师，在对待身体的问题上，好像只有米开朗琪罗显得诚恳一些。真正将身体看作是通往真理大门的入口，通过身体来对存在获得一种崭新的认识，还要等到 16 世纪现代哲学的奠基人笛卡尔出现。

笛卡尔这个人最了不起的地方，是他发现了人的肉身在哲学认识论意义上的重要性和不可或缺，柏拉图把肉身扔进了垃圾堆，他把它捡回来，并与灵魂理念平起平坐。因为他认识到，在思辨哲学的场域里，"身体性"正是"灵魂"的一个对手——尽管，他也常常让肉身输给灵魂。笛卡尔虽然意识到身体是由肉体和心灵两部分组成，但这两个部分却是彼此对立的，因此在他的"我思哲学"中，作为肉体的身体总是处在下风，是作为怀疑对象而被悬置起来的东西。在为身体正名、为身体立法方面，笛卡尔只是一个过渡人物。笛卡尔以后，又不断有一些人在探索身体性的问题，探索身体与世界的关系，但因为都采用了二元论的两分法，越思辨就越是裹搅不清，身体在他们眼中仍然只是一个哲学工具，一个陪衬物，一个主要是由碳水化合物构成的肉身，或者干脆就是一具没有体温没有人性的哲学机器。第一个把身体揽入哲学怀抱并为之大声辩护的人是尼采。尼采（1844—1900）指责近代理性主义哲学是一种"被阉割"的哲学、"太监"的哲学。"'灵魂''精神'，最后还有'不死的灵魂'，这些都是发明来蔑视肉体的，使肉体患病。""现在，人们不怎么在哲学中谴责身体了，但这也意味着身体消失了，消失在心灵对知识的孜孜探索中。以前，人们压制身体，是因为身体是个问题；现在，人们忽视身体，是因为身体不再是个问题。"尼采很鄙视自柏拉图到黑格尔以来的所有哲学家，他要理直气壮地为身体正名，喊出了"一切从身体出发"的口号。在这里，尼采所说的身体，已经不再是灵魂或意识的附庸，一具"被阉割"的身体，而是有血有肉的、活泼泼的肉身。尼采一方面为身体立法，另一方面他又不遗余力地鞭笞灵魂理性。在《查拉斯图拉如是说》中他干脆说："我就是肉体，我完完全全是身体，此外没有别的，灵魂不过是身体上某物的称呼……所谓心灵者，也是你身体的一种工具，你的理智中的一个工具、玩具。"在尼采看来，唯一的存在是生命，生命之外一无所有，存在是生命之自我创造和自我毁灭的永恒回复，而生命不是别的，正是肉体。

身体的现代立法者：胡塞尔、海德格尔、梅洛－庞蒂

在此，让我们且先来回顾一下离我们最近的 20 世纪。我们今天的这个世纪，就是从 20 世纪过渡过来的，或者说，我们的时代,尚未完全脱离20世纪这个庞大的母体——我们正在被20世纪生下来,可能头已经落地了,但是双脚还悬在空中。今天上点年纪的人,都切肤地体会过20世纪最后三十年、二十年、十年。20世纪是怎么回事呢?20世纪发生了许多重要的事情,这些事情对人类的改变和影响,可能是前面两千年发生的事件的总和。其中一个最重要的事情,就是我们的身体被技术改变了。或者说,我们的身体不再是一个"自然的身体",它被严重污染、异化了。在20世纪以前,尽管工业革命已经折腾了一百多年,但是总体来说我们还有一个自然的参照物,进入20世纪,情况就完全不一样了。所谓的"现代",通常指的都是20世纪开始以后的这一百多年,西方世界全面进入现代工业社会以后。人类进入20世纪,理性主义的幽灵借助现代科学技术的强大力量而得以借尸还魂,由原来的思辨理性一跃成为工具理性和技术理性。技术的进步使人类解决了许多物质世界的问题,但是对人的身体和人性世界却几乎是毁灭性的,因而,它一方面是盲目的,另一方面又是无知的。技术的一个阴谋,就是无限度地控制自然、宰割自然、消灭自然,并最终取而代之。它几乎就要达到目的了。身体作为自然的一部分,也不可避免地被纳入了黑名单。人们本来天真地相信,经由科学技术这个途径,人类在改造自然的过程中能够获得自身的自由和解放,最终实现人的发展和完满。但是事与愿违,接踵而来的是频繁的经济政治危机和两次毁灭性的世界大战,二战之后,又迅速催生了一系列积重难返的社会问题,诸如人的异化、南北差距、两极分化、环境污染和霸权主义等等。此时,肉体刚从道德领域、真理领域的宰制中步履蹒跚地走出来,旋即又落入到了由现代技术所精心编造的一整套谎言之中,肉体沦为生产机器,成为一种工具符号,肉体的日常话语权被剥夺殆尽。"奥斯威辛"、斯大林大清洗和"高棉"事件的发生,昭示了现代技术理性对肉体的毁灭性企图。也正是此种背景之下,一些西方后现代哲学家在尼采思想的鼓舞之下,重新展开了对肉体的拯救活动。

在这方面,胡塞尔、海德格尔师徒居功至伟,后来则是胡塞尔的另外一个弟子梅洛-庞蒂,将现象学发扬光大。胡塞尔最先打开了身体监狱的大门,然后是他的学生海德格尔把身体领回到了大地之中,并把身体归还给大地,最后是梅洛-庞蒂为身体恢复名义,为身体平反、命名,为身体合法地重新进入世界开辟道路。

在知识界,今天统领世界潮流的思想是20世纪初期创立的现象学和分析哲学,而胡塞尔,正是现象学派的开山祖师。胡塞尔是一位身份颇为特殊的哲学家,他并不直接将话语言说对准身体,或是将解决身心问题作为主要的哲学旨趣,而是要深远广泛得多。一方面,由他所发明的,主要是建立在彻底经验主义基础之上的"现象学还原"的原则,使得主体性哲学思想被推向了极致,并且将哲学变成了一门最严格的科学。另一方面,又是他首先提出了"现象即本质"的现象学方法论,以及诸如"主体间性""生活世界""他我"等一系列与传统哲学旨趣迥异的概念场域。因为胡塞尔现象学还原理论及其方法的确立,西方哲学话语中的"身体性"问题,最终演化为与人文、艺术、写作和人类自身救赎有关的一个最重要的话题。

现象学这个东西，大家不要小瞧了，后现代的许多经典，小说、诗歌、文学理论、批评文章，都跟现象学有亲缘关系。作为一种观念和方法，现象学为我们认识、感受世界提供了许多与后现代语境相契合的路径和方式。现象学里有语言的东西，有符号的东西。当代中国文学里的很多诗歌、散文作品，包括一大批话语理论，就跟现象学，尤其是身体现象学有理不清的关系。于坚的《零档案》，就是试图通过文学书写去发现、找回被集权社会的意识形态阉割、消灭的人的身体，写的是人之死和身体的缺席。卡尔维诺写作《帕洛马尔先生》，是要经由帕洛马尔先生这个人物，把人从不堪负重的现实世界里拯救出来，以便获得身体性的轻盈。他借帕洛马尔先生这个人物思考了一些关于人的存在的问题，思考的结果是，人活着，只有活在当下并捕获愉悦才是正当的，其他的都不重要。面对写作和这个我们每时每刻都置身于其中的世界，卡尔维诺在他的《未来千年文学备忘录》里说过一段精彩的话。他说："我开始写作生涯之时，每个青年作家的诫命都是表现他们自己的时代。我带着满怀的善良动机，致力于使我自己认同推动着二十世纪种种事件的无情的——集体的和个人的——动力……但是，不久以后我就意识到，本来可以成为我写作素材的生活事实，与我期望我的作品能够具有的那种明快轻松感之间，存在着一条我日益难以跨越的鸿沟。"写出像蝴蝶翅膀那样轻盈的作品，即便是卡尔维诺，也不容易做到。

我们刚刚说到胡塞尔，现在我们来说说他的大弟子海德格尔对存在的追问和冥思。海德格尔有一句著名的话，他说，"语言是——口中开出的花朵"。海德格尔作为哲学家一辈子都在思考的问题，就是如何通过语言之思来重新命名世界和身体，并把身体重新放回到世界中。海德格尔探索的是存在哲学，但是存在离不开语言，而语言又是离不开肉身、嘴巴的。他甚至还区别了用手写和嘴巴说出的区别，认为通往本真世界的路口已经被僵化的书面语言，各种观念、概念封死，你一旦思考，一旦准备想要写下点什么，你就落入上帝预先设置的陷阱。相对于说出，海德格尔发现了一个词的重要性：缄默。也就是，你不要说话，你要说的东西，刚好存在于不说里面。在海德格尔看来，此刻分散在世界各地的人们，不管他从事的是何种职业，处在哪一种行为状态下，如果他不是活在某种能够被他自己如其所是地说出（呈现）的状态中，那他就是不在的，我们并非总是能够恰如其分、如同事物本身之所是那样感知自己和他人的存在。有一句话叫"貌合神离"，说的就是这个意思。缄默这个词，后来又被语言哲学大师维特根斯坦往前推进了一步，他说：对于不可以说的，我们要保持缄默。

　　海德格尔之后，我们讲讲梅洛-庞蒂。梅洛-庞蒂这个人，知道的人不是很多，但是他很重要。那么梅洛-庞蒂究竟改变了什么？他的哲学架构是怎样的，何以对当代产生这么大的影响力？刚才我们说了胡塞尔和海德格尔，胡塞尔的哲学虽然重视身体了，但是身体还只是一个意向性的东西，海德格尔从语言入手，讲的是语言及物和语言要有一个对象，不能空说空讲，身体要在现场，但海德格尔在身体性之上又放上了一个神性，这样一来，身体，或者说人在宇宙中的中心地位还是没有确立。身体的问题，要等到梅洛－庞蒂来了，才算得到解决。梅洛－庞蒂很干脆，他说，世界的问题，可从身体的问题开始。他的《知觉现象学》这本书的前言讲："现象学就是一种将本质重新放回存在，不认为人们仅根据'人为性'就能理解人和世界的哲学。"梅洛－庞蒂的意思，是要通过像尼采那样的反理性，回归到前逻辑的"意义发生地"。梅洛－庞蒂认为，身体的存在意义一是要从身体的知觉里面去找，从身体本身的存在图式里面去找；二是要从身体与世界直接发生的关系里面去找，也就是从身体所感知到的"世界图式"里面找，要"挺身于世界"。"挺身于世界"，是梅洛－庞蒂的一句类似于宣言式的话，中国古人讲的"凡事必躬亲"，说的也就是这个意思。只有当我实现身体的功能，我是走向世界的身体，我才能理解有生命的身体的功能。因此，"身体"是在与世界交往过程中实现自身的，是意义的"纽结"，是"意义的发生场"。梅洛－庞蒂讲"挺身于世界"，世界的意义就在身体知觉的感知中不断地拓展、延伸，身体和世界联系的范围也不断扩大，最终成为一种物与我休戚相关的关系，最后，身体成为"世界之肉"。梅洛－庞蒂以"世界之肉"来隐喻身体，因为只有这样，才能做到更加如其自身所是的那样来显示"野性的、蛮荒的"生活世界。梅洛－庞蒂还有一句话：我的身体像镜子一样面对这个世界。我们写诗，写小说，或者写别的什么，写字，画画，行为艺术，都是通过"我的身体"来面对世界。不管是"我的身体""他的身体"还是"作为表达的身体"，也不管是身体之"肉"、语言之"肉"还是世界之"肉",梅洛-庞蒂让我们始终领会到的是"感性的"光芒,一种"含混的色彩",一种"诗意的神秘"。

日本 20 世纪下半叶有个叫井上有一的书法大师,这个人在写字的时候,创作大幅作品的时候,总是大喊大叫,地上铺张大纸,他就趴在纸上书写,他的作品给人的感受,完全可以用"当头棒喝""冷水浇背"这样的词汇来形容。他的这个艺术行为,已经超出传统书法的范畴了。他仿佛是关在汉字形体的牢笼中的一头狮子、一只野兽,书法艺术的宗旨,最终是要把自己从书法线条、形体的限制里解放出来,经由书写的途径,获得生命的大圆满。这个井上有一,是做到这一点的。像他这样重量级的书法家,中国是没有的,向他学习的人也有,但他是不能学的,我们可以受他的启发,了解现代艺术的真谛,但不能像他那样玩命。有一天我在办公室临帖,临《石门颂》和《西狭颂》,非常胸闷,感觉就要吐血了,赶紧停下。事后我想了很久,为什么我的身体会有这样激烈的反应。想了半天,我终于想明白了一个道理,那就是,《石门颂》和《西狭颂》里面的那个字太刚猛了,气象太森严了,我的尚未经过训练的身体还放不进那个字,我的骨骼还不能承受那些刻写在岩壁上的苍劲古拙的汉字的重量。临帖,也像是举重,你是轻量级的,非要去干重量级选手的活计,就会像被周鼎压死的那个秦国国君,经脉尽断而死。刚才我们讲梅洛-庞蒂的身体现象学,是从认识论和方法论上讲,梅洛-庞蒂的意思是,当你写作的时候,你就是世界之肉,你就是宇宙的原点,一切意义的发生地、出发点，认识世界、收拾世界，把世界还原为某种类型的艺术作品，一是你的身体必须在场，必须尊重身体的直觉、感受、经验，你要像一只蜘蛛一样，把世界结进你的网里面来。作为一个人，无论是活着或是写作，我们大可以深入研究一下蜘蛛的生存方式。井上有一写字的时候，他自己就像是一个蜘蛛趴在纸上运动，喊着，叫着，一笔一画，构成一个不规则的网，书法编制的生命之网。另外的一个感受就是，蜘蛛结网，拿什么来结？是拿自己身体里吐出来的丝线，把自己身体里的东西拿出来了，网，就是身体的一部分。从某种意义上讲，我们也可以说，如果你把网看作是一个文学作品，那么蜘蛛就是身体写作。蚕也是一样，但蚕似乎没有美学。井上有一给我们的一个启示是，任何艺术，是需要无保留的身体性投入，身体，处于艺术活动的中心位置，非此，难有作为。有一个人写了一首诗，说井上有一的书法是从灵魂里迸出来的火花，从血液里挤出来的墨汁，从无望中发出来的嘶喊，从冰窟中发出来的颤抖……

　　如果说西方哲学一直以来都在身心关系问题上纠缠不清，"终日思，而不得求其解"的话，那么梅洛－庞蒂的理论促成了当代西方哲学在解决身心关系问题方面的一个重要转向，即从"主体性"思维到"身体间性"，从肉体或灵魂的"非此即彼"到两者的"亲密无间"。在美学领域，梅洛－庞蒂的身体现象学所提供的方法也可帮助我们发现许多此前一直令人困惑的问题，比如，我们如何看待西方后现代文学和艺术，我们如何评价印象派。梅洛－庞蒂有一篇关于塞尚的批评文章，几万字，专门论述塞尚的绘画。这篇长文里面有一句话对于我们认识塞尚很重要，他说塞尚的画是一种"身体对空间的适应"。他说"塞尚在画的时候，那完全也只是一种本能，甚至一种身体反应而非理性作用"。"塞尚既不拒绝科学也不拒绝传统。他观察地貌，并通过这些知识将所描绘的景象重现。他描绘的是风景的全体。他并不对画中景物赋予意义，也不关心观者会对其赋予什么意义。文化不在他的考虑范围之内，因为他画的是最初最本真的体验，是将所有文化和知识建立于其上并用以理解的东西。他画，就像以前从没有人画过一样……"

中国身体——从《易》到唐诗宋词，一种以"体"悟"道"的哲学

　　文学书写的身体性问题，一直以来都是中国文化的遗产和专利，为什么到了现代，反而我们还要到西方诸贤那里去取经呢？这是一个复杂的问题，跟近现代以来中国的历史语境、现实语境有关。近现代的话语权，在西方那边，不在中国。尽管20世纪以来，也有一些新儒家，比如梁漱溟先生、唐君毅先生、余英时先生等，他们力推儒学，想要将中国传统文化的活性基因重新移植到现代社会的肌体里面来，但在西方工业文明与全球一体化的大语境之下，究竟还是感到有些力不从心，翻不过身来，在一个技术至上、科学主义压倒一切的时代，要想回到身体问题上来，还得等到西方内部有人起来造反才行。

　　中国古代哲学，究其根本，无外乎就是一种关于人的身体

的哲学。《易》谓"安其身而后动",孟子谓"反身而诚","守身为大",张载所言"天地之帅吾其性,天地之塞吾其体",王夫之甚至说,"君子视天下犹吾耳目手足尔"。在这些先贤看来,身体,乃是宇宙的中心,世界存在的起点。

中国文化是根于身体、始于身体的,中国哲学本体论,也是从身体里面来,不向外求。中国有一句话,今天我们把它理解歪了,叫作"人不为己,天诛地灭"。为什么这样说?为什么要为己?这个己,首先我们可以理解成是自己的身体这个意思。中国人的真理,不在外部世界,而是在身体里面,因为根据《易经》的说法,要了解外部世界,天地万物,宇宙洪荒,就先得了解自己的身体,把自己的身体搞通了,万事万物便不在话下,因为宇宙的起源,跟人的身体的起源是一致的,都是从无里面生出来,天地本身和宇宙中存在的万事万物,莫不如此,开始时都是无,无中生有,概莫能外。无中生有,这个有就是一,一生二,二生三,三生万物。西方世界不是这样,西方是一加一等于二,一加二等于三,他们的数理是机械的逻辑的数理,乃至于竟愚蠢地推算出人是从猴子进化得来的荒谬结论。其实,人也跟万事万物一样,都是无中生有,一有就全都有了,全然用不着去思考先有鸡还是先有蛋这样的问题。人的身体并不需要进化,越是进化,身体就越是萎缩,成为鬼一样飘忽躲闪的东西。《易经》中,这种身体性的在场被抽象为"太极"。"太极"的"太"字即为"大"字的引申义。而"大"字在许慎《说文》里,即是站立的人的身体象形。形上之太极,以形下之人身得以体现,大道,不在别处,在身体的道场里。

对于中国古人来说，身体之身除了作为道的载体之外，还同时包含着"亲自""亲身""行""体悟"等意思。孔子、王阳明都非常重视"知行合一"这一修身法门，强调"格物以致知"。寻常所谓"知而行则善，知而不行则耻，不知而不行则庸，不知而行则悲"，讲的也是这个道理。这一点，跟海德格尔的存在哲学是一致的，跟梅洛-庞蒂所说的"身体间性""挺身于世界"是一致的。海德格尔也强调身体的在场，此在、亲在，他认为，没有此两在，人便是糊里糊涂的，便是不知道。因此，在这里，我们可以说，中国古人对身体的现象学式还原，早在两千多年前就做到了。

中国古代的身体学，到了北宋，因为朱熹理学的出现，受到了程度不小的遮蔽。朱熹理学把身体抽象出来形而上化，弄了一个"天理"出来，说是要"存天理，灭人欲"，这样一来，人的身体的存在就没有合法性了。年轻女性的身体，在唐代还以裸露、丰满为美，到了宋代以后，就遮蔽得严实了，什么都看不见了。在文学领域呢，受朱熹的影响，诗人们的书写也倾向于书斋式的思辨铺陈，道学气十足，就像是今天的学院派诗歌一样，唐代所具有的那种活泼泼的生气，身体与天地间万物直接对话的那种通灵感，也萎缩了，因此宋代的诗词在格局、气象上都不如唐代，变得小气和务俗了。出于对朱熹理学的反感和质疑，明代出来了一个陆象山，一个王阳明，王阳明以"心学"来对抗、消解理学，想借此清除理学的毒害，把朱熹解决掉。心学里面最厉害的一个词就是"良知"，而要致良知，就必须返回到身体，回到身体现场。因为王阳明的出现，文学有了一点回光返照的意思,晚明小品很繁荣,人的性灵被再次打开,不过格局总的来说不足可观。当然,在良知哲学的大语境之下,晚明出现了很多特立独行的名妓,最有名的是秦淮八艳,这些名妓思想解放,在经济、精神上很自足,在思想上自由,在人格上独立,影响很大。讲到思想自由、精神独立,又可以提到一个人,陈寅恪。陈寅恪写过《柳如是别传》。这件事情很蹊跷吧?一点都不,因为柳如是正是陈寅恪所推崇的那种思想自由、精神独立的女文人,柳如是貌美如花,骨骼俊秀,有清气,且才高八斗,特立独行,不是通常的脂粉俗物。

我们回到在古代中国的文学书写现场来。我们说,身体性的在场和书写美学,一直以来都是中国文化的一个传统,朱熹的理学再强势也没有把身体从文里面彻底拿掉,事实上,在传统文学、绘画、书法里,几乎全都是跟身体有关的东西,或者说是传统中国的文学、山水画,都是从身体里流淌出来的东西。诗经的第一首,《关关雎鸠》,就是一首身体性在场的爱情诗。古诗十九首,全都是。唐代的诗人,都是此情此景,他们用二十个字、二十八个字就可以表达一个完整的现场,就可以自成一个世界。唐代的诗人,尤其是盛唐、中唐,身体性的气场非常大,不会让自己脱离身体写作。李白、王维、杜甫,你看见他们写的哪一首诗是缺乏现场感的?没有。陶渊明也没有。陶渊明的境界很高,但他从来没有背叛过身体,也不想超越身体性的存在。他似乎是时刻都在饮酒遣怀,遣的还是身体,并不是什么看不见摸不着的东西。怀,怀抱嘛,终究是属于身体的。苏东坡有一则日记,是记录他喝酒回到住处,触景生情,写身体自在的感觉,写心理活动的感觉。"东坡居士酒醉饭饱,倚于几上,白云左绕,青江右廻,重门洞开,林峦萃入。当是时,若有思而无所思,以受万物之备。惭愧惭愧。"这就是诗,最好的诗。跟李白的《春夜宴桃李园序》如出一格。本来,中国的诗人,到了宋代,身体与世界,与天地,已经有些分离了,总有点隔着一层那个样子,但是苏东坡这个人气场很大,他的诗我们不觉得隔,反倒是感觉天地自然钻进他的身体里去了,是他用写作把天地自然又确认了一次。苏东坡的身体是敞开的,世界进得去,也出得来。单有放达的情性也不成,还需要才华,词语的想象力,供养词语的能力,把词语养好了,个个珠圆玉润,它们自己会找上门来,跟你成为至交好友。一个好诗人,必然是养着一大窝词语的人,及物问题,不在话下,用不着专门去注意。像贾岛、李贺那样的小诗人,身体里养着的词语很不听话,随时要起来造反,所以需要苦吟,需要推敲,需要像尼采对待女人那样,随时都得带上鞭子。李白天生就是诗人,全身上下,四肢百骸,无一处不是诗,无一字不是如其所是,因此他一杯酒灌下去,诗就自己淌出来了,首首都自然不过,浑然天成。所以,只有李白是斗酒诗百篇,其他诗人,做不到。

　　在当代诗人里面,艾泥也是写身体的,你看看他的那些诗,全都是环绕着身体在动,他的《八匹马》,是马的八个身体变成一个身体在动。他的《登马雄赋》,这几年中国诗歌最好的作品之一,还没有引起普遍的重视,被谋杀了,很可惜。他的这个《登马雄赋》,是把他自己长得像苏东坡那样的略显肥胖的身体直接就搬到了马雄山上去了。读这首诗，你会感觉这个身体跟马雄山是一种平行又进入的关系。他是怎么做到的，身体的修辞美学。他是把中国古代那个关于身体的感性的学问的家底拿出来了。他的《弥勒的葡萄》，写的也是身体性现场，在写法上连舌头都伸出来舔了，你还说他那个不是身体写作？于坚的《零档案》，一直以来都被认为是对诗歌话语形态最具颠覆性的现代汉语诗歌文本。《零档案》写什么？写的是集权制度下身体的缺席，肉身的死亡。人被抽象成为一堆枯燥的档案，至于那个活生生的、有着七情六欲的肉身，则是逃走了，被强行拿走了。《哀滇池》，也跟身体直接相关，滇池本来是一个安置身体，使肉身得以诗意地栖居于大地之上的一个身体性存在的现场，但是也被干掉了，先是围海造田，人定胜天，征服自然，与天斗，与地斗，后来是围着它建工厂，所有的污水都排到它里面去，结果可想而知，原本九夏芙蓉三春杨柳的一个天堂般的大湖，竟搞成了臭水塘。《零档案》是人之死，《哀滇池》是大地之死，都跟身体有关。云南文山有一个年纪不大的女诗人，叫红布条儿，我认为她是一个天才。她的诗，直接来自于身体的灵觉，通透，物我不分，浑然天成。她练习瑜伽，写作于她而言，似乎处在与身体行为平行的状态中，如同是一种语言的呼吸，另一种修行。

中国文学书写与身体的关系，因为有着这个从本体上加以认知的传统，就比西方要亲近得多，可以说无一字不从身体上来。苏轼诗"不识庐山真面目，只缘身在此山中"，说的就是这个道理。中国古代的建筑，也是围绕人的身体建造的，目的是为人的身体性存在营造一个居所,人虽然居住在屋子里,但是与大地并没有分开,上下左右,东西南北,都要留有门窗、通道、出口。"人身虽小,暗合天地",身体,实是藏有天大地大的学问在里头,不可小看。

2014 年

现场与见证：1980 年以来的云南现代诗

> 我开始写作生涯之时，每个青年作家的诫命都是表现他们自己的时代。我带着满怀的善良动机，致力于使我自己认同推动着二十世纪种种事件的无情的——集体的和个人的——动力……但是，不久以后我就意识到，本来可以成为我写作素材的生活事实，与我期望我的作品能够具有的那种明快轻松感之间，存在着一条我日益难以跨越的鸿沟。
>
> ——伊塔洛·卡尔维诺《未来千年文学备忘录》

考察 1980 年以来的云南诗歌，会发现两条显而易见的线索：其一，几乎所有的话语活动都跟"故乡"一词所隐含的符号意指有关；其二，伴随着一场旷日持久的全球化与现代化运动，诗歌的话语指向、书写的途径乃至言说的方式都发生了根本性的位移。

20 世纪 80 年代，可以认为是云南本土现代诗的启蒙时代，这个时代的诗人们大多是一些理想主义者，为了获得现代性的身份认同，他们迫不及待地对刚刚翻译过来的西方现代诗歌做了大量的横向移植，显得性急而又生硬，由于缺乏必要的书写独立性与文本意识，他们中大多数人的诗人生涯，还没有脱离青春期写作与集体无意识的窠臼就草草地结束了。进入20世纪90年代，有文学理想的写作者开始有意识地探寻个人化写作的途径并将其与本土经验结合起来，以抵制那种几乎是弥漫在每一个诗人个体命运中的所谓"影响的焦虑"。另一方面，国家商业主义对日常生活的渗透与工业化进程对生存环境的改变，也使得诗人们不得不考虑到书写的合法性与伦理问题。与20世纪80年代初期的"红土诗"相比，由于时代意识和本土意识都得到了强化，这个时期的诗歌在所指的层面上显得更为复杂，其感受的丰富性与所承受的压力也要大得多。诗人所面临的已不再是解决如何与世界接轨和如何获得现代性的问题，而是从写作内部生发出来的"书写的伦理"与"心灵的考据学"。20世纪的最后十年对云南诗歌来说是一个重要而极其关键的年份，许多此前在诗歌领域一直悬而未决的问题——作为汉语白话诗歌的话语方式、语体、书写语境的即时性与在场感、个人化写作、语感、技巧、传统、地域与个人才能的关系、本土经验——逐渐趋于明朗并确定下来，出现了许多处在诗人成熟期的经典性的作品。进入21世纪，这些来自于诗歌观念与书写领域的成果进一步得到巩固，喧嚣沉寂之后，云南现代诗歌显露出来的是经久不变的品质与独特性，云南诗人，也相应地显得更加沉稳和自觉。

  时代不同了，诗歌的生态也在发生变化。这一点，我们从最近三十年以来的云南本土诗歌中可明显地察觉到。

1

20世纪80年代最初的几年，随着国家集权话语的逐渐解体和政治抒情诗的退场，新一代诗人开始在思想启蒙、人性解放的大旗下聚集，在他们的笔下，对脚下这块土地的诗性发现与青春和自我意识的觉醒奇怪地混合在一起，诗人们总是迫不及待地，而且几乎总是下意识地企望经由书写来获得一种地方性的身份认同，大量写作具有云南地理性标记的"红土诗""泛高原诗"。这些诗歌，可以看作是对艾青"为什么我的眼里常含泪水／因为我对这片土地爱得深沉"的时代性回应。这种来自于云南本土生活经验的乡土情结有着自身的时代语境，很可能跟当时刚刚开始在全国兴起的启蒙思潮有关，是对不久前结束的、长期以来在意识形态领域一直处于垄断地位的集权话语、革命话语的反动。对于经历过"文革"的一代人来说，他们显然早就对政治性的"红色诗歌"感到厌倦和乏味了，随着新时期的到来，土生土长的诗人们似乎是突然发现脚下的这块生于斯长于斯的红土地才是值得书写和咏唱的对象，而"云南"所蕴藏的乡土诗意，也远远不是前辈诗人们用"神奇""美丽"这样空洞的形容词或是电影《五朵金花》《阿诗玛》所展示的单一歌舞形象就能够涵盖的。这个时期的云南诗歌，后来归结到以米思及、邹坤凌、于坚、彭国良、刘扬、费嘉等人为其核心代表的"高原诗群"的名下，以米思及的《睡美人》《云南的云》，于坚的《圭山组诗》《南高原》，海男的《西部花毯》，刘扬的《雨季河流》最为著名。一方面，可以看作是"故乡"意识在云南本土诗歌中的首次集体亮相，另一方面，它们又是青春期集体无意识与地方乡土文化、民间传说的混合物。红土诗人群的早期习作，大多情感质朴，情绪饱满，明亮，具有那一时代所特有的单纯、诚实、肤浅和执着。他们在运用抒情诗的技巧时还显得有些生涩和吃力。就书写感受而言，也还远未获得若干年以后为大多数云南诗人所谙熟的那种来自于本土经验的复杂性。

由于缺乏文化准备和书写意识上的先天不足，泛高原化写作的诗人们最终很少写出像《大观楼长联》那样经典性的、超越时代的作品。作为诗歌的书写资源，云南高原的缺口并未真正打开。随着朦胧诗从地下走到地上和西方现代诗歌被大量译介到中国来，红土诗人群迅速分化、瓦解，被卷入随后到来的"第三代诗人"的个人化书写浪潮之中。但奇怪的是，在这一批诗人中，大多数人的转型并不成功，除了于坚和海男后来成为第三代诗人在云南的主要代言人并卓有建树，终至成为该浪潮的推波助澜者之外，其他的诗人在不久之后就销声匿迹了。

2

20世纪80年代中后期，最为活跃的诗人是那些"为赋新诗强说愁"的校园诗人，他们面色苍白，留长发，穿皱巴巴的二手西装，皮鞋永远不擦，上面落了一层灰，逃课，行为放荡不羁，身体和心灵随时都处在谵妄的状态，如同永远都在发着高烧。似乎只在一夜之间,云南高校里就涌现了大量的文学社团,专门吸纳那些思想叛逆、行为极端的以文学作为泄欲渠道的青年。他们中大多数人都写诗(小说太长太慢了,缺乏直接性和耐心),一种含混不清,但有着极端个人主义色彩和灰调子的现代诗歌。这些营养不良的校园诗人目空一切,神情傲慢,把自己标榜为真正的现代派,但实际上他们的写作仅仅停留在痴人说梦的阶段,借诗发泄个人处在青春期和大时代中的小情绪、小伤感、小绝望而已。死亡、无政府主义、性是这个时期的校园诗人乐此不疲的几个基本意象,但死亡不过是吓人的面具罢了,一个干巴巴的从西方浪漫派诗人和象征主义者那里借来的符号。至于无政府主义和性,则只是某种离经叛道、行为不轨的庇护伞和仅仅是局限于理论上的自慰工具,其用途在于转移受到压抑的欲望,未必真的敢于派上用场。校园诗人崇尚语言的扭曲与变形,喜欢发明一些别扭的词语的表达法,只有晦涩的、他人看不懂的诗才被认为是好诗,谁要是把诗句写得自然、通畅、明白、朗朗上口,谁就要倒霉,被立即扫地出门。诗句押韵是绝对不被允许的,仅仅因为它们属于传统,属于李白和杜甫他们的过时的东西。校园诗人们只阅读经过翻译家咀嚼过的、来自于西方现代诗人的二手货。(如果他们发现纳博科夫早就说过"诗是翻译后剩下的部分"这样的话,可能会被活活气死)无论是男女诗人,他们都对兰波、魏尔伦、波特莱尔、金斯堡倾慕不已,尽管他们对人性的认识还远未达到认同同性恋的程度。

1985年前后进入大学的校园诗人,实际上远没有越过青春期写作和集体无意识的边界,他们来晚了一步,或者说晚了几年,赶上的是第三代诗人个人化写作的末班车,当他们好不容易挤上这趟车的时候,第三代诗人(年龄一般都在二十五岁上下)发起的文学革命已经结束了,而这个时候,他们尚未发育成熟,尚未获得必要的个体对于书写的认知和基本的写作训练。跟红土诗派的那些年长的诗人一样,这一代校园诗人中的大多数人在诗歌文本上并无建树。与他们的前辈诗人相比,他们在文化意识、人生阅历、文体训练等方面,以及对诗歌本体的认识,同样缺乏准备和自觉,同样显得贫乏与窘困,缺乏必要的写出一首真正的好诗所必需的养分和自觉。1992年后,随着启蒙时代的宣告结束和全民经商的市场经济时代开始势不可挡地来临,这一代人的诗歌之梦与受到压抑的青春期一道宣告结束,他们中的大多数人(如果不是全部的话),从理想主义者的云端上,一头栽进了商品社会的滚滚红尘之中,有一些人,甚至还渐渐成为消费时代的拥趸,沾沾自喜于做"物质的永恒的情人"。

3

在20世纪80年代的云南诗人中,于坚是一个幸存者,一个顺利完成书写身份转型并且是较早获得第三代诗人身份认同的诗人。生于1954年,十五岁失学,进入工厂做了一名锻工。1980年进入云南大学并创办银杏文学社,之前,已经有过严格的写作训练(尝试写作格律诗和一种普希金、雪莱式的押韵的翻译体诗)，入学前后写了几年的自由体红土诗，随后与南京诗人韩东、叮当等创办"他们"文学社团。1985年，以口语写成后来被视为对第三代诗人具有启蒙与开山意义的《尚义街六号》。1989年出版第一本诗集《诗六十首》。作为一位最早在本土写作经验中获得现代性的先锋诗人，于坚完成于1990年的《对一只乌鸦的命名》，以及"事件序列"，是于坚诗人生涯中最重要的一组标志性作品，通过具体入微的诗学实验，他发现使写作个人化的有效途径是一劳永逸地拒绝历史与现实的形而上隐喻。这一发现既解决了诗歌的本体论的问题，同时又是捕获某种理想中的诗歌形象的一种方法论。这一书写的方法，可能受到了日常语境中强大的隐喻功能的追逼和法国新小说的启示。于坚对诗歌理论上的诗学贡献包括个人化的口语写作、注重当下与日常生活、拒绝隐喻、词语的自由联想与书写的控制论、在场、作为"看见的"诗歌、语词形象的视觉识别功能等，不一而足。不过，他最大的贡献是发现并身体力行于一种"日常生活的美学"，并将这种来自于所谓民间的美学的光辉与可见的存在之物等量齐观。

于坚反对学院派建立在知识背景之上的写作，反对故弄玄虚的形而上的象征诗学及其所衍生出来的一整套华丽的诗歌的修辞技巧，尽管，他可能已经意识到在象征的大海里常常隐藏着另一种并不为眼睛所看见的词语的美学奇观。比如，住在云南旁边的四川的另一位大诗人柏桦的那些几乎全部用象征和隐喻写成的诗歌。

《零档案》(1993) 和《哀滇池》(1997) 是于坚最重要的两

首长诗,它们以不同的方式对处在同一时空中的人与自然的生态做了全景式的描述,其灵感来自于集权制度与工业语境之下的令人绝望的现实。前者的主题是"人之死",后者则是一曲献给故乡滇池的大哀歌——"天堂之死"(在于坚的书写语境中,"天堂之死"实际上也就是"大地之死")。在《零档案》里,于坚探讨了特定社会环境中的人的存在问题,"档案"这一形象,使人想到停尸房、活死人墓、铁匣子和象征生命终结的虫茧(生命归零?),但从装进档案里的材料构成及其所提供的语境暗示来看,却更像是陈列在国家博物馆地下室的恐龙化石。《零档案》是于坚野心勃勃的作品,它的言语形态、形式架构和处理素材的方式都具有强烈的颠覆性,改变了一直以来文学传统中诗歌这一文体的形象。在中国现当代诗歌的档案里(如果可以这样归结的话),《零档案》无疑是一首伟大的杰作,一座纪念碑,一堵横在所有诗人面前的诗歌屏障,它既打开了进入汉语诗歌现代性的通道,同时又封住了所有的道路。有趣的是,于坚拒绝隐喻和象征,但他的这首诗却成了中国社会半个多世纪以来最绝妙的象征和隐喻。

《哀滇池》亦是一首献给我们时代和未来的诗篇,还乡之不可能,以一种充满愤懑和绝望的语气说出。表面上,它的主题似乎仅仅是针对我们眼前正在消失的事物,所展示的不外是"被玷污的生活记忆"(列维·斯特劳斯),一首关于环境污染的诗,但实际上它的语义幅面要宽广得多。这首诗的现场感、时代感都很强,在全球化与现代化语境之下,"大地之死"早已不再是神话,不再是空穴来风,而是每一个人都切身感受到的恐怖现实。如果说,在《零档案》中,发生在意识形态领域的革命所要消灭的是人的个体,那么到了《哀滇池》,工业时代的这场现代风暴所要摧毁的则是人类赖以生存的载体和隐藏在日常人生里的诗性。正如诗中所写到的那样:"为什么我所赞美的一切,忽然间无影无踪?"

说到象征与隐喻诗人,不得不提到的另一位云南诗人是海男。海男也是一位善于在词与词语的相似性空间里发现、提炼出诗意的诗人。海男女性诗人的身份很可能将她自己引向了主要是由直觉和神秘主义构成的模糊诗学。这种倾向拒绝的不是于坚在理论上所大声抗议和反对的隐喻,而是大量使用,甚至是滥用隐喻。海男的书写在语体的流动上不相信理性和日常语义的介入,也不相信享乐式的明确无误的日常生活的美学。由于面对的是理想主义与乌托邦式的世界途径,她的镶嵌在句法里面的词语一般都有着强大的历史的形而上的语境,允许并鼓励读者误读。但是在诗歌的结构方面,海男后期的诗歌建制通常又是受到严格控制的,形式主义的,一般都有着固定的行数和体量。她晚期的抒情诗纯度很高,与早期散漫的自由体写作不可同日而语——早期的诗歌,灵感元素主要是来自于青春、想象力与某种纯属于女性性征的体验,进入,环绕,回旋,想入非非,像梦游症患者一样沉入黑暗之井,以便让虚构的词语各自带着自身的使命交媾、狂欢,最终获得一种崭新的秩序。

海男的诗歌行为可归入另类书写系列,它们并不进入任何一种主要是建立在以他者的阅读为前提条件的话语谱系。写作,在海男那儿主要体现为一个连续性的动作,一种自发的、无意识的精神日课与体操,一种在语言中求生的本能。类似于苦行者修炼的功法。当一首诗完成,大片的天空就倒下,有着一种毁灭性的覆盖的力量。

海男出生于1962年,写诗很早,大约在1980年前后就开始了。中学毕业后她没有进入大学,而是在她的出生地,滇西北一个叫永胜的县城组织了一个开放性的文学社团。这个县在民国时期(名永北县)属于土司和土匪的地盘,土地主要用来种植罂粟。海男开始文学冒险的时代,跟中国内地的所有县城一样,永胜县在经济和文化上都是沉寂而又封闭的,天空下氤氲着一种与世隔绝的、来自于农耕社会的田园诗意,这种诗意略带甜味与浪漫。跟高原上的许多年轻诗人一样,海男最早的诗歌也是红土田园诗,但是很奇怪,她在造句上挣脱了现成的教科书文法,意象纷乱,呈狂野之势。她在这个领域的代表作是早期的组诗《西部花毯》,具有汹涌的想象力、激情和灿烂炫目的色彩。

20世纪80年代上路而至今仍然健在的另一位高原诗人是雷平阳,但直到很晚(2005年前后),经过漫长而耐心的长途跋涉,雷才在时代的助力之下获得了属于他个人的诗歌领地。几乎无一例外,所有写出来的句子都在下沉,仿佛词语的魔法里永远都存在着一种类似于地心吸引力那样导致事物坠落的无形力量。其语调,庶几自言自语,缓慢,下沉,亮度微弱。雷平阳早期的代表性作品是刊登在《诗歌报》上的《天堂守门人》和《采访纸厂》。这是两首居于场景假设与词语虚构的诗,有着某种形而上的、佝偻的、宿命的、象征性的意味。天堂守门人被描写成一位尽忠职守、神情谦卑的侏儒，与人类的形象吻合。他每天望着那些倨傲而魁伟的居住在天堂里的人进进出出，期望有朝一日也能像他们一样进入天堂。这实际上是一种现世的隐喻。《采访纸厂》来自同一观念，是对形而上的话语语境的一次追根溯源，原始动机是为了探寻写作本身所具有的合法性以及它在时间的长河里处于何种位置。

　　大约在2005年以后，雷写出了一系列集合一切历史观念与象征之物的、主要是建立在"还乡"这一主题之上的诗歌。《小学校》《亲人》《母亲》《寺庙》《荒城》《关于老挝的小诗》《江水流淌》《夷边充军人考》《铁路》《山中迷路记》，以及长诗《大江东去帖》《昭鲁大河记》，都是对这一主题的回旋，使人想到荷马史诗里的悲剧英雄奥德修斯。在现代化与全球化语境之下的中国当代诗歌里，"还乡"是一个迫在眉睫而又无法回避的主题，既来自于诗人对空间现场不断被异化的身体感受，也来自永劫的时间观念与灵魂的无所皈依。在雷平阳的笔下，还乡之路体现为词语的乌托邦，或是通过个体的在场来获取证词，或是经由历史的场域来销毁证据，他似乎已经敏感地意识到，在"原本山川，极命草木"这一彼在的存在命题与现代化这一此在的庞然大物之间，一旦获得个体性的介入，就总是充满着巨大的张力与对抗性。他写于2012年的《过无量山》《过哀牢山，听哀鸿鸣》《在蒙自》等作品，语调隐忍，沉重，千钧一发，无论是主题的强度还是情感的密度，都超过了以往的任何作品。

　　雷的书写通常都有一套严密、铁硬的诗歌律法，循着这套律法所设定的各种程序的线路图，他就像是一头缓行的蜗牛，在寻常事物里愁肠殢酒,步步为营,层层推进,挖掘现世的寓意,发现所需要的矿藏。在描摹词语的轮廓以及如何使词语句法获得体积和量感的方法上,他有点像是观念老到笨拙的卢梭与塞尚的混合体,但更偏向卢梭。如果他面对的是一座山,那么,他注重的不是这座山的整体,而是局部,通过获得局部的在场体验与个人化书写的强行进入捕获诗意。雷的诗句里很少出现亮丽的出彩的句子形象,与诗歌阅读史中约定俗成和受到期许的精致美学大异其趣。就写作发生的性质而言,我以为雷平阳是一个真正意义上的现代主义诗人。但也有一个例外,那就是写于2001年的《澜沧江在云南兰坪县境内的三十三条支流》。与以往的任何一首诗都不同,雷平阳的这首诗可看作是一次偶然的写作事件,是他一贯的写作逻辑链条的突然断裂。游戏精神、平面效果、交叉语义的缺失及言语过程中主体性的退出,所有这些后现代主义的特征都在一种极少主义的法则支配下得到了自然而然的体现,写作的外在指向全部都被取消了,写作这个连续的动作停留在写作这个行为上,实际上,这首诗宣布了作者的死亡,它是无主题的,也就是说,主题被取消了,让位于写作的行为本身,它在语言内部达到了某种性质的澄明和自在,单是语言形式本身就构成了诗,而诗意,就在这个过程中占领了整个文本的空间,不言自明。

　　雷平阳的诗歌地理半径与于坚相似,他们都是背对中原写作,云南领土上的几条大河——怒江、澜沧江、长江中上游一带,以及高原以南的坡地和平原地带,一同构成了他诗歌地理的经纬。

4

对云南地理的现代性经验与诗性书写，除了上述的三诗人，我们还可以在近些年来异军突起的少数民族诗人，以及生活在偏远州县上的年轻诗人的多声部里获得大致完整的印象。这些诗人大多出生于20世纪70年代或更晚。较为年轻但已经显示出独特性的一些诗人年龄在三十岁上下。有的少数诗人，最近几年才开始公开发表作品。还有一些诗人，年龄不详，很可能在20世纪80年代就开始文学写作了，但很少在官方刊物或是公开的媒体上露面，其诗歌的真面目很少为世人所知——有一些，在网络出现许多年以后，我们才有幸得以瞥见其惊鸿掠影或一鳞半爪。有的诗人英年早逝或自杀了，虽然他们的人数甚少，作品却影响到了后来的一些年轻诗人。此外，还有一大批活跃在20世纪80年代的诗人，1992年以后，在市场经济时代的语境置换中销声匿迹，永远地告别了诗歌，他们中大多数人的作品很可能没有经受住跨时代的阅读考验，但留下来的作品却为数众多，文学启蒙时代的诗性之光，一度因为这些诗人的存在而发出。

云南少数民族诗人的群体性爆发对于云南本土诗歌来说是一个惊喜。这个诗人群里出现了一些才华卓著的诗人，哈尼族诗人哥布，回族诗人马丽芳，佤族诗人聂勒，普米族诗人鲁若迪基，德昂族诗人艾傈木诺，彝族诗人阿卓务林、周志、李小麦，藏族诗人扎西尼玛，壮族女诗人红布条儿——他们身上都有着古老的诗歌才能，而且他们各自的个人禀赋与这个时代的精神症候并不发生抵牾。气场是相同的，无论是对于汉族诗人还是少数民族诗人，因为都是使用同一种语言——汉语写作。不同的是文化背景和感受事物的方式。少数民族诗人似乎天生具有一种本能的、趋近自然的能力，在抵达事物的根性存在时显得比较直接和较少障碍。通常，他们的诗歌意象都很单纯，不像汉族诗人那样容易掉进语义交错繁复的陷阱，需要在不断的祛魅过程中寻找到通往澄明世界的出口。或者，换句话说，按照于坚"拒绝隐喻"的诗学理论，少数民族诗人是一些天生就跳出了汉语传统中隐喻的所指和能指系统的人，他们直接从沉默而又表情丰富的大自然那里获得书写的背景，也从来不需要在早已显得污秽不堪的时代美学里提取养分。显然，对一个母语自觉和完整地保留着自己民族根性的少数民族诗人来说，即便他的书写对象只是裸露在山坡上的一块黑石头，他也能命令它像黑山羊一样躺下或是站立，并且总是能够与周围的环境协调一致——在少数民族的文化语境中，石头被认为是有脚、会呼吸和长着翅膀的生命之物。少数民族的诗人，大体上都是一些善于捕风捉影，并总是能够首先获得大地庇护的巫师，行走在苍茫的高原上，他们并不像汉族诗人那样动不动就两眼含着泪水，他们只是歌唱或者哭泣。云南的少数民族诗人感受自然诗意的能力似乎要比汉族和其他在心智、文化上受到更多文明规约的诗人显得更为直接一些。河流，山峰，云朵，雨水，气候，一阵大风，它们通常不需要太多繁复的来自语义学的转换就能在诗歌的殿堂里直接得到命名。

对于过去时代的少数民族诗人来说，并非冷漠的大自然即是绵延在他们眼前的唯一现实，山川草木、鸟兽虫鱼，以及出没于白天与黑夜的所有神灵，构成了他们吟咏之道上需要捕捉的全部意象。但是，今天的情况显然已经完全不同了，在全球化与现代化语境的日益迫近之下，他们作为大地代言人与部落巫师的身份也在接受考验。当高速公路像一把利剑一样削平山冈，插进高原的腹地，然后又从家门口对面的山肚子里钻出来时，诗人们一定像所有的野生动物和饲养的家畜一样受到了惊吓，最先感到了惶恐。现代文明比任何神灵都要强势得多，事实上它的破坏性也是显而易见的。河流干涸，被强行截流，拦腰砍断，空气受到污染，鱼群和动物大量死亡，物种灭绝，土地、道路被覆盖以一层不透气的水泥和塑料薄膜，就连天空也黯淡了，阳光和雨水变黑，似乎是有毒的，从前那个诗意和原在的家园消失了，代之以一个污秽、混乱的新世界，一种恐怖的美已经诞生。最恐怖的是现代文明对人的异化，身体里的那头小野兽，主宰着人从白天到夜晚的一切活动。现代化的高快节奏与功利性，正在抽离人作为生命主体和作为具体的个人的那种在场感，"林语堂，也可能正是苏东坡"的那个时代结束了，时间被断裂成许多碎片。生活于云南西北一隅的彝族诗人阿卓务林写道：

  云，被风吹走了
  逃不掉的，唯有天空高楼，像一根根擎天柱
  插在充满阳光的大地上

像凶禽猛兽一样霸道
一样不讲道理

而在另一处，在一首名为《忧伤的绵羊》的诗中，诗人显得忧心忡忡，以一种类似于念经的语调为一群即将消失（死亡）的绵羊叫魂：

子俄古火古火粘谷粘谷普窝普窝底窝
底窝土惹土惹土翅土赤棉银棉银棉机
棉机念暖念暖阿素阿素博底博底勒伍
勒伍客惹客惹金火金火皆布皆布牧惹
牧惹阿卓阿卓比给比给井给井给依批
依批三金三金牧嘎牧嘎边尔边尔尼秋
尼秋布火布火尔坡尔坡扎摩扎摩子冈……
它们仅仅是一些普通的文字，甚至还不能称其为词组
它们仅仅是一群只有我，和我的子孙们读得懂的绵羊
只适合在我的牧场出生、成长，最后悄无声息地死去

在这场全球都处于倾巢之下的生存语境中，少数民族的诗人也许是最先感受到威胁的一个族群。他们中的最杰出者，把诗歌的嗓音直接架在了时代的锋刃上，尽管他们发出的声音听起来像是最温和的抗议，像是，一种能够给我们的耳朵和心灵带来愉悦的哭泣。

5

　　什么是诗？我以为最初的诗是有那个意思但那句话却迟迟不被说出（言语的悬空、凌迟？），被无限地延缓和迟迟不被写出来的部分。诗歌的前置状态永远都是晦暗不明的，永远都欲言又止，只在顾盼之间，不言自明。诗歌的最终出口乃是言语，言语的暗示与脱出，像经过发育期的婴儿终于用头颅拱开了子宫的窄门。在云南，根据不同的语境要求，不同的诗歌被不断地发明出来。在云南现代诗歌的合唱团里，生于20世纪六七十年代的女诗人是缪斯与月亮女神庶出的子嗣。她们站在前排的显耀位置上，或打扮得花枝招展，或显得素面朝天。通常，她们的嗓音都显得柔软而隐秘，具有某种阴性、咸湿、低吟浅唱的性质，女性的性征，是她们诗歌元素里最为引人注目的部分，尽管有时显得泛滥，与时代的道德指标和美学趣味格格不入。但也有例外的情况，比如在20世纪90年代出现的马丽芳和近年来以抒情风格冷峻著称的吴佳琼（徒举袖衣）。马丽芳早期的诗歌，以一种反叛的姿态发出了对成为历史决定论的男权中心主义的抗争。她的成就最高的作品《赤足走过故宫》，委婉地表达出对女性一直受到禁锢压抑和被作为男权双重欲望工具的不满，在历数历朝历代女性充满了宿命感的命运之后，这首诗以梦境中的一声呐喊作结——

　　　　姐妹们啊
　　　　我梦见谁大喊一声

> 你们都从阴影中翻身爬起
> 脱下那双绣花鞋
> 迎风理理云鬟
> 在众目睽睽之下
> 赤足走过故宫

马丽芳的《赤足走过故宫》堪称神来之笔，立意高远，用典精到，语言高度凝练准确，语义空间结构饱满，充满了张力，算得上女性主义诗歌里的杰作，一首不可多得的现代经典。这个时期，马丽芳写出了不少为女性这一弱势群体代言的言辞尖锐的诗篇，在《美丽的狐女唱着鬼歌》中，她一语道破了女性与男性在历史与现实语境中存在的本质：

> 美丽的狐女肉身灿烂
> 一场性事，一支狼毫
> 从古说到今

这种为女性鸣不平的声音，通常都有一个模拟的历史形而上的大文化语境作为话语支撑，且收放自如，因而具有极强的穿透力和感染力，往往振聋发聩。在她的另一首名作《佛啊，我不念＜转女身经＞》中，这种声音直接走到前台，转化为绝望之后歇斯底里的质问和祷告，恍若窦娥再一次转世投胎。在这首诗中，马丽芳引入了令人吃惊的"女性阉割"的概念：你为什么要我自戕成为男人？

与马丽芳纠缠于书写主体的女性身份不同，另一位差不多晚了十多年才出道的女诗人吴佳琼则反其道而行之：干脆放弃女性身份，在性别真空里实施无性别写作。吴佳琼的《离辞》，像是一则无声而隐晦的反性别的性别宣言：

> 果实降低高度
> 又缓慢又汹涌
> 充满无人之忧
> 我空手离开
> 终无所痛

吴佳琼采取了一种与性别决绝，听之任之、视而不见的态度。她的这种安之若素的书写策略，表面看来，似乎是跨出了女性身份的边界，一劳永逸地挣脱了女性书写的性别限制，但实际上仍然是一种女性写作——只不过，这种性征并不明显的书写更能获得诗意的自足与满溢性，它能够无限制地拓宽阅读的疆域，为文本的误读提供多个入口。果仁，密封在坚硬的壳里，但取食的路径却不止一种。吴佳琼的诗在语言形式上是高度浓缩和内敛的，但反而获得了罕见的开放性结构。她是一个语言的女炼金术士，总是能够在庄严的理性穹顶与女性的直觉斜坡之间获得某种微妙的平衡。

对女性写作者来说，"女性身份"是与生俱来的，其书写中的女性元素呈现为何种性态，与书写者感受世界的方式和美学趣味有关。云南女性诗歌自 20 世纪 80 年代王坤红、海男一代始,一直都不乏跟进者,且佳作频现,终成云南当代诗歌大观园里的朵朵奇葩。贾薇女士的身体性写作,符二小姐的乡土柔情,唐果的即兴书写与故作天真,艾傈木诺对词语的自由联想,温酒的丫头的后院意象……桃花李花杏花梨花喇叭花乃至于狗尾巴草,花开数朵,均各擅胜场,各表一枝。

6

在云南的诗人群里,有一个人数众多、声音各异,并因而显得众声喧哗,甚而使人感到怪异的诗歌生态群,他们是云南当代诗歌展厅里最足以陈列、最令人眼花缭乱的新品种,但同时也是最难以归类的语词标本。这一批诗人中的大多数人都生于20世纪80年代或是更晚,在21世纪的头十年才成长起来。由于年龄特征上普遍的低龄化和时代语境所导致的书写症候,他们被笼统地称为"网络诗人"。这一代的诗人,在书写范式及审美上呈现出各自为政的多元化倾向,但都有着一个共同的全球化与数字化时代的背景。这一代诗人的写作,已经逸出了为他们的父辈或是前辈诗人所建立起来的那种将写作与人生、与存在现场等同起来的合法性(Legitimacy)。文学写作,主要体现为某种现世的、当下的、即兴的,操作性与游戏性、娱乐性极强的私人趣味,一首诗的写作与一场虚拟的网络游戏之间并没有本质性的区别。有的只是:

> 有时我感到一只蚂蚁和一头大象是对称的
> 在天平的两端
> 蚂蚁高高在上
> 大象一脸沮丧

　　为书写伦理所津津乐道和倚重的时间性与空间感,被迫缺席、抽离,只留下来光秃秃的、孤立的、悬而未决的主体性。这首诗出自鲁布革的短诗《对称》,本来,诗的主题是嘎嘣惊愕中突然出现的对称性和守恒性,但如此一来,诗人鲁布革就变成了抽象代数奠基人德国数学家艾米·诺特(A. E. Noether, 1882—1935)的裙下之臣。艾米·诺特三十六岁时(1918)提出著名诺特定理(Noether theorem):作用量的每一种对称性都对应一个守恒定律,有一个守恒量,从而将对称和守恒性这两个概念紧密地联系在一起。因为诺特是女性,哥廷根大学却不准她开课;希伯特(David Hilbert, 1862—1943)闻之拍案而起,质问道:"大学又不是澡堂子,为什么男女有别?"(诗歌亦非澡堂,何分男女?)最后还是以希伯特名义开课,由诺特代授。爱因斯坦曾在《纽约时报》撰文说:"诺特女士是自妇女受到高等教育以来最重要的最富于创造性的天才。"鲁布革的这首四行诗,可以看作对诺特定理及诺特女士命运的一个书写回应。

　　在网络诗人的视网膜上,世界既不是天堂,也不是地狱,不是阿根廷诗人豪尔赫·路易斯·博尔赫斯(Jorge Luis Borges, 1899—1986)所幻想的那样,是一座浩瀚无边的图书馆和一部类似于《大英百科全书》和《圣经》那样的沙之书。网络诗人并不屑于说出跟他们自己的日常生活和时代有关的任何真相，他们只是弯着手肘，在电脑的键盘上敲打受到数码转换的汉字，在他们的文本中，汉语的现实体现为一种从所指到能使都受到篡改的乌托邦，"狸猫换太子"，荒诞与不实，乖戾与玩笑，兼而有之。当地理学意义上和主要是来自于童年记忆的家园感被驱逐殆尽之后，年轻一代诗人们所面对的不过是世界的荒凉图景，世界，只不过是"一些抽象的细线""一根晾衣绳子"和隐没在荒草丛中的"一条时间的小径"（鲁布革《郊外的小山岗》）。

按理说，"青春"和"爱情"是每一个年轻诗人都要书写至少一遍的对象，因为它们总是如影随形，从来也不曾离开过我们的肉身。但是在网络诗人这里，青春和爱情既不作为某种身体性的存在，也不足以构成某种形而上的、令人想入非非的心灵现实，如80后诗人王亮的诗《青春》：

> 清冷的早晨
> 我们从一片狼藉中各自醒来
> 带着从梦中醒来的失落感
> 摇晃着找水喝，呕吐，撒尿，重新变成
> 彼此陌生的人
> 天很快就亮起来了
> 我们把手深深地插入口袋
> 走到外面炫目的阳光下

这首诗与于坚的爱情诗经典《想小杏》所传达出来的东西，相距实在是太遥远了，真的可以说是恍若隔世，有世纪之遥。

时代不同了，环境在变，人的身体感受、内心感受也在发生变化。王亮们的青春与爱情，与于坚这一代的诗人相比，不仅显得空洞、苍白，也缺乏必要的行动力，所显示的不外是一幅悲惨世界的凄凉景象。究其原因，实际上乃是人的肉身被抽离乡土大地之后的必然结果。中国当代城市化与现代化所带来的，除了原乡大地的大面积沦陷，就是人的主体性的不在场和生命感、存在感的全面丧失。现代城市，早就不再是那个人类可资炫耀的所谓"文明"的聚宝盆、通衢、渊薮，而是一个铺天盖地、永无宁日的大工地、欲望车间、一个垃圾场。居住在城市里的人——不管他是统领这个城市的市长还是普通市民，不管他是学者、大学教授、高级白领还是城市贫民——都无异于橡皮人、空心人那样的行尸走肉，所谓汲汲营营，栖栖惶惶，终至于泯灭，毫无诗意可言。"大江东去啊，那跑着的多像一群疯子，正跑向另一个地狱。"（雷平阳《大江东去帖》）正如艾伦·金斯堡在《嚎叫》一诗的开头所写道的那样：我看见这一代最杰出的头脑毁于疯狂，挨着饿歇斯底里浑身赤裸，拖着自己走过黎明时分的黑人街巷寻找狠命的一剂……是什么水泥合金的怪物敲开了他们的头骨吃掉了他们的头脑和想象？——不同的是，在金斯堡的时代，"垮掉一代"的青年还能够在毒品、酒精、爵士乐、摇滚、诗歌朗诵会上找到激情，还"渴望与黑夜机械中那星光闪烁的发电机沟通古朴的美学"，到了今天的网络一代，实已变成一群为现代文明所饲养的、在城市水泥地上直立行走的半人半鬼的悬浮物。

一个叫马达的网络诗人在一首描写地震的诗（《房子微微摇晃了一下》）里是这样描写自己在地震发生时的日常生活的：

> 是啊
> 我在被窝里玩艾派的
> 喷喷喷，艾派的
> 喷喷喷，艾派的
> 喷喷喷，艾派的
> 我连说了三句
> 喷喷喷，艾派的

生活在现代城市里的 80 后诗人也许是城市人群中最为绝望的一个族群，在城市规模像吹气的尿泡鼓满与无限扩张的年代，他们很少有人能够靠自己的工作买到一套像样的栖身之所，但是无论是他们的身体还是灵魂，形而上意义上的还乡之路显然已经被堵死了，除了把自己放逐于现代工业文明的荒野之上，别无他路。

> 游魂回到故土。可我已经无法再安顿下来
> 想着远处的喧嚣和城邦，我已经把自己
> 敲成了一面咚咚作响的大鼓
>
> （祝立根《乡村记》）

在云南 80 后诗人的作品中,城市的境况如此,乡村也好不到哪儿去。除了少数民族诗人,其他的乡村诗人也都以不同的方式表达出对正处在消失中的原在的故乡的忧虑。

> 前两年
> 能见到一些人
> 现在越来越少
> 村庄光秃秃
> 光秃秃的森林房屋脚印
> 去年的那只燕子
> 守候最后一窝鸟巢
> 稻田里剩下去年的茬
> 井水干枯
> 地里长满蒿草
> 道路成为荒地
> 白菜花什么时候开始不再开放
> 最后的村庄
> 最后一片家园
> 守候静止的残垣破瓦
>
> （周志《留守的村庄》）

"田园将芜,胡不归?"——在古代诗人那里,内心的家园感只需经由对具体可感的时空路径的二次选择即可重建与获得,只消像陶渊明那样"心不为形所役、息交以绝游"就可以了,因为人的主体性和承载之物——那个原在的大地——依然存在，尚可"策扶流憩，矫首遐观"，所谓"景翳翳以将入，抚孤松而盘桓"，一个人要做到归老田园，并非是一件困难的事情。然而在现代社会，随着人的主体性的逐渐丧失和原乡的异质化，个体的人，实已不过是文明荒漠上的孤魂野鬼而已——即便是余下来的一点残山剩水，也被地产开发商盖成了别墅——一位青年诗人无不讽刺地写道：

> 别墅是规矩的，有图纸
> 有数据，有折损，有盈亏……而我住在对面的公寓里
> 面对白色的墙壁，纸张、书籍、灰尘……像沙粒面对河滩
> 稻麦面对田垄。发出声音有时是绝望的，像流云回不到天空
> 马群回不到草原……山上的别墅，它们一幢幢待在青山上
> 但已经听不到青山的心跳
>
> （泉溪《青山上的别墅》）

本来，"别墅"表征的是人类重返自然的居住理想，但泛商业化与物质主义的发展使得这种个人化的、诗意的居住行为变得越来越可疑乃至于背道而驰，"别墅"的居住由一种自发的人文诉求演变成效率、功利性与目的性的社会行为，且被市场化作为商品存在。在如此不堪的境遇之下，青山，停止了呼吸。

正是这些土生土长的云南诗人，以诗歌的方式见证和记录了发生在云南当下的诸多场景细节，在诗人笔下，那个与陶渊明

笔下的乌托邦世界遥相呼应的云南形象显得支离破碎，云南再也不是"水流云在"（杨慎语）的外省，这个中国最质朴、最安静的省份，最终还是没有能够幸免于被全球化的命运。倾巢之下，岂复完卵？在一个人类古老生活场景被彻底物质化、世俗化的时代，云南当代诗人的作品，是献给我们时代的哀歌和大悲咒。

2012 年

后　记

　　这些年陆陆续续记下些文字，没想到搜集了变成书，居然是厚厚的一本，这个事情，多少有点匪夷所思。我本来想，文字这个东西，能远离了不见最是清净，但终于还是事与愿违。

　　想了很多年，也发过心，能不能从读和写里面退出来呢？结果是令人沮丧的。不是不想，是难以做到，尚不具备这个斩断的能力。人活在世间，总有些积习是格不掉的。这个在佛的眼里，是业障，业力，累世的业力，强大到可以把一个人捆住，动弹不得。这个情形，就好比是立在一道门前，手里捏着一片钥匙插进锁眼那个奇怪的黑洞里面去，明知房门的另一面不是你最终要去的地方，但还是进去了。进去，出来，开门，关门，永无休止，一辈子都在重复这个动作，停不下来。我在想，若是有一天站立在门前，在钥匙将要转动未动的一刹那，突然决定将钥匙留在锁孔里转身离去，从此便不再走进那道门，那该是多么令人神往的一件事啊。

　　人的肉身，总是为许多的欲念积习驱使。肉身是个道场，你拿它来干什么用，全然由不得自己。有参白骨观的，从脚趾头参起，参到头盖骨，直把肉身参没了，光是剩下来一具白森森的骷髅。结果呢？不通，自杀。又有参不净观的，看到身体里面的五脏六腑，精血，脂肪，肉，屎尿，原来都尽是些脏东西，也是受不了。受不了怎么办呢？也得受。我的意见是不要把肉身沉沦了，暂且挺拔地忍着，且将身子暂时存放在这世间，站着，躺着，该做什么还做什么，只慢慢地将身子来弄干净了就好，四大各安其位，风调雨顺，一世平安。至于俗世的种种，就只当是修行的必须。如是，说不定哪一天人就真的得了果报，安静下来了，肉身从此灿烂，开成一朵莲花，无欲无念，不增不减，四大皆空。

《法华经》里面有一则故事，是关于婆稚阿修罗王的。这个阿修罗王善饮，酒量奇大无比，佛经上说他采四天下百花，于大海酿酒，不成，遂戒饮。以大海酿四天下百花，这个是大欲。欲望太大了满足不了，干脆不饮，这个事大约只有婆稚阿修罗王做得到。我等凡俗之人，小身体里有些小欲，又不具大力神通，采不了四天下百花，也拿不来大海酿酒，但是能不能将小身体清空了呢？我觉得是可以做到的。佛经所说的缘起性空，这四个字，少一个字不成。姑且先窝在俗世里，做出世的工夫，写一个字做一个字的说法，不写一个字做不写一个字的说法，若是哪一天真的弃了笔头，将竹管都种成了青葱竹林，庶几也不算辜负此生。

2015年8月，丹霞斋